十二國記

白銀之墟 玄之月

（三）

小野不由美
Ono Fuyumi

繪者◆山田章博
Yamada Akihiro

譯者◆王蘊潔

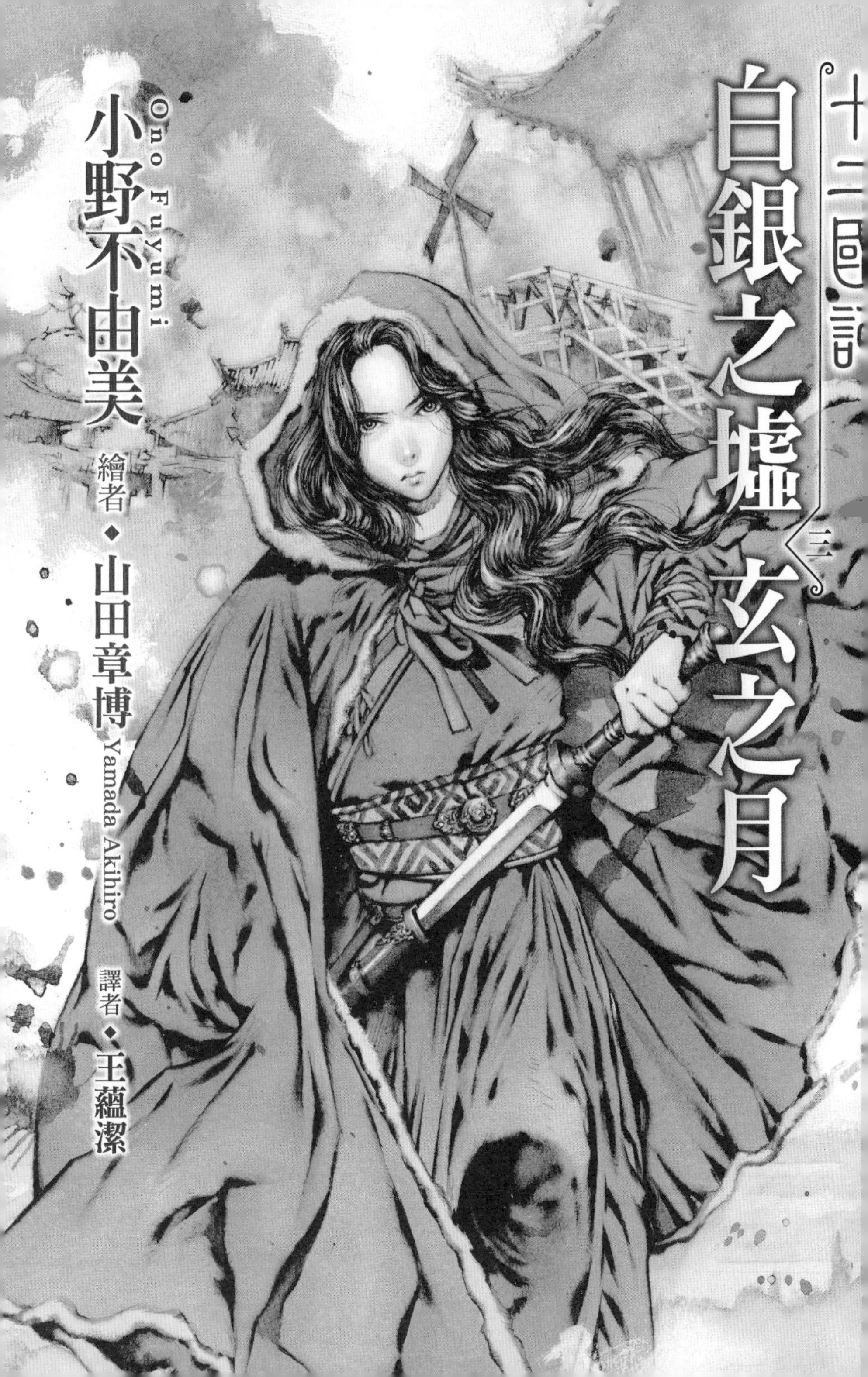

十二國記

白銀之墟 玄之月 卷三

目錄

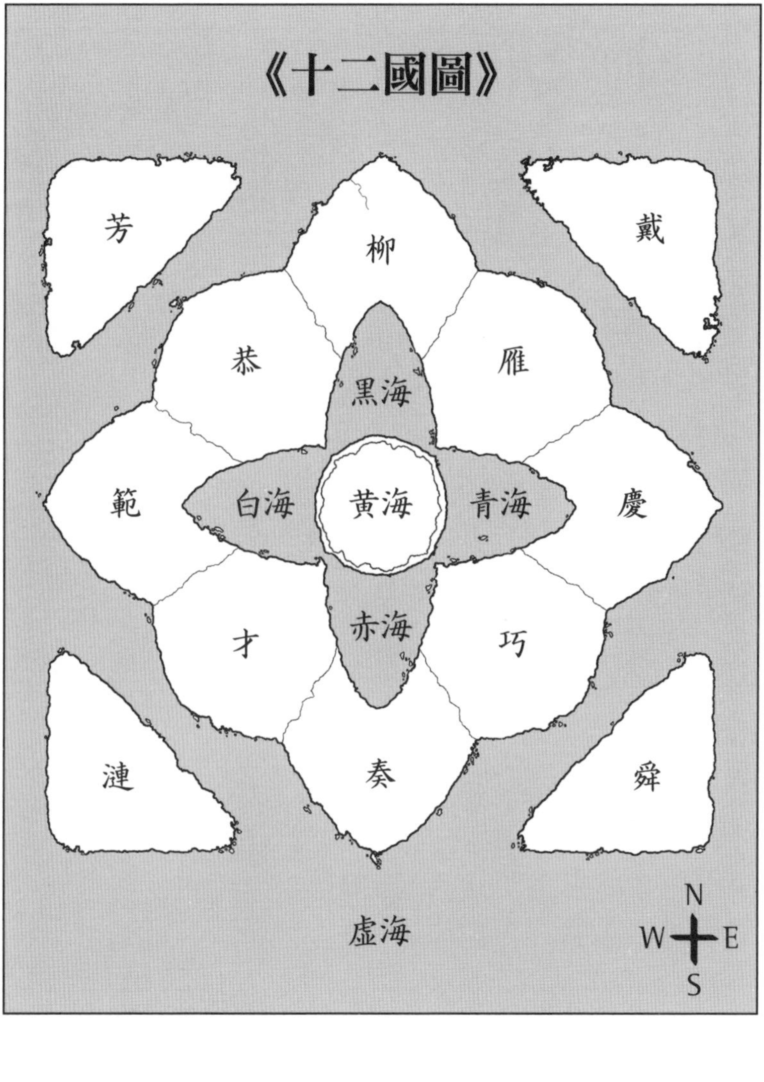
《十二國圖》
芳
柳
戴
恭
雁
黑海
範
白海
黃海
青海
慶
赤海
才
巧
漣
奏
舜
虛海
N
W
E
S

《戴國文州圖》

卓央山
高卓
瑤山
文州
函養山
承州→
白琅
潞溝
安福
岨康
轍圍
龍溪
西崔
如雪
豐澤
古伯
老安
嘉橋
志邱
南斗
←馬州
亢汲
琳宇
江州
瑞州
N
W
E
S

第十三章（承前）

十二國記

1

惠棟就任州宰——項梁得知這個消息之後，心情複雜不已。夜晚回到自己房間之後，仍然感到悶悶不樂。

惠棟——的確很盡責。可以說，在這個王宮中，是唯一帶著誠意服侍泰麒的人。

「但他終究是阿選的麾下。」

項梁躺在床榻上，雙手枕在腦後。鴿子似乎躲在天花板和屋頂之間的某個地方啼叫，床榻上方隱約傳來陰鬱的叫聲。

——他是阿選的麾下。阿選攻擊了驍宗，竊取了王位。

百姓的苦難和項梁等驍宗的麾下所遭遇的痛苦都是阿選造成的。雖然不知道阿選篡位時，惠棟發揮了什麼作用，但即使現在賣力服侍泰麒，也讓人難以釋懷，更何況阿選當初不是也對泰麒下了毒手嗎？

惠棟當初知道嗎？如果知道，為什麼沒有制止？如果不知道，為什麼在知道之後沒有指責阿選？如果因為指責阿選而和阿選分道揚鑣，現在或許可以接受他，但他當時並沒有這麼做，現在做什麼都無濟於事。

泰麒到底在想什麼？竟然起用惠棟當州宰。

項梁無法接受惠棟，也對昭告天下阿選踐祚一事感到不滿，簡直就像在表示驍宗已經不再是王了，而且竟然還是驍宗第一臣子泰麒的進言。

——那些措詞。

泰麒提及驍宗時的那些話未免太冷酷，即使是為了欺騙張運，也實在太冷酷無情。

還是……

他的背脊感到一陣涼意。

泰麒說的該不會都是事實？項梁這一陣子經常產生這樣的疑問。雖然泰麒說，這一切都是為了欺騙阿選，為了營救驍宗而採取的行動，但會不會天命改變已是事實？正因為這個原因，他之前才會提出「奉天命」分頭行動，一路來到了鴻基？每天早上的禮拜亦是如此。雖然德裕認為泰麒在向天祈禱，但項梁總覺得泰麒在向阿選禮拜。他很想向泰麒問清楚很多事，但遲遲沒有機會。因為泬和總是在泰麒周圍打轉，一刻也不離開，最近還帶了另外兩名女官來輪替，但那兩名女官完全受泬和的支配，顯然也不可信任。

這一切是不是泰麒在欺騙？不，是相反。泰麒的所有言行會不會都是真的，只是為了取信於項梁，假裝這是為了欺騙阿選的謊言？

項梁覺得腦袋沉重，腦袋深處好像麻木了。他認為應該是太累了。耶利來了之後，他才終於可以回到自己房間休息，之前每天都只能在正廳假寐。隱約的疲勞就像汙垢一樣黏在身上，然後越積越厚。

當初是不是該和李齋同行？最近他經常這麼想。

他鬱悶地想著這些昏昏睡去，在黎明時分醒來，腦袋就像宿醉般疼痛昏沉，手腳好像被一層無形的膜包了起來，感覺遲鈍，行動緩慢。他緩緩穿好衣服，走去正廳。一走進屋內，隱約的疼痛才終於消失，但腦袋深處麻木的感覺仍然沒有改善。

他搖搖晃晃地走進堂廳，發現泰麒已經起床，而且已經吃完了早餐，浹和正在收拾餐具。泰麒的左手仍然無法自由活動，日常生活需要旁人協助。以前都由德裕和潤達輪流，但德裕從前天開始就不見蹤影，位在廂館的房間內也空無一人，又無法聯絡到文遠，泰麒為此擔心不已。

項梁看到他們兩人後行了一禮，泰麒說：「怎麼了？你看起來氣色很差，沒問題嗎？」

項梁聽到泰麒這麼問，忍不住脫口回答說：「台輔，我搞不懂您在想什麼……」

泰麒一臉訝異地看著項梁，項梁立刻住了嘴。自己竟然脫口說出了對泰麒的不信任，但言之既出，駟馬難追。

「惠棟的事嗎？」

項梁沒有回答。浹和瞥了項梁一眼，項梁對浹和說：「不好意思，請妳先迴避一下。」

浹和聽了，抬眼看著泰麒問：「沒問題嗎？要不要叫人進來？」

「不需要，」泰麒微笑著說：「我和他單獨談一談，項梁也需要有機會把內心的想法一吐為快。」

「喔……」

浹和很不甘願地點了點頭，端著餐具走了出去。泰麒目送她離開，隔著玻璃，看著浹和漸漸離去。他又繼續看了一會兒，轉頭面對項梁，指著外面說：「可以——稍微陪我走一走嗎？」

「請妳守在這裡，暫時不要讓人靠近。」泰麒對耶利說完，率先從堂廳後側走出去。庭園內的水池都結了冰，周圍的桃樹和李樹樹葉都落盡，枝頭的霜閃亮著。

泰麒走過架在水池上的小橋，經過可以看到一片寒冷景象的小路，沿著水池後方積雪岩石之間的階梯拾級而上。路亭凍得快結冰了，飛濺的水花在岩石上結了冰，形成了無數冰柱。瀑布的水聲聽起來格外冰冷。路亭周圍只有柱子和矮牆，既無法遮風，也無法擋住寒氣。

「您不會冷嗎？」項梁問。

「很冷，」泰麒笑了笑後說：「但在這裡談話，不會被任何人聽到。」

「任何人——」

泰麒點了點頭問：「你無法諒解我讓惠棟當州宰嗎？」

項梁低下了頭。剛才走在寒冷中，腦袋深處那種麻木的感覺漸漸消失了，好像終於有醒來的感覺，立刻後悔不已，就覺得自己剛才說的話太膚淺。

「對不起，我僭越了。」

「我知道你對惠棟的心情很複雜，但是，除了惠棟以外，我無法任命其他人當州宰，你瞭解這一點嗎？」

「是。」項梁點了點頭。泰麒周圍原本就沒什麼人，他知道這也是無可奈何的事。

「我希望願意和我站在同一陣營的人成為州宰幫助我——如果光是這樣，可以請你擔任，潤達也可以，但你應該會拒絕擔任州宰吧？」

「當然。」

護衛泰麒這件事不可能假他人之手。

「潤達一直是醫官，恐怕對很多政務不瞭解。可惜我比他更不瞭解，所以需要能夠幫助我的助言者。」

「我非常瞭解，真的很抱歉——」

「我瞭解你的負擔，也知道你當然會感到不滿，所以你至少可以把內心的不滿說出來。」泰麒說到這裡，露出了淡淡的苦笑，「因為在屋內沒辦法說。」

泰麒為他開了頭，項梁才終於開了口。

「台輔，這件事請您務必據實以答——阿選是王嗎？」

泰麒驚訝地瞪大了眼睛，然後低頭思考了一下。

「……我從蓬萊回到這裡之後，李齋立刻告訴我，驍宗主上的麾下中有叛徒，有人和阿選勾結。」

「是琅燦大人……」

「無法斷言只有一個人吧？」

泰麒直截了當地回問，項梁無言以對。沒錯——既然琅燦已經背叛驍宗主上，有其他叛徒也不足為奇。

「當我決定和李齋分頭行動，自己回王宮時，我在內心下定了決心，除非能夠確信對方絕對不是叛徒，否則就絕不相信任何人。」

「確信是指？」

「首先是李齋。李齋冒著生命危險前往慶國救我。如果李齋和阿選勾結，她沒理由那麼做。因為對阿選來說，我留在蓬萊對他更有利。」

泰麒說到這裡，又靜靜地補充。

「但是，如果我那時候繼續留在蓬萊，現在可能已經不在人世了。也許阿選透過某種方法得知我罹患了穢瘁，如果我死在蓬萊，就會有新的麒麟誕生，到時候就會選出新的王，所以他才派李齋去救我——也不能排除這種可能性。」

「請等一下……您懷疑到這種程度嗎？」

「說我在懷疑的這種說法並不正確，我只是在考慮各種可能性。因為我不能夠失敗。」

泰麒說完，露出了寂寞的微笑。

「我是在蓬山時第一次見到李齋，我很喜歡她，她拋開一切，把我從蓬萊救了回來。我很高興，而且更加感激不盡……但是，並不能因為這樣，就排除她和阿選串通一氣的可能性。我剛才也說了，她有可能是因為和阿選勾結，所以才來救我。」

項梁十分驚訝。如果只談可能性，的確無法完全排除這種可能性，但麒麟不是慈悲的動物嗎？能夠這樣冷靜而透徹地思考嗎？

「但是，在離開碩杖後，我排除了這種可能性。我從蓬萊回到這裡之後，發生了許多阿選不可能預料到的事態。我觀察了李齋當時的行動，很難認為她和阿選串通。而且李齋默許我逃離了碩杖，如果她奉阿選之命抓我，不可能輕易放我走。」

泰麒說完後，露出淡淡的苦笑。

「不……其實如果要懷疑，這一點也可以懷疑，但如果要懷疑到這種程度，就沒有止境了。我決定相信李齋，如果李齋真的和阿選勾結，那我和驍宗主上就輸了。」

項梁忍不住一驚。

「我這麼下定了決心。既然相信了李齋，就可以相信你。因為我們遇到你和去思完全是巧合，不可能事先安排你和去思——還有東架的人。李齋和你不是敵人，我只能相信到此。」

「我很高興……但是，巖趙將軍呢？不，巖趙將軍可能有點困難，文遠——」

「在王宮內的人基本上都無法相信。因為這個國家的人目前會『生病』。文遠的人品值得信任，但無法斷言他沒有生病——應該說，我之前認為無法斷言，只是我最近似乎瞭解了『生病』是怎麼一回事。雖然還不瞭解是怎樣的現象，但像德裕和平仲的改變，應該就是『生病』了。」
項梁聽了，頓時恍然大悟。原來是這樣——感覺沒有霸氣，渾渾噩噩的樣子。那就是預兆。
「……應該是。」
「平仲的職務改變，據說去了六寢，德裕也失去了蹤影，我猜想應該去了阿選那裡。」
有可能——項梁點了點頭。
「現在可以分辨誰生了病，誰沒有生病，因此比以前稍微輕鬆了些，但之前我不知道誰生了病，所以除了李齋和你以外，無法相信任何人，這一點目前仍然沒有改變。文遠和潤達雖然可以相信，但這只到昨天為止，他們現在可能生病了，而且這麼久沒有聯絡，文遠恐怕出了什麼事。」
項梁點頭同意。
「不瞞你說，我覺得你有時候也有點危險。」
項梁聽了泰麒這句話，點了點頭。
「我也這麼覺得，雖然我不知道原因，但有時候很混亂，只不過很不可思議的是，只要和您見面，迷霧就會散開。只要在您身邊，就可以保持頭腦清晰。」
泰麒點了點頭說：「德裕之前也一樣，和我在一起時，狀況就會稍微改善。只要離開我身邊隔了一晚，情況就會變差。也許那種病會在晚上惡化，而且排斥麒麟。」

「排斥麒麟……」

「先不管這件事，」泰麒說：「在有可能被別人聽到的地方，我無法說任何話，所以你一定感到很不安，讓你擔心了，我發自內心向你道歉。」

「這——不敢當。」

「但我同時感到很意外，」泰麒說到這裡，露出了微笑，「你覺得會有驍宗主上已經不是王這種事嗎？」

「台輔。」

「驍宗主上是王。」

泰麒低聲說道，但說得很明確，項梁感到鬆了一口氣，雙腿幾乎發軟。

「我完全沒有想到你竟然會懷疑這件事。」

「很抱歉……」

我還懷疑您每天在這個路亭向著北方禮拜，其實是在向阿選禮拜——當項梁誠實地說出內心的懷疑時，泰麒驚訝地看著項梁，一時說不出話。

「你連這件事也懷疑？」

「雖然德裕說，您應該在向上天祈願保佑百姓。」

泰麒稍微沉默後輕輕笑了笑。

「……這也不完全正確。雖然阿選所在的後宮在北方，但更北方不是文州嗎？」

項梁大吃一驚，同時終於瞭解到泰麒每天對著文州的方向，為掛念的李齋，掛念在文州失去消息的驍宗祈禱。

「真的很抱歉。」

「這代表我說的謊能夠以假亂真，太好了。」

「所以這一切真的都是您在欺騙嗎？」

「當然。」

「真是大膽的謊言……」

泰麒輕輕笑了笑說：「我之前不是就說我有主意嗎？」

「我真的太驚訝了，雖然現在成功地說服了阿選等人，所以也無話可說了，但如果他們不相信，說根本不可能有這種事，您打算怎麼辦？」

「當然我也想好了遇到這種情況的應對方法。」

泰麒認為只要自己稍加說明，阿選就會相信。

因為麒麟的存在證明了天命的價值。

除了麒麟以外，這個世界上沒有人知道天命是怎麼回事，就連王也因為麒麟這麼說，所以只能相信。而且天命只是無限接近直覺的東西，既不會發生任何奇蹟，也不會聽到上天的聲音，只是麒麟覺得「就是這個人」，就這樣而已。

因為麒麟是這種奇蹟般的存在，所以這種直覺被認為是崇高的「天命」。麒麟本性為獸，也可以以人形現身。只有蓬山上獨一無二的那棵樹上會結出果，將妖魔收服為使令，完成很多超凡的事。麒麟的存在太異常，所以只能認為是上天創造的奇蹟。

因為被這種奇蹟般的存在指名為王，麒麟的直覺也就成為「天命」。正因為這樣，泰麒認為只要自己堅持，就一定可以行得通。更何況天命原本就是出自麒麟之口而成為天命。

必須在冬天來臨之前拯救戴國的百姓，必須為百姓另謀出路，讓百姓能夠熬過這個冬天，要讓阿選不再放棄百姓，給予百姓最低限度的保護。

「為了拯救百姓，我必須進入王宮，反正我現在已經感受不到驍宗主上的王氣了，但是李齋他們會繼續尋找驍宗主上的下落。」

然而，驍宗也可能被抓進了王宮。如果是這樣，不進入王宮就無法確認這件事，當然也無法營救，必須有人進王宮尋找驍宗的下落。

項梁聽完泰麒說這些，佩服地嘆著氣說：「……的確是這樣。」

「即使驍宗主上在王宮外被抓到，在王宮內也比較容易打聽到消息。一旦知道驍宗主上的下落，就可以通知李齋。李齋受到道觀的保護，所以可以透過道觀聯絡她，同時，我在王宮內，也可以支援李齋。我和李齋在一起，完全無法發揮任何作用，她反而因為要保護我而綁手綁腳。我認為與其這樣，為了或許有的可能性，還是來王宮比較好。」

「是……」

「『新王阿選說』是最安全，也確實能夠進入王宮的方法。一旦說阿選是王，阿選就絕對不會殺害確保這件事的我。不僅如此，他無法再放棄百姓，也無法再殘酷討伐百姓，因為這將會導致他失道，更何況阿選也不再有誅討的理由。」

泰麒說到這裡，嘆了一口氣。

「照理說應該是這樣……」

王宮內部的異常狀況超乎了泰麒的預測，泰麒至今仍然不知道為什麼會變成這種狀態。

即使提及踐祚一事，阿選也意興闌珊，如今終於解除了對泰麒權限的限制，事態漸漸有了動靜。然而，即使惠棟努力不懈，張運一夥人處處阻撓，橫加干涉，無法順利推動事態的進行。在對百姓有任何具體的援助之前，就已經開始下雪，照這樣下去，根本無法拯救百姓。

正在尋找驍宗下落的李齋等人也完全沒有消息。王宮應該還沒有發現李齋等人的行動，一旦被發現就完了，所以他一直告訴自己，沒消息就是好消息，但遲遲沒有收到任何消息，內心的焦慮也越來越強烈。

王宮仍然陷入凍結的狀態，無論如何，至少希望阿選能夠拯救百姓。

「項梁，我剛好可以趁這個機會和你說一件事。」

「什麼事？」

「這樣一直等下去也不是辦法，我決定去見阿選。」

項梁聽了泰麒的話，忍不住皺起眉頭。

「去見他——您是指？」

泰麒小時候，令尹正賴經常帶他走王宮內的小路，說那裡是「捷徑」。雖然有些路的確距離比較短，可以很快到達目的地，但有些路反而是繞遠路，只是因為沿途不會遇到別人，不會因為被一些眼尖的官員發現而浪費時間，所以也是可以發揮這種作用的通道。泰麒把這件事告訴了項梁。

「我前一陣子開始回想當時的記憶，我應該已經想起了前往六寢的路。只要走那條路，就可以從這裡去阿選所在的後正寢。」

「這太危險了！」

「為什麼？」

「萬一被負責警衛的人發現——」

「即使被發現也沒有關係。雖然一旦被發現，在見到阿選之前就會被趕出來，但基本上王宮內沒有宰輔不能去的地方。」

雖然有些王會禁止麒麟前往王后和寵妃所住的後宮，但這並不是規範，而是禮儀，所以麒麟也不會前往後宮。但這和包括冢宰在內，所有官員未經王的許可，不得進入六寢屬於不同的情況，也和王不得進入仁重殿的情況不一樣。

如果未經麒麟的許可，王不得進入麒麟居所的仁重殿。這並沒有明確的律法，即使有，也無法約束一國之王，只是一直以來，都牢固地維持了這個慣例。這是有鑑於在王朝末期，王可能會和麒麟發生對立，但麒麟不會有這種限制。王的王位是麒麟給予的，所以王宮也是麒麟給予的。

「雖然……是這樣……」
「所以我打算去見他。總之，如果無法和阿選當面談，根本無法解決問題。」
「好，那我陪您一起去。」
「那可不行，」泰麒笑了起來，「如果你被抓到，就無法保證你的人身安全。」
「這──」
「如果你不在我身邊，那就傷腦筋了。雖然我知道你會很擔心，但請你忍耐，我一個人去。」

2

耶利從面向後方的窗戶看著後院的情況，看到兩個人影在後方岩石上的路亭內。
這個麒麟太有意思了。耶利想道。
耶利認為淶和是間諜，淶和帶來的女官也都是她的爪牙。泰麒似乎察覺了這件事──不，還是說，他只是提高警覺而已？
總之，泰麒把淶和趕出正廳，然後去了庭園的路亭，讓她無法跟蹤──即使她有辦法跟蹤，也無法偷聽到他們談話的內容。
耶利看著淶和回到堂廳後，毫無意義地轉來轉去。淶和可能很在意泰麒和項梁，卻無法去追他們。耶利看了浹和一眼，再度將視線移回路亭。

「那裡應該很冷……」

泰麒先讓浹和離開堂廳，無法立刻去追他，然後又安排耶利守在堂廳，牽制浹和的行動。

耶利雖然不瞭解麒麟，但和她之前的想像大不相同。雖然這麼說有點不好聽——她覺得這個麒麟很有計謀，疑心病也很重。

她以前以為麒麟這種動物更相信人性中善良的一面，麒麟本身充滿善意，而且覺得別人也都帶著善意活在世上，她一直以為麒麟是這種天真樂觀的動物，否則不可能產生無止境的同情。

然而，戴國的麒麟不一樣。那個黑麒沒有這麼天真，他懂得懷疑別人，提高警覺，而且極其縝密，有時候會恫嚇周圍的人。雖然有時候會說一些毫無慈悲的話，但耶利認為那是他算計之後的發言。

耶利來到黃袍館之前，曾經聽巖趙提過泰麒是怎樣的人。巖趙說他是一個天真無邪、心思敏銳、深思熟慮的孩子，但耶利覺得那個麒麟絕對不天真無邪。他的確深思熟慮，但他的思考冷靜透徹。巖趙還說，泰麒對任何人都無拘無束，不會拘泥身分，這一點似乎並沒有太大的改變。雖然他自己並不在意身分，但很清楚誰拘泥身分，而且很懂得善加利用。

泰麒的內心很難瞭解，有時候——尤其是面對州官時，泰麒的態度會大變，會封閉起所有對外界敞開的一切，為了不展現自己的內心，避免別人瞭解他的內心而徹底封閉。

原本天真無邪的孩子為什麼會變成這樣——難道這和他因為蝕而漂流到異鄉有關嗎？

「……真有意思。」

——太有趣了。

耶利想著這些事，繼續注視著路亭，發現其中一個人影回頭看向這裡。應該是泰麒，他知道耶利守在這裡。

那個人輕輕招了招手，耶利點了點頭。

「台輔繼續在那裡會著涼，我去叫他回來。」

耶利回頭對淶和說完，走向後院。淶和原本想跟過來，但猶豫之後改變了主意。耶利竊笑起來。八成是因為外面太冷，她才改變主意。淶和並不是出色的間諜，應該只是基於無奈執行被要求的任務，她對向她下達命令者並沒有忠誠心，對執行的任務也沒有使命感。

耶利穿越冬日草木枯萎的後院，走上路亭。寒風凜冽，路亭周圍的風更冷，更加刺骨。

耶利跪在冰冷的地上問：「您找我嗎？」

泰麒點了點頭說：「我想請妳幫忙一件事。」

「什麼事？」

「我今晚打算溜出去，請妳和項梁一起掩護我。」

耶利瞪大了眼睛——她覺得泰麒又在說異想天開的話。

「需要有人陪同嗎？」

「不需要，沒有人陪同比較好。」

「耶利，妳要制止台輔。」

項梁低聲下氣地說，但耶利斷然拒絕。

「不可能。」

雖然耶利來這裡才不久，但她知道這個麒麟一旦做了決定，就絕對不可能改變主意。言出必行——既然他已經說出口，就不可能改變，他絕對不是聽別人說幾句話，就會改變主意的人。項梁經常搞不清楚這一點，那應該是項梁受到了「麒麟應該是這樣」這種先入為主的想法所影響。

「您要小心，其他的事就交給我們。」

泰麒在深夜溜出了黃袍館。後院東側有通往旁邊園林的闈竇。那道闈竇位在奇岩後方不引人注意的位置，應該是奄奚整理園林和後院時的出入口。園林原本是黃袍館的附屬設施——不，正確地說，黃袍館才是園林的附屬設施——但目前關閉了。園林之前曾經開放，但在周圍出現士兵之後，通往園林的走廊就不知道什麼時候封閉了。

雖然聲稱是因為太危險，但這當然不是真正的理由。只不過或許他們認為上了鎖，而且用木板封住就覺得安心了，所以園林內並沒有派士兵站崗。周圍雖有士兵巡邏，但如果戒備太森嚴，泰麒可能會指責張運軟禁，所以張運也不敢派太多人手。如果想溜出去，完全有可能做到——項梁也知道這一點，只不過他不放心泰麒單獨行動。

「別擔心，我現在比你們兩個人更安全。」

泰麒鑽過閨竇後說，項梁只能點頭。

目前假裝泰麒在臥室睡覺。今天潤達也在自己房間休息，基本上天亮之前，浹和去泰麒臥室之前，不會有任何人進去，堂廳內也只有負責警衛的耶利一個人而已。雖然會有奄奚在過廳值夜班，但如果不找他們，他們不會主動出現。唯一的擔心就是惠棟會有十萬火急的事來找泰麒，但除非發生天大的事，否則惠棟不可能半夜登門。

「請您務必小心。」

「是。」泰麒很乖巧地回答後，消失在閨竇的另一端。

項梁目送泰麒離開後回到了正館，向耶利交代說：「接下來就拜託妳了。我會假裝在自己房間睡覺，但我不會睡，如果有什麼事，馬上來通知我。」

「好。」耶利點了點頭，舉起了手。項梁嘆了一口氣之後走出堂廳，走向位在廂館的自己房間。一走進房間，立刻從面向庭院的窗戶溜了出去。

——我怎麼可能讓他單獨行動？

泰麒說自己很安全。項梁能夠理解。雖然周圍有士兵巡邏，但人數並不多，巡邏也不頻繁，從他們的眼皮底下溜出去並非難事。即使泰麒被他們發現，照理說，他們甚至不可以碰泰麒一根汗毛，只會擋住泰麒的去路，懇求他回黃袍館。泰麒在表面上並沒有和阿選或是阿選的朝廷敵對，而且情況剛好相反，泰麒是宰輔，阿選親自下令「准許回朝」，讓他回到了王宮。無論對官吏還是士兵來說，都必須聽從泰麒的命令，絕對不可能危害他的生命。

事實上，項梁反而比泰麒更危險。如果被士兵發現，一定會把他抓起來。一旦被抓到，等待他的將是嚴厲的處罰。雖然泰麒會袒護他，但項梁只是區區大僕——而且以前曾經犯下抗命當逃兵的大罪——無論遭到怎樣的處置，都無法有任何怨言。

——但不可能真的讓他單獨行動。

無法預料會發生什麼事。泰麒的安全就是驍宗的安全，更是戴國的安全。

他從後方悄悄走進正館西側、事先打開的臥室漏窗，這個臥室都無人使用。他悄悄穿越漆黑的臥室後來到後院，當他來到泰麒剛才消失的闈竇前，把手放在門上時，黑暗中響起一個聲音。

「我就知道。」

是耶利的聲音。

「我猜到你會跟在後面。」

項梁的手仍然放在門上，嘆了一口氣。耶利從黑暗中走了出來。

「……不可能讓台輔單獨行動啊。」

「你應該會這麼想。」

「士兵沒有問題——他們不可能對台輔動手，但不知道阿選周圍那些人會做什麼，完全無法預測他們會採取怎樣的行動，不是嗎？」

「你是說那些傀儡嗎？他們即使看到台輔，應該也不會在意。」

「這很難說。」

只要有一絲危險性，就不能冒這種險。

耶利微微偏著頭說：「我能夠理解你的擔心，雖然傀儡只會做主子交代的事，但如果事先命令他們，不允許任何人靠近阿選，如果有人闖入就格殺勿論的話，即使是台輔，他們也可能不由分說地砍人。」

「我就知道。」項梁正準備推開門，耶利把手搭在他的肩上，把他拉了回來。雖然感覺她並沒有用力，但項梁整個人向後仰。

「耶利。」

項梁看著耶利。第一次見到耶利時，就覺得她並非等閒之輩，這種直覺果然沒錯。人在做某個動作——在轉移重心時承受外力，身體就會失去平衡。雖然這不是一件簡單的事，但耶利瞭解該如何下手。

「你最好還是回去。」

「我無法容忍絲毫的危險。」

「我知道，所以你回去堂廳，我去就好。」

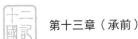

「耶利！」項梁正打算表達不滿，耶利制止他。
「我知道很危險，所以我去比較好，因為你比台輔更加危險。」
「妳不也一樣嗎？」
「我沒問題，」耶利說話時並不像在逞強，「他們抓不到我，我曾經去過六寢好幾次，從來沒有被發現。」
「好幾次？」
「所以我也大致瞭解六寢的狀況，別擔心，我會悄悄跟在台輔後面，如果沒有危險，我不會輕舉妄動。」
項梁驚訝地看著耶利若無其事的臉。
「妳去過六寢——為什麼？」
「我只是去自己想去的地方，而且我也不喜歡別人限制我。」
耶利說完，輕輕笑了笑。
「越是叫我不要去，我就越想去。」

3

——所有的建築物都是以庭院為單位。

庭院就是四方都被房子包圍的院子，通常有三個或是四個院子南北向排列。正賴曾經這麼告訴泰麒。

沿著中心軸以南北方向筆直排列，入口在南側，越重要的地方在越裡面。最前面的建築是門，一走進門，會是第一個庭院。穿越庭院周圍的房子中位在北側的房子，就可以來到第二個庭院，然後是第三、第四個。

——無論是大城堡還是小房子，格局都一樣。

只有規模不同而已。如果四個庭院不夠，就在左右兩側將軸延伸，再沿著側軸同樣再建三個或四個庭院，周圍用牆壁圍起來，就形成一個建築群。

正賴曾經帶著泰麒走遍白圭宮內的每個角落，向泰麒說明這些情況。牽著正賴溫暖的手，聽著他平靜溫柔的聲音走在這些「捷徑」上是一件快樂的事。正賴告訴泰麒建築的事，和建築相關的生活和習慣，以及衍生出來的禮儀和政治等許許多多的事，只要泰麒發問，正賴就會用簡單易懂的話說明所有的事。

泰麒此刻走在黑暗的建築物之間，努力回想著這些已經變成碎片的回憶。不知道是幸運還是不幸，今夜只見月牙高掛，幾乎沒有月光，所以遠遠就可以看到燈光。如果有士兵舉著燈火出現時，也有很多暗處可以藏身。

阿選所在的六寢周圍用高大的圍牆圍了起來，但泰麒知道有幾條小路可以進去。用庭院相連的建築群並不是一棟房子，而是好幾棟房子的集合體，連結處必定有不嚴密的地方，而且也會因為各種原因留下後路。

——房子周圍的牆壁上有這麼多洞沒問題嗎？

泰麒以前曾經這樣問正賴。

沒問題。溫柔的令尹笑著回答。

——台輔，因為你的家四面環海，沒有人能夠從下面爬上來，而且只有兩道門，真的只有兩道門而已。

如果想翻牆，可以輕鬆翻過去。只要有騎獸，可以降落在任何地方。雖然規定在王宮中——尤其在天上的燕朝內禁止騎乘騎獸，但這只是規定而已，並不代表無法騎乘。

——所以原本關起所有的門，變得密不透風就沒有意義。

這樣沒問題嗎？年幼的泰麒曾經這麼想，但現在很慶幸這一點。他從過廊墊高的地板下方鑽過去，穿越空蕩蕩的穿堂，鑽過擋土牆上的漏窗，沿著水池中的踏腳石走過水廊，走過和牆壁融為一體的迴廊角落的圓形月洞門——就穿越了西花苑，進入了阿選所在的六寢。

泰麒走在狹窄的小路上，在中途停下了腳步。比一個人還高的木柱支撐著建在斜坡上的高大殿堂——穿越那些木柱，就可以通往泰麒以前住的房子旁。泰麒注視著那片黑暗繼續往前走，很快就看到了王的居殿六寢的建築物。繼續走向深處，就是後正寢和後宮，阿選到底在這一大片建築群中的哪裡？

泰麒來到簷角，打量著建築物繼續走向深處。沿途幾乎沒有看到人影，也沒有看到負責警衛的士兵在巡邏。泰麒看到六寢的正殿沒有燈光，就繼續往北走。建在正殿北側的後正寢可說是王真正的私人空間。

——這裡嗎？

他發現那裡亮著幾盞燈光，遠遠地可以看到有人影站在那裡。一個身穿朝服的人影無所事事地站在走廊上，茫然地看著半空。

泰麒躡手躡腳走了過去，注視著那個男人。男人沒有穿褞袍，直挺挺地面對門外站在寒風中，沒有生氣的臉微微抬起，嘴巴微張看著半空，從剛才就一動也不動。泰麒試著把一塊小石頭丟到房子附近的草叢中，那個男人應該可以聽到動靜，但完全沒有反應。

——他的魂魄被抽走了。

雖然泰麒發現了這一點，卻搞不懂是什麼現象，只知道應該和阿選有某種關係。泰麒思忖著這些事，繼續走向六寢深處，從房子的縫隙中溜進庭院。前方是鋪著石板的院子，周圍是房子和走廊。泰麒打量周圍後，走上了走廊。他探頭向正前方的後正寢張望了一下，裡面有微弱的燈光，但沒有人的動靜。

——原來不在後正寢。

他輕手輕腳，觀察著周圍的動靜繼續走向深處，經過後正寢的建築物，穿越再度出現的庭院，在聳立於北側的門樓前停下了腳步。經過這個門樓，應該是一個四周都是建築物的廣場。北側是通往小寢的門樓，東、西兩側分別是通往東宮和西宮的門闕。這就是泰麒所知道的一切，他幾乎沒有再去過更深處。他只記得最初的時候曾經去過一次——那時候正賴還沒有來，驍宗牽著他的手去那裡。

那裡是面向雲海的區域，可以眺望園林和建築物完美點綴的雲海。面向東北方向有一個小山丘，後宮就在那裡。

既然阿選不在後正寢，應該就在後宮的小寢。泰麒看到有好幾個人影出現在門樓，探頭向廣場張望時，也發現有很多人影，而且燈光格外明亮，通往東宮的門闕周圍的人特別多，根本不可能偷溜進去。

既然這裡戒備森嚴，代表阿選在東宮嗎？東宮原本是王的近親居住的地方，但阿選並沒有近親。

泰麒稍微想了一下，立刻決定往西走。因為他記得西宮那裡有一條小路可以通往小寢。雖然之前沒有走過那條路，但正賴曾經告訴他：「只要從這裡穿過去，就可以溜去小寢。」只要進入小寢，應該可以找到通往東宮的小路。他往西走，來到通往西宮的路，憑著記憶爬上了卡在牆壁中間的岩石小山，然後走向小寢的方向。因為沒有路，只能在黑暗中摸索著在岩石之間前進，幸好小山的坡度並不陡，所以沒有費太多力氣就越過了山。

在小山上也可以看到通往東宮的門闕周圍特別明亮。奇怪的是，過了門闕之後的東宮反而沒有燈光，只有小寢內名為玄威殿的宮殿亮著微微的燈光。

——在那裡嗎？

泰麒確認小山旁那棟比較小的房子沒有燈光後，走下了斜坡。

男人在黑暗中聽到了微微的動靜。

他躺在床上睜著眼睛，什麼也沒想，茫然地看著漆黑的天花板時，耳朵聽到了輕微的動靜。

他習慣性地坐了起來，但並沒有任何目的。只是身體遵從了因為聽到聲音，必須起來確認聲音傳來的方向這個常識而已。

床邊有一個漏窗，他從鑲了玻璃的漏窗看向外面。外面很黑，可以隱約聽到海浪的聲音。在不斷重複的規律海浪聲中，夾雜了不同的雜音。

窗戶前方就是一座岩山，他覺得山麓下有一個人影。他茫然地注視那個人影，發現附近的樹叢搖晃起來。他繼續看著那裡，看到一個人影從樹叢中走了出來。雖然沒什麼亮光，但可以在昏暗中清楚看到那張白淨的臉。

——他是？

男人思考著，然後立刻忘了自己剛才想起了什麼。剛才有那麼一剎那，他想起了那個人是誰。

男人——平仲茫然地目送那個人影遠去。

——我以前曾經在哪裡見過這個人。

但是他想不起什麼時候見過，也想不起那個人是誰。雖然很想走出去看看，但兩腳無法動彈。他想要思考，但腦袋一片黑暗。

——他是……

他沒有輕易放棄，在腦海裡的黑暗中摸索，頭頂上傳來動靜。屋外——屋簷下的某個地方傳來了「咕嚕嚕」的叫聲——聲音很低沉，但很輕快。

當他聽著叫聲，覺得腦袋裡的黑暗越來越深，變成一片漆黑，什麼都摸不到，也不想摸索了。

平仲無可奈何，只能愣在原地。

耶利看到建築物的漏窗內出現了一張臉，泰麒的身影在人影看著的方向漸漸遠去。耶利頓時緊張起來，但人影沒有動彈，既沒有驚訝，也沒有慌張。

——那個人影似乎並不關心有人闖入。

聚集在最初經過的門樓周圍的人影顯然在警戒什麼，這代表並不是六寢內所有的傀儡都對闖入者漠不關心，只是漏窗這個傀儡剛好不在意。真是太幸運了。

耶利避開了人影的視線，正準備去追泰麒時，上方不知道哪裡傳來了「咕嚕嚕」的叫聲。聽起來像鴿子的叫聲，但比鴿子的叫聲稍微低沉。

她走向簷角，發現有什麼東西在屋簷下方複雜的桁架上動了一下。看起來像鳥。有點像鴿子，但比鴿子大，而且也比貓更大，全身都是灰色的羽毛，翅膀前端是藍色。尾羽是黃色，前端也是藍色。那隻鳥窸窸窣窣地挪動著身體，笨拙地改變了方

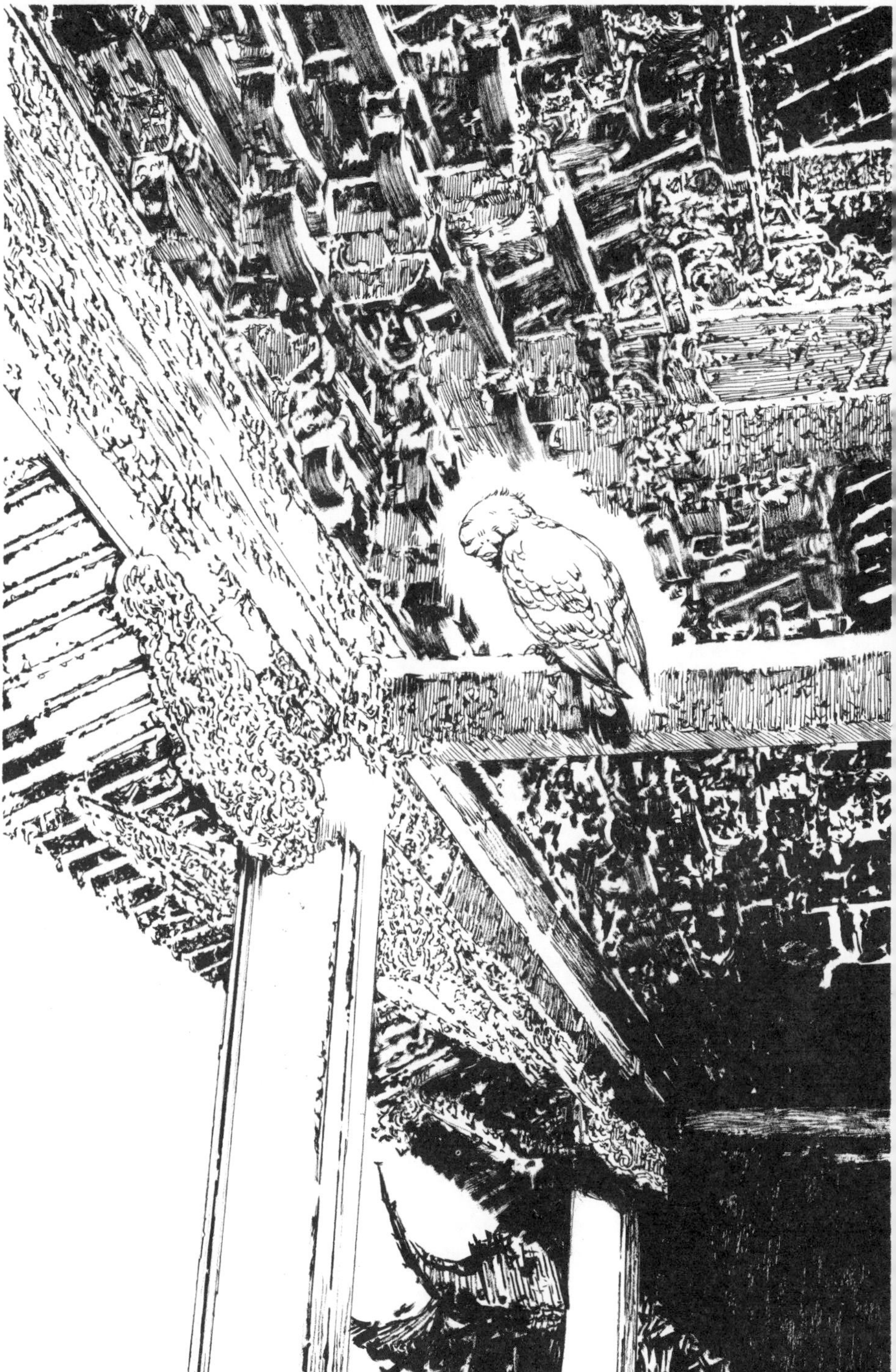

向，蹲在桁架上，轉頭看著黑暗。黑暗中出現了一張好像被壓扁的嬰兒臉，閉著眼睛，用沒有起伏的聲音叫了一聲「啵」。

「原來是次蟾。」

那是會攝人魂魄的妖魔——耶利之前就猜到是這麼一回事。

黃袍館的屋簷下也有這個聲音，回去之後必須把牠趕走。

——這個傢伙就放過牠。

貿然動手可能會留下闖入的痕跡。耶利瞥了一眼在上方看著自己的那張醜陋又毫無生氣的臉，繼續去追泰麒。

4

「我們是不是有什麼做得不夠好的地方？」

浹和正準備上床睡覺，奚這麼問她，她感到有點奇怪。雖然她向來不曾對奚做的事感到滿意，但也沒有不滿到需要責罵他們的程度。她有點好奇，奚為什麼這麼問，只不過懶得多說話，所以只簡單地回答說：「沒有。」

「還是您身體不舒服？」

「不……」

浹和說到這裡，按著太陽穴。最近覺得腦袋很昏沉，即使睡醒之後，仍然覺得渾身無力，整天都覺得懶洋洋。雖然開始做事之後就會暫時忘記這件事，但聽到奚這麼問，覺得自己可能真的有哪裡不太舒服。自從昇仙之後，她從來沒有生過病，所以並沒有想到這一點。

「……可能有點累。」

浹和露出微笑，奚似乎鬆了一口氣。

「您明天可以休假，讓身體好好休息一下。」

「是啊。」雖然浹和這麼回答，但她不可能休假。平仲離開之後，只有自己能夠照顧泰麒的生活起居。惠棟走馬上任成為州宰，說要在泰麒周圍安排更多人手，所以到時候應該就可以輕鬆些，再撐一陣子。

浹和想到這裡，忍不住嘆了一口氣——而且自己還必須觀察泰麒的行動，這是浹和獨特的使命。

平仲為什麼突然去了六寢？

在浹和眼中，六寢是那些像幽靈一樣的人出沒的可怕地方。平仲去了那裡，雖然知道那是升遷，但也完全不感到羨慕。她不想去那裡，不想去那些可怕的人出沒的地方。

醫師德裕最近也失去了蹤影。難道是厭倦了這裡的工作嗎？之前就經常看到他悶悶不樂，感覺格外疲憊。

浹和想起德裕懶洋洋的樣子，突然心頭一驚。平仲之前的情況也一樣。看起來很疲倦，好像有點悶悶不樂，很少說話，好像在擔憂什麼——就和自己現在一樣。

浹和搖了搖頭。

不可能。自己只是太疲倦了。最近天氣很冷，自己的工作壓力也很大，而且立昌指派給她的任務壓力更大。

「……晚上都睡不好。」

躲在屋簷內的鴿子很吵，雖然沒有一直叫，但不時發出的叫聲讓人心煩。

「……一定是、因為這個原因……」

黑暗中響起隱約的聲音。

「戰城南……」

只有一盞燈光照亮黑暗，而且離唱歌的人很遠、很暗。

「死郭北……」

被黑暗包圍的人影一動也不動，只有嘴裡唱出的歌聲，證明了那個影子不是雕像，而是活人。

「野死不葬烏可食。」

沒有活力的歌聲在黑暗中歡快地擴散，好像要抓住人影般抵達牆壁後產生了微微的回聲。

——為我謂烏，且為客豪！

野死諒不葬。

人影抱著單側膝蓋，把臉埋進雙臂之間發出了竊笑聲，自嘲般的笑聲讓歌聲暫時停了下來。

昏暗的火光搖晃。人影動了一下，看向燈光的方向，確認搖晃的火光再度靜止下來後，又像剛才一樣，把臉埋進了兩臂之間。

那就像是永無止境的倦怠。

——腐肉安能去子逃？

5

泰麒盡力悄悄關上門，但仍然造成了空氣的流動，鉸鏈也發出了輕微的擠壓聲。他閃進黑暗中，在等待眼睛適應黑暗期間，努力克制的呼吸應該會發出聲音，然而沒有人問他是誰。有那麼一瞬間，他以為房間內沒有人，但室內有微微的亮光，也可以聽到隱約的聲音。模糊的聲音沒有起伏，但應該在唱歌。

——梟騎戰鬥死，駑馬徘徊鳴。

泰麒隔著雕花屏風張望，發現有一個人影蹲在窗邊的床上，在室內低處點亮的微弱燈火和窗外淡淡的月光映照下形成了黑影。

泰麒感到很意外。他完全沒有想到在六寢內深居罕出的阿選，竟然以這種方式度過漫漫長夜。阿選看起來孤獨無助，難道這就是他放棄政務的內心寫照嗎？

這時，人影突然開了口。

「……有什麼事嗎？」

他果然已經察覺到有人闖入。

「不覺得光線很暗嗎？」

他聽到泰麒這麼問，才驚訝地抬起了頭，原本在床上抱著的腿伸了下來，轉過了身。

「還是說，你每天晚上都這樣？」

雖然因為轉過身的人影在暗處，看不清楚他的樣子，但他似乎看著泰麒。

「太驚訝了……你是怎麼進來的？」

「這裡也是我的王宮，我可以自由出入任何地方。」

阿選站起來，走了兩步，拿起放在地上的燈火。當他把燈火拿在手上時，泰麒才終於看到他的臉。他的臉上露出嘲諷的笑容。

「我再問一次，有什麼事？」

「雖然上奏了很多事，但遲遲沒有獲得回覆，所以只能不請自來，直接來參見。」

阿選用手上的燈火點亮了周圍的燭臺，每點亮一支蠟燭，室內就明亮一點，阿選身上的陰影也消失了。

「你可以告訴張運。」

「該不會一切都交給張運處理？」

「雖然我並無此意，」阿選重新在床上坐了下來，「但這樣也無所謂。」

泰麒嘆了一口氣。

「阿選將軍，你不是因為對驍宗主上的統治感到不滿，所以才採取行動嗎？」

阿選聽了泰麒的話，訝異地看著他。

泰麒又接著說：「你不是不滿驍宗主上的施政，認為不應該是這樣，應該是那樣——因為有自己的理想，所以才採取行動嗎？」

「喔喔，」阿選露出了苦笑，「麒麟對任何事都用善意理解嗎？難道你認為過去那麼多弒君後成為偽王的人，都是想要對王的治世撥亂反正嗎？」

「難道不是嗎？」

「這種情況反而很少，簒弒通常是出於對王的嫉妒或是侮辱。」

「阿選將軍，你也是嗎？」

阿選輕聲笑了起來。

「那就當成是這樣，具體來說，你認為哪一種情況比較好？」

「我認為你不是這種人。」

阿選仰望著泰麒，似乎對泰麒的回答感到很意外。

「是嗎？」

「如果你想要侮辱驍宗主上，不會準備得這麼周到。你是不是對驍宗主上感到不滿？是對自己的處境不滿？還是對驍宗主上的施政感到不滿？」

「你隻字未提嫉妒，是對我的體貼嗎？」

「因為我認為不可能。」

「你說這種話太奇怪了……通常不是會認為是嫉妒嗎？」

「如果是因為嫉妒，你現在應該會感到驕傲自滿，為什麼終於得到了讓你心生嫉妒的東西，結果又丟棄？我無法理解其中的意義。」

阿選笑了起來，似乎覺得很有趣。

「搞不好是用丟棄、踐踏的方式以洩心頭之恨。」

「但你的樣子看起來不像是洩了恨。」

阿選露出了既像是諷刺，又像是自嘲的笑容。

「你的目的是什麼？」

「至少把瑞州侯的權力還給我，冬天已至，百姓需要救濟。」

「你越說越奇怪了，你本來就是瑞州侯，不存在還不還的問題。」

「但實質上不讓我做任何事。」

「你應該去向張運抱怨。」

泰麒不理會阿選的話。

「目前需要趕快拯救百姓，否則，等到你登基時可能為時已晚。」

「如果是這樣，就代表降在我身上的天命也只是這種程度而已。」

這個人——泰麒忍不住想。這個人真的對治理國家沒有興趣嗎？他看起來對國家的存亡也沒有興趣，好像覺得即使國家滅亡也沒關係。但是，他為什麼對王位如此漠不關心？那不是不惜親手追殺驍宗，也要搶奪的王位嗎？

「至少請你出來亮相，難道你打算放任張運干涉宰輔的權力嗎？至少請你恢復官位的秩序。」

「要不要我叮嚀他，不要干涉台輔？只不過我不知道他會不會乖乖聽話。」

「難道你允許他不把王放在眼裡嗎？」

「沒有允不允許的問題，張運只是用他喜歡的方式感受，用他喜歡的方式思考，即使斥責他，他也只是會隱藏起來而已。」

「我懇求你，」泰麒直視著阿選，「請你拯救百姓。如果你做不到，至少允許由我來拯救百姓，讓張運他們不要阻礙我。」

「我會記住，這是台輔的心願。」

「可以更經常看到你嗎？」

「這件事我也會記在心上——來人啊。」

阿選大叫一聲。泰麒還想繼續說服，但不知道說什麼才能夠打動阿選，他還沒有想出頭緒，看起來像是侍官的官吏已經衝進來。

「把台輔送回宮。」

趕來的官吏抓住泰麒手臂的手有禮而堅定，臉上甚至沒有驚訝的表情。他們面無表情，機械式地做著——用力拉著宰輔的身體——照理說絕對不可以做的事。

「加強警戒——沒想到可以這麼輕易讓人闖入。」

「我還有一個要求。」泰麒被侍官押出去時回頭說：「我需要正賴幫忙，請把正賴還給我。」

「你真貪心啊。」

阿選站在原地笑了起來。

「正賴是我的令尹。」

「你剛才不是說了嗎？不能讓人不把王放在眼裡，既然這樣，就更必須讓他交代國帑的下落，而且還要處罰他。」

泰麒被推了出去，無法看到阿選的身影，只聽到他的聲音。

「這是為了恢復官位的秩序！」

「到底是怎麼……」

泰麒被押回黃袍館，才終於重獲自由，正在安慰為他擔心的項梁等人，張運衝進門來。張運滿臉通紅板著臉。

「竟然這樣恣意妄為。」

「恣意妄為是什麼意思？」

「主上不願見任何人，你為什麼擅自溜進六寢？」

「阿選將軍沒有對我說過他不見我，也沒有叫我不要去找他。你說我恣意妄為，我做阿選將軍沒有禁止的事，還需要誰的准許嗎？」

張運撇著嘴說：「主上說不想見你，還說不希望再有類似的情況發生，禁止台輔進入六寢。」

「如果這是阿選將軍的意思，請阿選將軍當面告訴我。」

「這是對我——」

張運怒氣沖沖，但他的話還沒說完，泰麒就打斷他。

「我在此表達我的意思，我禁止你進入黃袍館，同時希望這是你最後一次擅自闖進來。」

張運啞口無言，張著嘴，全身氣得發抖。他想要破口大罵，但把話吞了下去，用力挺起胸膛說：「我瞭解了。」

他說完這句話，就轉身大聲走了出去。

項梁目送他離去後問：「台輔……這樣好嗎？」

項梁說完後，看了看一臉冷漠的泰麒，又看了看張運離去的方向。雖然他感到大快人心，但張運這種人睚眥必報，更何況他畢竟是冢宰，一旦激怒他，日後可能會受到更多阻礙。

「即使取悅他，我也不認為目前的狀況會改變。」
「那倒是……」
即使對張運言聽計從，張運也不可能對泰麒關懷備至。如果對他有所顧忌，他就會得寸進尺，反而會更不把泰麒放在眼裡。只不過一旦反抗他，他一定會反彈。之前只是像一道牆一樣擋在面前，以後可能會明目張膽地表現出敵對態度。

6

——恭請對泰麒的恣意妄為提出勸告。
冢宰府送來的奏摺上寫了這樣的內容。阿選之前把泰麒溜進來一事告訴了張運，指示他加強泰麒的護衛，張運和泰麒似乎為這件事發生了摩擦。阿選看了強調泰麒專橫跋扈，簡直到了滑稽程度的奏摺後冷笑一聲，丟在地上。送奏摺來的侍官面無表情地站在那裡。
「告訴他說，我知道了。」
阿選揮了揮手，但侍官仍然站在那裡，空洞的雙眼看著半空，既沒有看阿選，也沒有看向周圍的任何東西。
阿選輕輕咂著嘴，親自起身走出了堂廳。他特地穿越院子，來到穿堂，對無所事事地坐在休息室的官吏說，如果冢宰府來問，就回答說他已經知道了。

「還有——去收拾一下在堂廳的人。」

「好。」機械式回答的侍官臉上的表情也很空洞，他不等阿選離開，就像機器人一樣行動起來。阿選走過院子時，他已經穿越廂殿的走廊。阿選停下腳步看著他，他當著阿選的面，把原本站在堂廳內的侍官帶走了。

被次蟾攝走魂魄的人受符咒的支配，同時可以抑制病情惡化，但抑制效果仍然有極限。即使有當事人和這個宮殿的雙重防禦，這些人的魂魄仍然像皮囊漏氣般持續消失，最後變成那種行屍走肉的樣子。

——記得他在我身邊有三年了。

雖然很早就對他施了符咒，但還是只撐了三年。當病情較輕時，不會多說廢話，也不會擅自行動，乖巧順從，很好使喚。只不過能夠維持這種狀態的期間有限，不久之後，就會失魂落魄，變成行屍走肉。他們失去對外界的興趣，也沒有自我意志，根本無法用言語溝通，即使在他們身上點火，他們也完全沒有反應，只是繼續站在那裡被燒死，甚至不會發出慘叫聲。

「——又毀了一個人。」

身旁突然有人說話，阿選瞪向聲音傳來的方向，發現琅燦站在廂殿的走廊上，把手肘架在走廊的欄杆上。

「又不是我毀了他。」

阿選說完這句話，回到正殿，琅燦竟然厚臉皮地跟了進來，大剌剌地坐在阿選的座位上。

「聽說台輔偷溜進來這裡？」

琅燦似乎心情很愉快。

琅燦應該在阿選的周圍安插了間諜。看起來像是生病的官吏中，也許有幾個人只是在裝病，搞不好安插在奄奚中。冢宰府和六官府中應該也安插了——就像阿選一樣。

「張運勃然大怒，」琅燦笑得更開心了，「那傢伙太有意思了，竟然真的對台輔產生了敵意。」

「是啊。」

「然後呢？台輔說什麼？」

「他叫我出面露臉。」

「嗯，台輔應該會這麼說，因為他想拯救百姓，他希望在大雪把百姓壓垮之前鋪好救濟的路。」

「他想這麼做，就可以去做啊。」

阿選冷冷地說，琅燦露出了揶揄般的笑容。

「這樣啊——所以你至今無法原諒他一度選了驍宗將軍，真是個小心眼的男人。」

琅燦放聲笑了起來，「無論是張運還是你，嫉妒心強的男人太可怕了。」

琅燦似乎認定阿選是因為嫉妒驍宗才會篡位。事實上，不光是琅燦，大部分人都認為阿選是基於對驍宗的嫉妒才會採取行動。雖然泰麒只是嘴上說說而已，但只有他說「不可能」，否定了這種可能性。

然而，阿選覺得自己從來沒有嫉妒過驍宗。難道只是自己沒有意識到這件事而已？阿選想著這件事，看著露臺外風平浪靜的海上。

第一次遇到驍宗是什麼時候？記得是先王——驕王時代，自己還是禁軍左軍的師帥時，第一次耳聞驍宗的事。

阿選在十五歲時參軍，十八歲時受到拔擢進入軍學，然後又獲得推舉，在當兵的同時讀大學。二十六歲從大學畢業，被拔擢為旅帥。旅帥是五卒五百名士兵之長，一軍只有二十五名旅帥。從軍學去讀大學的人並不少，但很少有人被拔擢為旅帥。阿選深受期待，他也充分回應了期待，才能夠以前所未有的速度很快被升為師帥，最後成為將軍。

阿選被拔擢為師帥的那一年，有一個人和阿選一樣，在大學畢業後成為旅帥入營。周圍的人都議論紛紛，竟然在阿選之後，再次發生了稀奇事。那個人就是驍宗。

驍宗在二十四歲那一年從大學畢業，被拔擢為旅帥。雖然和阿選走了相同的路，但驍宗的步調快了兩年多。阿選在被拔擢為旅帥的五年後成為師帥，驍宗只花了兩年就成為師帥。阿選被拔擢為師帥的三年後，成為禁軍中軍的將軍。不久之後，驍宗也拜命為瑞州師中軍之將。瑞州師的將軍和禁軍的將軍雖然都是將軍，但地位不一樣，只不過在職務上對等，驍宗轉眼之間就追上了阿選，和他平起平坐。

阿選並沒有生氣，反而感到高興——也許該說是熱血沸騰，覺得終於棋逢敵手。有競爭對手是一件好事，尤其阿選之前根本沒有任何可以競爭的對象，基於嫉妒對他產生敵意之輩卻多如過江之鯽。

阿選每次升遷，就有人故意大聲說他很會對長官拍馬、阿諛逢迎，也在不知不覺中帶著揶揄為他取了「阿選」這個綽號。雖然表面上是「一時之選」的意思，但阿選知道真正的意思並非如此。然而，他毫不在意地用了這個綽號。阿選根本不需要對別人逢迎拍馬，他覺得驍宗理所當然地知道他根本沒必要這麼做。如果想要更高的職位，只要立功就可以升遷。只要嚴以律己，勤奮好學，積極思考，刻苦耐勞，立功並非難事。阿選一路走來都是如此，驍宗看起來也是如此。

想要完成某件事，只要努力向那個方向一步一步邁進。競爭不就是這麼一回事嗎？不就是競爭誰跑在更前面嗎？但是，其他人並不是這樣，不是自己努力向前跑，而是用扯後腿、或是踩別人的方式，想要把自己以外的人往後拉，或是根本不邁開步伐，只想著有沒有什麼方法可以輕鬆搶在別人前面。他們不提自己根本沒有跨出一步，只是在猜疑跑在前面的人走了什麼捷徑。

但是，驍宗是憑自己的能力向前跑的人，阿選覺得和驍宗競爭是一件愉快的事。當他們兩個將軍相見時，阿選的確很高興有驍宗這樣的對手。

雖然有人把他們說得好像是敵人，只不過阿選對驍宗並沒有敵對情緒。他固然不想輸給驍宗，卻從來沒有憎恨他。他們的關係並沒有特別好，但正因為阿選認為驍宗是好對手，所以覺得彼此不要混得太熟。偶爾見面時會笑得很開心，度過愉快的時光，也有人見狀，覺得阿選和驍宗關係很親密。

——但是，最後還是攻擊了他。

阿選看向自己的腳下。

驍宗是很值得競爭的對象，阿選對和驍宗競爭這件事樂在其中——至少最初是這樣。他們都深得麾下的信任，很多人都對他們甘拜下風。王也都重用他們，他們被稱為雙璧，左右的龍虎。但是，不知道從什麼時候開始，阿選開始對這種情況感到一種難以形容的窒息感。

——阿選和驍宗很像。

這種聲音越來越多。身為軍人，兩個人的確有很多相似之處，經歷很相似，之後你追我趕，不相上下的升遷之路也很相似。只有驍宗能夠和阿選相提並論，也只有阿選能夠和驍宗可相匹敵。也許是因為這個原因，經常有人對阿選說他很像驍宗，應該也有人對驍宗說同樣的話。事實上，阿選也曾經好幾次聽到有人說驍宗很像阿選。

——兩人本姓都是朴，因為是同姓，所以別人都說你們很像。

這件事讓阿選痛苦不已。

那是自己的影子就在眼前——的壓迫感。他不得不隨時意識到那個「影子」的存在。因為當自己的價值不如那個「影子」時，他就會變成對方的「影子」。他必須是常勝將軍，一旦戰果不如對方，一旦名聲不如對方，阿選就會淪為對方的「影子」。

驍宗放棄了功勞這件事，對他們之間的關係產生了決定性的影響。

驕王下達出征的詔令。當時，王朝動亂頻仍，曾有一時，地方官異議不斷，抗旨頻頻。驕王下達討伐詔令，派驍宗前往垂州。阿選在此之前才因討伐立功而歸，所以阿選搶先了驍宗一步。他認為驍宗當然不甘落後，會衝向戰場建立功勛。

——然而，驍宗拒絕出征。而且，即使他主動辭退，驕王仍然不予接受，再三下達詔令，他竟然解甲歸田，掛冠歸里，歸還仙籍，成為平民百姓。

阿選感到愕然，無法理解驍宗為什麼會這麼做——不，他其實很清楚。驕王無情地對地方課以重稅，地方官對此提出異議，要求驕王節制一擲千金的奢侈生活，驍宗認為地方官有理。也就是說，驍宗選擇了道義，放棄了立功的機會。

阿選並不是對驍宗的行為感到不滿，他很難用言語正確表達當時的心情。兩人接到了同樣的詔令，阿選出擊，但驍宗抗命。看到驍宗毅然拒絕的態度，就知道理在驍宗一方。

阿選意識到，驍宗的決定才正確，自己當時也該拒絕。但是，阿選根本沒想到拒絕這件事，只想到可以比驍宗搶先立功而興奮出擊，為自己立下了違反道義的功勞沾沾自喜。想到這裡，就覺得嘴裡充滿了難以言喻的苦澀。

不知道驍宗怎麼看興奮出擊的自己，怎麼看為搶先一步立功感到沾沾自喜的自己。當驍宗收到詔令時，阿選抱著「讓我見識一下你的能耐」的想法，覺得驍宗當然意識到阿選搶先一步立了功這件事，只有也在戰場上立功，才能和阿選並駕齊驅。驍宗一定會在充分意識到這件事的情況下積極上戰場，而且驍宗也一定能夠凱旋而歸。阿選認為這才是好對手，而且他帶著好意和好奇，想看看驍宗這次會以什麼方式立功，再度追上自己。阿選出征時，驍宗應該也帶著同樣的心情——阿選當時對此深信不疑。然而，當驍宗拒絕出征時，阿選第一次產生了疑問，驍宗怎麼看為了立功而出征的自己？驍宗又是怎麼看待樂在競爭的自己？

——也許只有自己為棋逢對手，將遇良才感到高興。

如果驍宗也認為和自己之間是將遇良才，怎麼可能輕易放棄立功的機會？該不會只有自己在和驍宗競爭？驍宗根本不想和自己競爭，可能一開始就沒把自己放在眼裡。阿選以前也一樣，雖然很多同儕對阿選充滿敵愾，但阿選對他們不屑一顧，置之不理。因為都是一些根本不需要競爭——根本不會讓人產生競爭念頭的傢伙。也許驍宗對阿選也是同樣的態度，一切都是阿選一廂情願，驍宗可能根本不想和阿選競爭。

阿選羞愧得無地自容。他感到屈辱，更對自己感到嫌惡和憤怒。

——那就是對驍宗產生憎惡的瞬間。

但是，無論是好是壞，驍宗從阿選面前消失了。阿選認為時間會讓他忘記驍宗，然而，事實並非如此。因為旁人整天說「如果驍宗還在……」這種話，那些人總是認為驍宗比阿選更勝一籌。即使阿選想要忘記驍宗也忘不了，他為此感到悶悶不樂之際，驍宗又回來了——阿選不瞭解詳細的經過，雖然流傳了很多臆測，但不知道哪一個才是真相，只知道驕王原諒了驍宗的不遜，要求他回到朝廷。驕王盛情款待，旁人也都對驍宗回朝讚不絕口。阿選感到不解，那些人之前不是都罵驍宗背叛了王嗎？難道自己這麼遜色嗎？

阿選感受到一種近似恐懼的感覺，之後更積極追求功名，勉強搶在影子前一步。阿選百戰百勝，影子卻不是常勝將軍，然而，正當他為此鬆了一口氣時，已在不知不覺中決定了優劣。他忘了從什麼時候開始，那些嫉妒之徒痛罵他是驍宗的替代品。

當他失敗時，別人會安慰他：「你終究不是驍宗，這也是無可奈何的事」；當他成功時，別人稱讚他「和驍宗一樣」。在周圍人的眼中，驍宗總是略勝他一籌，即使只有些微之差，阿選終究不如驍宗。雖然略嫌不足，但亦可退而求其次。驍宗當然是最佳選擇，但如果驍宗手頭剛好有其他事，阿選也可以。雖然略微不及，但並不會差太多，所以也可以找阿選。

對阿選來說，競爭變成一件痛苦的事。他們擁戴的王開始失道，這種痛苦與日俱增。這個王朝即將沒落——當他隱約產生這種預感時，更感受到強烈的恐懼。

一旦王駕崩，就會立新王。他知道自己和驍宗最受期待，這種想法並非驕傲自滿。一旦王崩殂，掛起黃旗，他就必須昇山，麒麟會在他和對手之間擇一為王。被選上者為王，落選者為臣——也就是說，在那個剎那就會決定誰是本尊，誰只是影子。

這種恐懼讓阿選動彈不得，無法和驍宗一起昇山。他無法想像兩個人站在麒麟面前接受選定的瞬間，也許是因為他有預感，覺得麒麟一定會像之前其他人一樣選擇驍宗。他的預感成了真，泰麒選擇了驍宗。

阿選並不感到意外，但同時無法不思考如果自己也一起昇山，是否會有不同的結果。然而，勝負已經決定，不必再對驍宗有無謂的敵對心理。只不過他的麾下無法接受，有一部分勢力仍然不放棄把阿選和驍宗拿來比較，讓阿選無法忘記這件事。阿選覺得難以呼吸——好像有人奪走了他的呼吸。只要有驍宗在，阿選就無法呼吸。

他一度打算離開戴國，但最後打消了念頭。因為這等於承認自己只是驍宗的替代品，自己必須超越驍宗，想要超越已經坐上王位的驍宗，唯一的方法就是把驍宗趕下王位，自己坐上王位，比驍宗更出色地治理這個國家。

朝廷中漸漸出現了質疑的聲音。驍宗真的沒問題嗎？也有人擔心，也許驍宗治世不會太久。驍宗作風太激烈，是飄風之王。驍宗太優秀——朝廷內有各種聲音，就連當初選擇了驍宗的泰麒，也對驍宗感到有點擔心。他們主從之間的關係不佳——雖然驍宗才剛登基。

說驍宗是飄風之王的聲音不值得一聽，但阿選覺得認為驍宗太激烈、太優秀的聲音並非空穴來風。事實上，驍宗的確看起來太急躁，不顧周圍官吏的困惑和不知所措，憑著麾下對他的信任和聲望，雷厲風行地改革朝廷。沒有人能夠跟上驍宗的腳步，阿選覺得那些無法跟上驍宗腳步的人，可能會成為驍宗治世的災難。

同時，那些認為驍宗太優秀的聲音顯然是出於嫉妒，那些在背後說三道四的傢伙幾乎都是一些有點小聰明的小奸小惡之徒，但阿選知道這種沒有信念，也缺乏矜持的小奸小惡之徒有時候會引發致命的災難。

也許真的如傳聞所說，驍宗的時代很快就會結束。阿選對這件事抱有極大的期待。因為果真如此的話，阿選還有機會超越驍宗，只要在驍宗之後繼承王位即可。他知道這是失敗者的期待，但琅燦粉碎了他僅有的一線希望。

「──你不知道不會連續兩個王都是同姓這件事嗎？」

琅燦問他。

阿選回答說，他不曾聽說過這件事。

「這不光是沒有前例而已，這是天理，雖然沒有寫在天綱上，但和天綱一樣絕對。」

在理論上，經歷驍宗的時代，然後再迎接下一任王，而且在下一任王的時代結束時仍然活著這件事並非不可能，只不過到時候阿選周圍到底有多少人還記得驍宗。如果無法讓知道驍宗的人認為阿選比驍宗更優秀，認為驍宗才是阿選的替代品，就失去了意義。琅燦等於在告訴阿選，他永遠無法擺脫成為驍宗替代品的命運。

「太可惜了，」琅燦說：「早知道你應該昇山。」

阿選搖了搖頭。雖然他很絕望，但理智讓他覺得不能讓別人察覺自己的絕望。

「即使昇了山，結果也不會改變，驍宗就是王。」

「是嗎？」

阿選驚訝地看著琅燦，琅燦露出了難以捉摸的淡淡笑容注視著阿選。

「如果我告訴你，麒麟挑選的並不是人呢？」
「不是人？」
「麒麟承天意選王——這件事很明確，但並不是上天小聲在麒麟耳邊說出新王的名字，上天以直覺的形式向麒麟授意，這就像我們用使眼色的方式向對方傳達心意一樣，誰能保證不會發生錯誤呢？」
「怎麼可能有這種事？麒麟的天啟絕對不會錯。」
「對，天啟絕對不會錯，但是上天並沒有說出具體的名字。如果可以說出名字，就根本不需要昇山這種儀式，如果知道在哪裡的哪個人是王，只要直接去找那個人就行了。」
「但是——」
「那稱為王氣，就是王的氣息，得到上天認可的新王氣息——其實就只是這樣而已。」
琅燦說完，露出了嘲諷的笑容。
「麒麟只接收到模糊的印象，告訴他必須選這種感覺的王。你和驍宗將軍很像，我相信麒麟在你們兩個人身上感受到的氣息也很相像。當你們同時出現在泰麒面前時，不知道他會選誰。」
阿選說不出話，也無法動彈。
「我也不知道泰麒會選誰，但有一件事很確定，驍宗將軍昇了山，但你沒有，驍

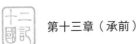

宗將軍比你先見到了泰麒。」

「妳的意思是，所以台輔選他成為主上？」

琅燦沒有回答，只是露出淡淡的笑容看著阿選，她的視線推了阿選一把，讓阿選克服了最後的猶豫。

阿選轉過頭，發現琅燦臉上露出了和那天相同的嘲諷笑容看著他。琅燦向來不掩飾內心的嘲諷，在琅燦眼中，阿選不如驍宗——這是絕對不可動搖的事。

——既然這樣，她為什麼要慫恿阿選？

「……妳到底有什麼目的？」

阿選問。阿選之前曾經多次問琅燦這個問題。琅燦每次的回答都一樣。

「我並沒有什麼目的。」

琅燦冷冷地回答後站了起來。

「我對你並沒有任何指望，即使有什麼指望，也不認為你這種人有辦法做到。你終究只是替代品。」

——既然這樣，為什麼慫恿我攻擊驍宗？

「如果是妳，會怎麼處理泰麒的事？」

「讓他做他想要做的事。」琅燦說：「台輔是麒麟，麒麟的目的很清楚，他只想拯救戴國的百姓。拯救百姓並不是壞事，對你來說也是好事。如果繼續棄民不顧，好不容易降臨的天意可能會離你而去。」

「這樣沒問題嗎？天意要把屬於妳主子的東西交到我手上。」

琅燦聳了聳肩。

「既然是天意，那也無可奈何——雖然很讓人生氣，但即使你坐上王位，也只會暴露你的無能，我想看你被烙上無能的烙印失道，走向毀滅的樣子。」

琅燦向來深藏不露。她沒有正面回答阿選的問題，而且言行不一致，沒有真實味。

——她到底在想什麼？

阿選想到這裡，突然問琅燦：

「妳這麼在意嫉妒這件事，是因為妳自己心有嫉妒嗎？」

琅燦聽了阿選的問題，一臉驚訝地看著阿選。

「一旦我失道，台輔就會崩殂。對王來說，麒麟就像是伴侶，妳無法原諒這件事。」

琅燦崇拜驍宗，她嫉妒和驍宗密不可分的泰麒，所以想要一起毀了他和驍宗。

琅燦微微偏著頭，停頓了一下後放聲大笑。

「有意思——真是太有意思了。」

琅燦捧腹大笑著說，然後又不停地笑。

「我的確不像你們那樣尊敬台輔，對王也是一樣。雖然我很敬重驍宗將軍，但他們是王或是麒麟這件事根本無所謂。」琅燦說完，再度微微偏著頭說：「根本無所謂——這種說法並不正確，應該說我有興趣，但只是對天理有興趣。」

「天理？」

「我雖然尊敬驍宗將軍，但更多的是好奇。我對這個世界與王之間的關係很有興趣，我想知道如果有什麼狀況時，會帶來什麼結果。」

阿選聽不懂她的意思，繼續看著她。琅燦似乎說服了自己，點了點頭。

「我雖然對王和麒麟相關的天理很有興趣，但沒有人告訴我答案，所以只能自己試一下才能知道答案。」

7

「又是——知道了？」

張運聽了侍官的話，大聲咆哮著，踹向旁邊的椅子。

案作看著他，內心感到無奈。

張運昨天得意洋洋地說要去向泰麒抗議，回來後暴跳如雷。

「怎麼了？」雖然案作這麼問，但心裡大致猜到了是怎麼一回事。一定又被泰麒打敗了。最近許多高官都在背後議論紛紛，覺得張運這種人根本不可能是泰麒的對手。麒麟是一國之要，和只有仙籍的張運這種官吏不同。麒麟和王一樣具有神籍，是另一個世界的人，在地位上也是朝臣中唯一有公位的臣子，原本擁有的權力就遠遠超越冢宰。宰輔會影響王，但不會直接對官吏發號施令——因為這是慣例，所以很少意識到這個問題，但只要泰麒有心，開始對官吏行使權力，只有王能夠阻止他。

明目張膽和泰麒敵對是愚蠢的行為，但張運根本聽不進旁人的建議。

張運情緒激動地寫了奏摺，要求阿選懲罰泰麒，但阿選一如往常，只回覆了「知道了」這三個字。張運應該感到怒不可遏，但形勢原本就對張運不利。

案作這麼想著，冷眼看著張運胡亂發脾氣。

「把我當成什麼了——太可惡了！」

張運踹完椅子後，用力嘆了一口氣，回頭看向案作。

「你去把士遜找來。」

「士遜正在關禁閉。」

士遜之前因違抗泰麒遭到更迭，只遭到關禁閉的處置算是大幸，否則搞不好會被視為有叛意——這當然是張運向周圍的人施加壓力，才能夠讓士遜從輕發落。

「別管那麼多，去把他叫來！」

張運大吼道，他太陽穴上青筋暴出。案作恭敬地行了一禮，命令下官去把士遜叫來。但並不是只要下達命令就好。士遜是因為犯下不服從的罪遭到更迭，一旦犯下不服從的罪，秋官當然必須調查士遜除了不服從以外，是否還有叛意。士遜以在自家關禁閉的方式遭到監禁，夏官監視他的動向，以免他逃走。面會需要申請，必須向秋官和夏官打招呼後，士遜才能離開住家。案作俐落地處理完這些事，在過程中進行交涉的那些高官都表現出「張運又在亂搞了嗎？你也真辛苦」的態度。

——真的很辛苦。

但是，正因為案作萬事都調整得宜，張運才能繼續掌權，案作也才能保住目前的地位。

被叫來的士遜一副落魄潦倒的樣子。他原本就長得一副寒酸相，現在看起來更憔悴，更加垂頭喪氣。他擔心挨罵，一臉膽顫心驚，似乎想要趁此機會求救，一看到張運，立刻趴倒在地，拚命磕頭，滔滔不絕地說著道歉、拍馬和懇求的話。

「好了——你先閉嘴！」

張運大喝一聲，士遜立刻閉上了嘴。

「你已經反省了吧？」

「對，我深刻反省。」雖然士遜這麼回答，但在一旁看著他們的案作忍不住對士遜心生同情，覺得怪罪士遜太不合理了。因為當初根本就是張運指使了一切。

「你因為思慮不周，惹台輔不高興，但你並沒有怨恨台輔吧？」

「當然沒有。」

「如果台輔原諒你，你願意為他效力嗎？」

「我發自內心如此希望！」

張運露出了滿意的笑容。

「很好，那我就任命你為內宰。」

「內宰？」士遜驚訝地抬起頭。

「你要好好照顧台輔當作贖罪——務必要細心周到。」

「是，遵命。」

原來如此。案作忍不住在內心苦笑。這是張運最擅長的「過度忠誠」，也是他成為冢宰之前，為了把比自己位階更高的官吏拉下馬時經常使用的手段。他會把像士遜這種對他唯命是從的手下送去目標人物身旁，用盡各種手段表現忠誠。送大量物品和大量下屬到目標人物身旁，過度干涉目標人物，讓目標人物完全沒有喘息的機會。一旦遭到拒絕，就會失意地痛哭；一旦遭到斥責，就會怨嘆自己太愚蠢而放聲大哭。旁人覺得他只是忠誠過度，所以就會為他說情。如果目標人物的態度太嚴厲，旁人就會責備目標人物，袒護張運。目標人物認為張運的舉動造成了自己的困擾，簡直讓人窒息，但這種意見無法得到旁人的理解，久而久之，目標人物就像被棉花勒住脖子般失去力氣。與此同時，他會對外大肆稱讚主公，把別人踩在腳下，過度吹捧主公的成績，把他人的功勞也說成是主公的功勞。一切都像是基於善意和忠誠所為，然而，此舉會導致目標人物的風評越來越差。在和他人比較，稱讚目標人物時，被比較的人就會覺得目標人物在侮辱自己；如果功勞被搶走，就會對目標人物產生敵意，最後，不需要張運動手，就會有人把目標人物拉下馬。許多人被拉下馬時，已經失去了對抗的力氣。

——很像你會使用的手段。

案作在內心嘀咕。

但是，泰麒會這樣輕易落入陷阱嗎？

案作從至今為止的情況中發現，泰麒堅強得不像是麒麟。泰麒向來都很冷靜，而且從他溜進六寢，就知道他非常大膽，而且富有行動力。更何況他的地位遠遠高於張運，泰麒應該是張運目前為止所遇到的最厲害的對手。

——至今為止——案作思忖著。張運把泰麒視為俘虜，泰麒似乎也沒有反抗，但案作認為這是泰麒考慮之後的結果。泰麒具有隨時進入六官府指揮高官的權力，當泰麒發揮麒麟的威勢開始發號施令時，張運這種貨色根本無法阻止。雖然只有王有權力剝奪張運的官位，但如今阿選深居簡出，要讓冢宰的地位有名無實根本輕而易舉。案作認為泰麒深知這一點，卻並沒有這麼做。阿選對國家和百姓棄之不顧，泰麒需要六官的協助，才能跳過阿選，拯救國家和百姓。想要拯救國家和百姓的泰麒可能故意配合張運這種低劣的計謀。

「案作！」

張運向士遜交代了許多壞事之後，回頭叫著案作。

「是。」案作應了一聲。

「我要解除黃醫的職務，也要解除那個派去台輔身邊的醫官職務。」

案作恭敬地答應後，命令天官，傳達了張運的指示。泰麒果然棋高一著，黃醫文遠和德裕似乎已經失去了蹤影，但醫官潤達早就已經辭職，在瑞州獲得了州官的官位。

——果然不出我的所料。案作心想。他在這麼想的同時，決定暫時不說原本猶豫該不該向張運提出的建議。為了將士遜送去泰麒身旁而遭到革職的內宰並不是張運的爪牙，莫名其妙失去官位的內宰會有什麼想法？如果不用某種方式補償，很可能會導致叛意。

——接下來要嚴密監視內宰。

這當然不是為了張運。

第十四章

1

刺骨的寒風中夾著白色雪片，風中隨時都夾著細雪，只是難以判斷是天空飄落的雪，還是積雪被吹了起來。在沒有陽光的地方積的雪都凍結了，而且越積越高。李齋看著的小院子角落也都積起了雪，有些地方的積雪已經深及半個膝蓋。有人走動的通道上的雪都清掃乾淨了，石板都結了冰，吹落的雪像海浪拍打留下層層波紋。

「……你會不會冷？」

李齋看向身後，她背靠著蹲在稻草中的飛燕身上，巨大的腦袋枕在前腿上靜靜呼吸，吐出了淡淡白色的氣。

浮丘院內的這個廄房環境並不理想，廄房有很多縫隙，吹進來的風很冷。雖然地上鋪了很多草，但草都很細，李齋對把飛燕留在這麼寒冷的地方感到很愧疚。

她怔怔地撫摸著飛燕的頭，聽到了輕盈的腳步聲，看到酆都從廄房入口探頭進來。

「李齋將軍，妳果然在這裡。」

「有事嗎？」

「建中來了。」

「建中？」

李齋站了起來。飛燕抬起了頭，似乎在問：「妳要走了嗎？」李齋撫摸著飛燕的下巴向牠道歉，然後和酆都一起走出廄房，從後門離開了浮丘院。清晨的路上還沒有什麼人，如今已經是人們躲在家中的季節。李齋把圍巾拉到鼻子上方，快步走在路上。今天特別冷，寒意刺骨。她覺得去老安回來之後，體內的熱氣好像都散掉了，無論做什麼，都無法使身體暖和起來，凍僵的手腳格外沉重。她咬牙快步回到落腳處，發現建中坐在廚房等她。

建中看到李齋，立刻起身默默鞠了一躬。

「上次多謝了——今天有何貴幹？」

「石林觀要我帶話過來。」

「石林觀？」

得知阿選踐祚的公告後，曾經去拜訪過石林觀體系的廟宇，難道這件事傳入了石林觀的耳中嗎？但建中為什麼會為石林觀帶話？

「建中，你和石林觀有聯繫嗎？」

建中沒有回答李齋的問題，對她說：「他們說想和主座見面。」

李齋微微偏著頭感到納悶，但也不能拒絕，於是一行人前往位在市街東北方小山上的石林觀。之前曾經造訪了石林觀體系的廟宇，這次前往的是石林觀本山。那裡是修行的場所，即使是信徒，也無法輕易前往參拜。走上長長的石階，聳立在前方的山門緊閉，似乎證明了這一點。建中敲了敲旁邊的小門，門從內側打開，一個身穿白衣的年輕道士向他們行了一禮。李齋等人跟著他走向伽藍深處。石林觀的建築物都幾乎沒有任何裝飾，色彩也很單調，石板掃除了白雪、洗得很乾淨，庭院內的白雪上沒有一個腳印，也沒有一片落葉，看起來格外美麗。庭院內不見災民的身影，瀰漫著靜謐冰冷的空氣。

「請走這裡。」道士帶他們來到最深處建築物東側的側院，請他們進入正堂。正堂內所有的門窗緊閉，是因為寒冷的關係嗎？堂內飄著線香的細煙，昏暗中，只有來自採光窗的微弱光線，隱約可以看到正堂中央設置了高臺，一個嬌小的老婦坐在高臺的椅子上。

「歡迎各位蒞臨──我叫沐雨。」

坐在高臺上的女道士恭敬地行了一禮。

「各位也看到了，我歲數大了，行動不方便。雖知很失禮，但還是請各位來這裡一趟，敬請見諒。」

高臺的左右兩側有好幾個人，有一半是穿著褐色衣服的道士，但有另一半看起來是普通百姓。李齋看到其中有一個十二、三歲的少年，忍不住輕聲叫了起來。

「──回生！」

那是在老安的──那個墳墓遇見的少年。老安的里宰輔茂休也在少年身旁，他低著頭，站在少年身後。在他們兩個人身後，還站了好幾個人。其中有一個女人似乎很面熟，之前在老安見過嗎？

「我相信各位一定很納悶，為什麼一個素不相識的人要找你們過來。我會向各位說明來龍去脈，各位請先坐下。」

沐雨指著高臺對面的椅子說道，那裡為他們每個人準備了一張椅子。李齋等人行了一禮後坐了下來，白衣道士為他們送上熱茶。沐雨問了李齋等人的名字，等白衣道士離開後，沐雨說：「李齋大人似乎記得回生——六天前，回生敲響了本院的大門。」

在寒冷和風雨中，花了六天時間從老安走到琳宇的少年告訴道士說，老安藏了一名武將，但那名武將被里人共謀殺害了。

「……回生。」

李齋驚訝地看著少年。

「因為我看到你們那天傍晚離開了里，雖然大人說，外面很危險，但我猜想他們是危言聳聽，應該沒那麼可怕。」

「簡直亂來，你自己一個人——至少可以叫我們帶上你。」

「如果我說了，你們一定會阻止我，不是嗎？大人都不能相信，府第也根本靠不住。不久之前，有士兵躲在我們那裡，後來他們也不見了……我只想到道觀，不知道除了這裡以外，還可以去哪裡說這件事。」

「你是石林觀的信徒嗎？」

「雖然不是，但爸爸和媽媽都很尊敬沐雨大人，他們說沐雨大人很了不起，所以我想沐雨大人應該會願意聽我說。」

沐雨點了點頭說：「謝謝你。你憑著對我的信任，沒有像樣的行裝，一個人來到本院。既然這樣，我當然不能辜負你的信賴。」

沐雨派人前往老安確認真相後，決定把李齋等人找來這裡。

「首先要告訴各位一件事——主上並未駕崩。」

李齋驚訝地抬起頭，凝視著沐雨年邁卻美麗的臉龐。

「……此話當真？」

沐雨點了點頭，然後用柔和的眼神看著回生。

「老安之前的確藏匿了一名武將，這件事是事實，但那位武將並不是主上——回生，那位武將曾經私下向你透露了名字，對不對？」

回生點了點頭。

「他沒有告訴別人，只告訴我一個人，他說他的字是基寮。」

「基寮——」李齋輕聲叫著：「原來是基寮——」

「您認識？」沐雨問。

「以前是在下的同袍，他是州師的將軍，被派來文州。」

原來是這樣。李齋回想起那個冷清的墳墓。墳墓內躺的並不是驍宗這件事令人高興，但想到基寮長眠在那裡，就感到難過不已。而且他在秋天之前還活著，如果李齋早一點找到那裡，或許可以見到他。這時，李齋突然想到一件事。

「……但是，基寮既非白髮，也並非紅眼。」

站在回生背後的茂休聽到李齋這麼說，深深地鞠了一躬。
「他們騙了各位，希望你們認為主上在老安駕崩——因為新王即將要登基。」
茂休在沐雨的注視下向前走了一步。

在驍宗失蹤半年左右，那名倒在路旁的武將被送到老安。老安的人認為那名武將應該在遭到阿選討伐時受了傷，但並沒有明確的證據。武將的確身受重傷，而且也確實曾經在山野中躲藏了很久。

茂休和其他人純粹基於善意救了那名武將，當然也是對阿選的反彈。既然阿選想要殺這名武將，那就無論如何都要救他。當時，他們認為那名武將應該是王師的士兵——但不知道誰先提出，他會不會就是王？

他們知道王的下落不明，當時已經有傳聞說，也許是遭到阿選的攻擊。那是半年之前的事，但驍宗可能躲過阿選的刺客，躲藏在某個地方，最近露臉時遭到了攻擊。當時，茂休他們並沒有機會瞭解驍宗的外貌。

有可能是驍宗——雖然覺得不可能，但仍然抱著一絲期待。也因為這個原因，茂休等人盡心盡力地照顧武將，而且徹底隱瞞了他的存在。不久之後，武將終於甦醒。當他們問他是不是驍宗時，他回答「否」，卻始終沒有告知自己的姓名。茂休等人也不知道該不該相信他「否」的回答。這些情況之前已經告訴了靜之和李齋。

但是，當他們對著基寮叫「主上」時，他從來不曾回答過，而是一再重申「非也」，所以茂休等人在某個時間點之後，也認為他並非驍宗，去年有機會得知驍宗是白髮紅眼，於是所有人都知道，那名武將並非驍宗，但大家都認為基寮堅持不肯透露自己的身分，想必是驍宗陣營的重要人物。一旦知道他的身分，就會連累藏匿他的茂休等人，所以基寮努力維持他們不知情的狀態。

然而，基寮的身體比想像中更差。他可能原本打算在里內休養一陣子，等身體恢復之後就立刻離開，但他在身體尚未恢復之前就勞累過度，之後又病倒了，這樣反覆了好幾次，最後在今年秋天，終於——

「請各位務必相信，我們絕對沒有害死他。雖然的確把藥混在飯裡，但那是因為他說不需要服藥。他擔心會增加我們的負擔，所以一再強調說他不需要昂貴的藥，不需要去買。」

與其會給大家添麻煩，即使身體沒有恢復，也會離開——因為他的態度很堅定，所以茂休等人才會偷偷把藥混在飯裡。

「沒想到回生竟然知道這件事……只不過他誤會了，我們絕對不可能害他，我們只能說，請你們務必相信。」

李齋點了點頭說：「謝謝你們照顧在下的同袍……在下發自內心感謝老安各位的深情厚誼。」

「謝謝。」茂休用袖子按著眼角。

「但是，你們為什麼要做到這種程度？雖然只是神農的藥，但對你們來說，不是很大的負擔嗎？而且藏匿會給你們帶來危險，當初懷疑他是主上時或許情有可原，在你們得知他並非主上時，為什麼還這麼悉心照顧基寮？」

「不知道——當然一方面是因為於心不忍，當初剛送來時，他的傷勢真的很嚴重。之後終於慢慢癒合，我們也都很高興，所以我們很想看到他完全治好，恢復健康的樣子。」

茂休說到這裡，又小聲地補充說：「因為這是一個沒有希望的時代。」

戴國沒有希望。這一切都是在鴻基篡奪王位的豺虎造成的。也許他們想要藉由保護基寮的行為進行抵抗。雖然為了生存而低頭，但絕對不屈服。

「……當然也因為他的人品，他為了感謝我們，幫了我們很多忙。在這樣的時局中，我們里能夠撐下來，也是因為他向我們提供了很多建議。他從妖魔手上救了回生的父親，回生的父親因為當時受的傷死了之後，他就把孤苦無依的回生留在自己身邊，成為回生的依靠。」

「基寮很了不起……雖然在下早就瞭解他的為人，但聽你這麼說，真的太高興了。」

茂休點了點頭。

基寮的確急著想要趕快康復，為了迅速恢復體力，卻讓自己太勞累了。雖然為了避免回生擔心，他假裝自己沒事，但其實他的身體很差，最後終於倒下，留下了一句「至少台輔……」的遺言。

基寮打算尋找驍宗的下落，打算和驍宗一起奪回鴻基，但最後無法完成夙願，於是希望茂休等人至少能夠找到泰麒。

「……雖然他沒有說，但經過這麼多年，他似乎也已經對主上不抱希望了。即使幸運找到主上，主上要集結兵力，舉兵反攻談何容易，更何況他自己也即將離開這個世界，所以他認為反攻已經無望。我們這些手無寸鐵的百姓唯一能做的事，就只有尋找台輔的下落。不，這也幾乎不太可能，但這是我們能夠抱著希望所做的唯一的事——我相信他是這麼想。」

「這樣啊。」李齋嘀咕道，想像基寮的心境，就忍不住感到心痛。真希望能夠早一步見到他——即使無法改變結果，至少讓他知道泰麒已經回來了，不知道該有多好。不，如果他得知這件事，或許就不會硬撐，會好好休養。如果有李齋等人陪在身旁，這應該並非不可能，這樣或許可以救他一命。

……果然晚來了一步。

「當他去世後不久，大家都感到情緒低落時，聽到有一股勢力正在尋找主上的下落。」

李齋點了點頭。

「在下聽說這個消息傳開了，只是當初做夢都沒有想到，真的太大意了……因為我們這幾個人根本稱不上什麼勢力，你們也看到了，就只有這幾個人。」

茂休搖了搖頭——因為他們之前並不知道，只聽說有一股勢力以琳宇為據點，正在尋找驍宗的下落。到底是阿選的爪牙？還是驍宗的麾下？萬一是前者的話怎麼辦？

「如果那位武將還活著，我們應該不會那麼驚慌失措。如果他還活著，我們無論如何都會藏匿好，絕對不會讓那個豺虎的爪牙發現。如果是主上的麾下，當然會千方百計安排見面，即使因此被那個豺虎盯上也在所不惜。」

然而，基寮已經不在了。

「如果在尋找武將的勢力是主上的麾下，我們希望至少可以告知武將最後的狀況，但是我們無法判斷到底是哪一個陣營的人。萬一接觸之後，發現是那個豺虎的麾下，就會惹禍上身。」

茂休說到這裡，降低了說話的音量。

「因為我有責任必須守護老安……」

基寮已經死了，即使去看了墳墓，也無法有任何收穫。所以他們保持了沉默，然而，當習行帶著靜之前往時，狀況發生了變化。因為之前去探風聲的里人發現，曾經在尋找武將的勢力中見過靜之。

「那個之前去探風聲的人說，他是那些人的同夥；但另一個人說，他是習行的徒弟，曾經好幾次跟著習行來我們的里。」

於是，茂休等人就認為，這個里早就被盯上了，但靜之在此之前並沒有積極和他們接觸。難道是因為並不確定基寮在這裡嗎？如果是這樣，代表他並不是阿選陣營的人。如果是阿選的陣營，只要稍有懷疑，就會大舉進攻，把老安所有人都殺光。因為阿選之前向來都如此。

「於是我們就請菁華接待你們。你們當時見到的那兩個人之前在文州師，因為有反叛的意圖而遭到追殺，最後逃到了老安。」

「這樣啊……」

「也是他們告訴我們，主上是白髮紅眼。他們見了那位武將之後說，至少並不是主上，他們也一直在尋找主上的下落。」

從他們的態度中發現，靜之並不是阿選陣營的人，但是──

「如果帶你們去墳墓，告訴你們，你們尋找的武將已經去世了，你們能夠接受嗎？你們會不會一直留在老安尋找他的下落，追查他的身分？這麼一來，早晚會被官府的人盯上。」

茂休說到這裡，低下了頭。

「那位武將離開之後，我們的處境變得很為難，但我們不能束手待斃，所以大家就在討論後決定。如果是豺虎的麾下，就只能據實以告，說不是主上，但如果是主上的麾下，就說是主上──」

「我無法接受。」靜之打斷了他，但李齋叫了他一聲：「靜之！」

「如果告訴我們是驍宗主上，我們就會失望地離開老安，再也不會去那裡了嗎？」

靜之用嚴厲的語氣質問茂休後，回頭看著李齋說：「李齋將軍，我無法接受這種莫名其妙的話。」

李齋嘆了一口氣，靜之說「無法接受」，她只能點頭。即使老安的人說武將已死，而且並非驍宗，他們也無法輕易接受，一定會再三前往確認事實。但是，即使說武將就是驍宗，也同樣無法接受，也同樣會確認到底是不是事實。只是因為聽到阿選踐祚的消息，才沒有這麼做。

靜之直視著戰戰兢兢，眼神飄忽的茂休。

「我們不可能不查明你們藏匿的武將平安與否和他的身分就放棄，照理說，我們應該會住在老安，找遍整個里，而且會找里人問清楚，但之後聽到阿選踐祚的傳聞，所以才沒有這麼做——你們也知道那個傳聞。」

茂休的肩膀抖了一下。

「這件事和在尋找武將的勢力無關，是因為得知了阿選踐祚的消息吧？新王已立，這代表即將進入一個新的時代。既然新王出現，代表驍宗主上已經駕崩，所以為了讓正在尋找驍宗主上下落的我們知道驍宗主上已經駕崩，才說了那樣的謊，是不是這樣？」

茂休轉過頭，李齋認為這代表他承認了這件事。

「驍宗主上已經駕崩，已經不是王了。他的麾下和新王阿選敵對，就只是叛民。你們不想和叛民有任何牽扯，不想因為有牽扯而被新王阿選認為有叛意，不僅如此，你們希望我們停止繼續尋找已經不是王的人這種愚蠢的行為。你們認為新的時代已經來臨，一直巴著過去的王不放而否定新王，根本是擾亂國家的行為，讓你們覺得很困擾，是不是這樣？」

靜之咬牙切齒地問。

「當初你們聽說有尋找主上的勢力時，你們只想到保護自己，不想被阿選盯上，不想和阿選的敵對勢力有任何牽扯——你們徹頭徹尾只是為了自保。」

茂休滿臉怒氣地抬起頭，他還來不及開口，李齋就插嘴說：「百姓不能自保嗎？」

靜之啞口無言地看著李齋。

「他們為了自保欺騙了我們。」

李齋點了點頭。

「即使是這樣——在下再問你一次，百姓不能自保嗎？」

李齋露出嚴厲的眼神看著靜之，靜之有點畏縮。

「我沒說不行……但是……」

「茂休是里宰輔，目前沒有里宰的情況下，他必須負責讓老安維持安寧。茂休將老安的安全放在第一並沒有錯，其他百姓以自身安全為最優先也是理所當然的事。」

李齋停頓了一下，又繼續說：「老安的人幫助了基寮，曾經藏匿他，他們明知道這麼做會有危險，但他們仍然藏匿了基寮好幾年，而且悉心照顧他。我們必須感謝他們，有什麼理由責備他們？」

茂休驚訝地看著李齋，李齋對他點了點頭說：「我們這些仙有很多特權，而且在金錢上受到厚遇，這是因為我們必須承擔相應的責任，所以不允許有自保的行為。但是，我認為百姓為自己的安全著想是正確的行為，保護好自己、自己的家人和周遭的人——百姓沒有權限對除此以外的人做任何事，既然沒有權限，當然也就不需要負起責任。」

「但是……」靜之在嘴裡小聲嘀咕。

「我們來到這裡，想要營救驍宗主上，不是為了拯救戴國嗎？不是為了拯救戴國的百姓嗎？如果責怪百姓為了自救而採取的行動，就等於親手放棄了拯救戴國的大義。」

靜之還想說什麼，李齋伸手制止了他。

「——驍宗主上一定會這麼說。」

靜之驚訝地注視著李齋，然後陷入了沉默。

「我們是驍宗主上的麾下，即使驍宗主上不在這裡，我們也不能做任何違背他意願的事。」

這就是李齋的結論。必須拯救戴國的百姓，但無法尊阿選為主。也就是說，李齋首先是驍宗的臣子，如果泰麒選阿選為新王，那是因為泰麒是戴國的臣子。上天派泰麒到戴國，泰麒採取對戴國有利的行動是理所當然的事，不允許摻雜阿選是仇敵這種私情。即使內心有糾葛，仍然必須將戴國的前途放在首位。

「百姓也一樣。對百姓來說，戴國的前途才是最重要的事，所以覺得我們至今仍然在尋找驍宗主上的下落，根本是麻煩人物。」

必須放下仇恨、放下執著繼續向前走。然而，李齋無法放下對阿選的仇恨，阿選至今為止所做的各種惡行令人髮指，氣憤難平。如果有機會討伐阿選，李齋想要親手殺了他，即使會因此導致戴國失去新王。

「這代表比起戴國，在下選擇了驍宗主上……也就是說，在下將身為驍宗主上的臣子這件事放在首位。」

沐雨靜靜地插嘴問：「……妳打算討伐阿選嗎？」

李齋落寞地露出微笑。

「在下想要討伐他，但不會這麼做，因為在下尊為主公的驍宗主上絕對不會希望在下這麼做。」

「……是啊，」靜之吐了一口氣說：「沒錯。」

泰麒曾經一度拒絕驍宗。那是在蓬山的時候，靜之跟著臥信，一起跟著驍宗前往蓬山。當時驍宗決定離開戴國。

那是驍宗在蓬山第一次和泰麒面談結束的時候。泰麒見到驍宗後說：「中日之前平安無事。」這句話就代表——驍宗並不是王。

——看來是我太高估了自己。驍宗苦笑著說。

「既然是天帝之意，就無能為力了，這也是命運，只是枉費你們一路跟隨，真是太丟人現眼了。」

「但是——」

靜之氣憤難平。即使再怎麼生氣也無濟於事。一切都是天意，既不是泰麒的過錯，也不是任何人的錯。不光是靜之，跟隨驍宗一起上蓬山的巖趙、臥信和所有士兵雖然都知道這些道理，但還是難以接受，不知該如何消除內心的焦躁。

驍宗環顧所有人，似乎表達他理解眾人的心情。

「……我一直以為，沒有任何我無法得到的東西；想要什麼東西時，就只要持續努力，直到得到那樣東西為止。因為我就是靠這種方式得到了所有想要的東西，所以似乎以為也可以用這種方式得到上天的心。」

驍宗自嘲地笑了笑說：「我打算離開戴國。」

靜之和其他人都大吃一驚，驍宗露出靜靜的眼神看著眾人說：「這個麒麟會挑選怎樣的人坐上王位？這是天意，我當然不得而知；但如果那個人德不配位，我無法保證自己不會想要奪取王位。」

「怎麼可以？」巖趙大驚失色地說：「萬萬不可。」

「是嗎？」驍宗看著巖趙，似乎覺得很有趣，「這不是人之常情嗎？不是會忍不住在各方面和新王進行比較，比較之後，不是通常不會認為自己更差嗎？更何況原本就是為了顯示自己的優點才進行比較。」

嗯。巖趙陷入了沉默。

「結果就必定會輕視新王，這樣能夠保證完全不會有想要篡奪王位的念頭嗎？」

靜之很想說，不可能有這種事，這種事不可能發生在驍宗身上——但是，靜之認為驍宗理所當然會被選為王，明明確信這件事，但事實並非如此。

應該是因為偏袒而失去了正確的判斷能力。從結果來說，應該就是這麼一回事。靜之之前經常將主公和其他人比較，每次都認為驍宗更勝一籌，但他也的確不願意認為主公不如他人。正如驍宗所說，是為了顯示主公的優點才進行比較，這種膚淺的確信遭到背叛或許可以說是理所當然。

「我暫時離開戴國，無論對戴國或是我都比較好，我無論再怎麼墮落，也不希望自己成為盜賊——所以之後就交給你們了。」

靜之驚訝地看著驍宗。巖趙和臥信也同樣感到驚訝，他們異口同聲地發出了叫聲。

驍宗看著他們說：「可能不會有王馬上登基，我已經網羅了足夠的人才，即使在亂世也能夠維持這個國家的運作，你們回去戴國，發揮你們的才幹。」

「我無意追隨驍宗將軍以外的人。」

臥信立刻說道。

「這是你的忠誠嗎？如果是這樣，就要收回剛才這句話——我想為戴國留下良臣，既然我已經昇山，得知自己不是王，也不能說戴國的將來和我無關。」

「言之有理，所以我也會在遠方祈禱戴國國泰民安。」

「開什麼玩笑？你們為什麼跟著我來這裡？難道是因為我一旦成為王，你們也可以跟著雞犬升天，飛黃騰達嗎？如果是這樣，那就趕快離開，因為即使跟著我，也無法再撈到一官半職。」

「當然不是這樣，驍宗將軍，你應該也很清楚，我——」

「如果你們認為可以對戴國有貢獻，就不要迷失自己的本分。因為先王的剝削，戴國的百姓已經窮困潦倒，再加上王位無王的荒廢，導致民不聊生。最好新王可以馬上登基，否則這種狀態還會持續下去。即使新王登基，朝廷也需要一段時間之後才能夠安定下來，所以需要有能力的臣子才能拯救百姓，也就是需要你們的助力。」

「驍宗將軍，既然這樣，你也應該留下來為戴國效力。」

「我的意思是，不應該留下禍源，並不光是為了戴國，這是我的志氣。如果你們願意效忠我，就不要讓我臉上無光。」

「但是——」

「我至少希望可以聽別人說，驍宗為戴國留下了良臣，即使我想要有這種程度的美名也不過分吧。」

靜之低下了頭。

「當戴國的安寧步上軌道時，你們可以離開戴國，自由生活。如果你們到那時候還無法獨立，還想跟著我的話，我准許你們再來找我。」

靜之和其他人聽了只能苦笑。

「……驍宗主上就是這樣的人。」靜之低下了頭，「李齋將軍，妳說得沒錯，如果是驍宗主上，一定不會責怪茂休。我絕對無法為阿選效力，我會學驍宗主上，離開戴國……因為只要留在這個國家，我一定會痛恨阿選，想要去討伐他。」

沐雨聽了靜之的話，點了點頭。

「如果各位不能苦民所苦，我原本不打算告訴你們這件事。」

沐雨說完，露出了柔和的笑容。

「不可相信阿選踐祚這件事。」

「沐雨大人？」

「我收到消息說，最好不要相信。」

——「新王阿選」一事有蹊蹺。

「請問是哪裡來的消息？」李齋驚訝地問。

沐雨回答說：「是一個叫玄管的人，我也不知道對方是何方神聖。」

「不知道？」

「對。」沐雨點了點頭。

「沐雨大人，您很瞭解鴻基的狀況嗎？」

「不光是鴻基，我應該算很瞭解全局。因為各地的狀況都會透過末寺傳來，所以道觀基本上對所有狀況都很瞭解，而且朱旌也會傳消息給我。」

「朱旌？」

沐雨露出了微笑。

「我原本是朱旌。」

李齋和其他人驚訝地看著沐雨。沐雨告訴他們，她小時候就被賣給朱旌的宰領，朱旌培養她當舞娘。

「但我在文州生了病，無法繼續旅行。雖然當初是賣給宰領，但宰領是很善良的人，也很照顧我，把我當成女兒。當我無法繼續旅行時，就透過關係，把我安置在琳宇的石林觀末寺。我在那裡休養半年期間，漸漸想要成為道士，於是就懇求宰領，讓我在石林觀入山。」

因為這個緣故，她目前仍然和朱旌有密切的聯繫。

「朱旌會告訴我大部分的事，但這次的消息是直接來自中央，只是我也不知道到底是誰向我傳遞了這個消息。我猜想應該來自鴻基，而且是王宮內部的人。」

沐雨說到這裡，微微偏著頭說：「起初是朱旌送來了寄給我的青鳥，說不知道為什麼，收到了要給我的青鳥，送青鳥來的朱旌也感到很不可思議，所以朱旌也不明白是怎麼回事——青鳥送來消息，說最好阻止瑞雲觀。」

上面寫著，據說江州道觀寺院將代表瑞雲觀向阿選提出質疑，但阿選將會嚴厲懲罰，甚至可能會不由分說地誅殺。

「之後，青鳥就直接送到我手上，每次都使用黑色的竹筒，所以我稱之為『玄管』，玄管的消息都極其正確。青鳥是鵠摺，並不是能夠輕易張羅到的鳥。」

「鴗摺。」李齋嘀咕道。被稱為青鳥的鳥有好幾種，分別有不同的性質，用途也各不相同，其中鴗摺是非常稀少的妖鳥，只有王宮或是州侯城的里木才能獲得，可以向青鳥指定地點或對象。如果指定對象時，必須讓鴗摺先和對方見面，一旦記住對方之後，無論對方身在何方，都能夠使命必達，找到對方。基本上都是王和州侯或是夏官長用來和出征的將軍聯絡，屬夏官的管轄範圍，由夏官校人負責培養訓練，雖然數量稀少，但還是會將剩餘出售，只不過再有錢的市井百姓絕對不可能買到。

「既然使用鴗摺，代表對方不是高官，就是軍中的將官。」

沐雨也表示同意。

「既然玄管認為『有蹊蹺』，所以我認為公告很可疑。」

「所以，這代表……」

「可能有什麼錯誤。」沐雨說：「抑或是有人蓄意欺騙。」

2

文州的太陽漸漸沉落，石林觀的堂內點了燈。

老安的人退出後，熱情款待他們的沐雨看著暮色蒼茫的天空，一臉疲憊地嘆了一口氣。

「沐雨大人，您似乎累了，在下和其他人就先告辭了。」
「上了年紀就沒辦法硬撐了。」沐雨露出柔和的笑容，「但你們不必介意，以後可以隨時來石林觀。我們雖然能力有限，但只要有幫得上忙的，請儘管開口——我介紹一下。」
聽到沐雨的叫聲，走上前的是之前曾經在廟宇遇見過的道士。李齋記得他叫梳道。
「你們也看到了，我上了年紀，而且因為修行的關係，有時候無法聯絡到我。這種時候，即使玄管送信來，我也無法看信，所以就交給梳道處理，你們有事也可以找他。張羅人手和提供少量的資金都沒有問題，我都會交給梳道處理。」
沐雨說完，露出了微笑。
「但也請隨時告知各位的情況，因為能不能找到主上，攸關這個國家的未來。」
「沒問題。」
「建中也說希望協助各位，李齋將軍，如果不會造成你們的不便，希望可以讓他們兩人協助你們。」
「謝謝。」李齋道謝後，目送沐雨等人離開，但內心感到難以釋懷。之前完全無法得到任何地方的幫助，所以已經不抱希望，認定不可能得到協助，沒想到竟然有人主動伸出了援手。
「請多包涵。」

李齋聽到建中這麼說，偏著頭問：「雖然很感謝，但老實說，在下無法理解沐雨大人和你為什麼願意協助我們。」

「呵呵。」建中淡淡地笑了笑說：「因為想要營救主上的目的相同。」

「如果我們要求協助，或許還能理解。」

「如果因為妳是恩人呢？」

「恩人？」

李齋嘀咕著，看到走到建中身後的女人。那個女人剛才就站在角落。李齋覺得的確在哪裡見過她，想了一下之後，終於想起來了。很久之前——在快到岨康時遇到的白幟女人。

「妳叫……」

建中回頭看著女人。

「我叫春水。」

女人鞠了一躬。

「上次多虧了妳，謝謝妳救了我。」

「看到妳平安無事，真是太好了——妳女兒呢？」李齋問。

「我女兒也很平安，目前由同道幫忙照顧。」

「同道——」

「也是白幟的朋友。」

「這樣啊。」雖然李齋這麼回答，但她不知道白幟為什麼會在這裡。白幟和石林觀有關係嗎？聽說教義上屬於不同的宗派，但得到了石林觀的援助。

建中察覺了李齋的困惑，告訴她說：「我們得到了沐雨大人的支援。」

「我們？」李齋驚訝不已，「建中，你也是白幟嗎？你和她──春水是同道？」

建中點了點頭。

「雖然是同道，但我們之前並不認識──至少春水並不知道我也是白幟，但因為春水表明她是白幟，所以我知道她是同道。」

李齋微微偏著頭感到納悶。

「我們並不是有組織的集團，只是志同道合的有志之士相互交流消息，然後分頭行動，所以並沒有可以自我介紹的名稱。不知道是誰最先叫我們白幟，而且似乎也漸漸變成了固定的名稱，所以叫白幟也無妨，但其實我們是轍圍的倖存者。」

李齋驚訝地看著建中。轍圍是和驍宗有淵源的地方，也因為這個原因，遭到了阿選的討伐，完全遭到摧毀。

「原來你是災民──所以去函養山撿碎礦石。」

「不是。」春水毅然地回答：「主上並沒有駕崩，沐雨大人也這麼說，所以我們必須去尋找主上。」

李齋驚訝地看著春水。

「尋找──妳說要找的道士該不會是？」

那名道士在函養山昇仙，只要見到那位道士，就可以迎接美好的時代。

春水緊閉雙脣，過了一會兒才開了口。

「聽說主上在函養山遭到豺虎的攻擊，但並沒有駕崩，一定還在某個地方，只要找遍函養山，一定可以找到主上的行蹤。」

原來是這麼一回事。李齋點著頭。

「妳女兒也是轍圍人？」

「正確地說，我和我女兒都是龍溪人。」

龍溪位在連結轍圍和函養山的街道中途，是往嘉橋方向的山路起點，也是從轍圍前往函養山時的第一個驛站。如果從函養山前往轍圍時，剛好在第二天傍晚抵達。龍溪剛好位在函養山流向轍圍的溪谷旁，景觀良好，那裡有石林觀所屬的古廟等許多著名的道觀寺院，以山間的里來說，算是比較大的市街。

「轍圍以前曾經違抗驕王的命令，拒絕納稅。」

「我知道。當時轍圍的百姓關閉公庫，也封閉了縣城，驕王派兵前往時，驍宗主上是禁軍的將軍。」

春水點了點頭。

「但是，當時聚集在轍圍的並不是只有住在轍圍的人而已。轍圍是峪縣的縣城，轍圍會關閉公庫，當然是峪縣所有百姓的決定。龍溪的百姓也都聚集在轍圍，一起反抗驕王的暴政。結果就惹怒了驕王，禁軍大舉進攻來到縣城外——但是，主上認為轍圍的百姓有理，所以保護了轍圍。」

去思瞪大了眼睛。

「不好意思，這不是妳親自經歷的事吧？我聽說這件事是很久以前發生的，妳當時還沒有出生吧？」

「當然。」春水說：「主上救了我的祖父母，當時連我的父母都還沒有出生，但如果主上沒有救我的祖父母，就沒有現在的我。不僅如此，如果主上和其他將軍一樣，峪縣應該也不存在了——就像現在一樣，轍圍的百姓和龍溪的百姓都會被視為叛民遭到處死，峪縣的里廬也會被視為罪人的市街而遭到摧毀。主上認為轍圍的百姓站在正義的一方，所以暴動無罪，維護了轍圍的驕傲和體面，所以轍圍的百姓代代傳揚這個故事——傳揚身為轍圍人的驕傲和對主上的感激。」

「原來是這樣。」李齋點了點頭。

建中再度請李齋等人坐下。

「我們失去了轍圍，周圍的里廬也都一起消失了，應該是因為和主上有很深的淵源造成的。事實上，對轍圍的百姓來說，主上的確是特別的存在。就好像主上認為轍圍很特別，轍圍的百姓也覺得主上很特別。我們聽到主上的訃告時很失望，但很快就知道這個消息不可靠。」

春水也點了點頭。

「豺虎在函養山攻擊了主上，但是上天保佑，所以救了主上一命。」

「但是主上並沒有回到王宮……」

李齋小聲嘀咕。

「一定是因為主上受了傷。雖然逃離了現場，但沒有力氣逃回王宮。」

「會不會雖然逃離了現場，但最後在山上駕崩了？」

「不可能有這種事。即使主上受了傷，也不可能輕易駕崩。因為他是王，應該有可以保護自己的盔甲或是療傷的寶物。」

李齋點了點頭。

「主上的確有一只金手鐲。」

「對不對？」春水露出欣喜的表情，「所以主上一定躲藏在某個地方。」

「躲了六年嗎？」李齋問。

「也可能逃去更遠的地方了，所以我們正在尋找主上的行蹤，主上一定會在哪裡留下了線索。」

春水說完，突然低頭看著腳下。

「即使——即使萬一主上駕崩了，我們也必須找到他。轍圍的百姓絕對不會棄主上不顧。」

「這樣啊。」李齋點了點頭。

建中說：「其實——我有一事必須向妳道歉。」

「向在下道歉？」

「就是去函養山途中，在岨康的時候。我們不是和朽棧一起去吃飯嗎？當時在路上聊到了主上的下落。」

「嗯——好像有這麼一回事。」

李齋想起來了，當時曾經討論函養山上是否有驍宗的痕跡。

「當時我很猶豫，不知道該不該說一件事，但最後還是閉了嘴。」

「閉了嘴？」

建中點了點頭說：「函養山上曾經發生崩塌。」

「啊？」李齋驚叫起來，「崩塌？」

「當時，白幟——就是轍圍的人剛好進入了函養山。」

轍圍的民眾聽說王在進軍途中失蹤了，馬上動員所有人尋找驍宗的下落，也有人去函養山尋找。

「我在當時聽說，其實那時候就有人躲過土匪，偷偷溜進坑道撿礦石。那些人說，函養山曾經發生崩塌，有人聽到山上傳來可怕的聲音和崩塌的聲音。」

「那是在函養山上發生的事？」李齋問。

「應該是。」建中回答之後，好像想起什麼似地偏著頭繼續說道：「那時候，函養山並沒有在運作。雖然附近的窮人會去撿碎礦石，但在土匪之亂以後，函養山附近都被土匪占據，把閒雜人等都趕光了，百姓根本無法靠近，但有些災民因為生活所迫，還是伺機溜進了函養山。」

李齋點了點頭，建中看了之後，又繼續說：「那些人準備進入坑道時，聽到了坑道崩塌的聲音，還說聽到了慘叫聲和獸類的可怕叫聲，會不會是攻擊驍宗主上的士兵和騎獸發出的慘叫聲？」

「但是，在函養山上並沒有看到這種情況。」李齋說：「我們進去調查過了，雖然調查的範圍有限，但四處查看了崩塌的痕跡，並沒有看到有人被捲入的狀況，在函養山上工作的人也沒提到這件事。」

「應該不會留下痕跡，因為那些災民說，他們已經收拾乾淨了。」

李齋驚訝地看著建中。

「收拾乾淨？」

「那些災民聽到慘叫聲，判斷有人在坑道崩塌時被壓在底下，所以猜想應該馬上會有人來搜索救人，到時候他們就無法再進山裡了。於是他們就在暗中觀察，只是等了很久，都沒有看到有人出現。」

於是，他們就戰戰兢兢地進入坑道，發現坑道崩塌的範圍很大。函養山原本就很容易崩塌，所以即使有崩塌的痕跡也很正常。但是，如果有屍體——無論是土匪還是州師，一旦發現屍體，就會展開大規模調查和搜索，到時候災民就無法再進山了。

「於是他們就動手清理現場，挖掘了有人遭埋痕跡的地方。因為現場屍塊和遺物混雜，所以他們說很容易找到。他們挖起崩塌的沙土，發現有士兵的屍體被壓在岩石下。他們把所有可以看到的屍體都挖了出來，最後找到六具穿著紅黑色盔甲的士兵和八具騎獸屍體。」

建中說到這裡，微微皺起眉頭。

「然後從崩塌地點附近的縱坑中，又找到了三具屍體。」

「——除此以外呢？」

李齋急忙問，但建中搖了搖頭。

「並沒有找到其他屍體，也可能只是沒有發現而已，他們說把挖到的屍體都埋在縱坑內。」建中又說：「我得知礦坑曾經發生崩塌之後，就在想主上會不會被捲入崩塌。雖然在崩塌中僥倖撿回一命，但受了傷，所以被困在某個地方無法動彈。於是就在函養山尋找主上的蹤跡，但最後只找到看起來像是禁軍士兵被壓在岩石縫內的屍體。」

之後，他一直在山上尋找驍宗的蹤跡。不久之後，朽棧等人占據了函養山，無法再上山了。

「但我還是很想上山尋找主上，於是就懇求沐雨大人，最後以巡禮石林觀的方式獲得了保護。」

建中和其他人並沒有將轍圍的倖存者組織起來，驍宗失蹤時，轍圍還沒有遭到消滅，當時轍圍和附近里廬的人討論之後，招募了有志之士上山尋找。然而，轍圍遭到阿選討伐後消失了，倖存的百姓家破人亡，流離失所，只能各自前往文州一帶求生存。建中逃到嘉橋，不久之後又搬往琳宇，以俠客身分漸漸站穩腳跟，之後又成為差配置固了地位。他用這種方式活下來之後，經常獨自前往函養山。他並不相信驍宗已經駕崩的消息，他堅信驍宗還活著，所以自己必須找到他、營救他。

「我只要有空就上山，久而久之，發現除了我以外，還有其他人也和我一樣上山尋找主上。」

這些人都是轍圍的倖存者。雖然他們為了交流資訊，或是為了相互幫助而彼此聯絡，但並不算是組織。建中在轍圍倖存者中也不算是頭領，只是他在這些人中人面最廣。然而，土匪占領了函養山，建中和其他人無法上山。於是他和認識的其他倖存者討論之後，去和石林觀商量，是否能夠讓他們以巡禮的方式上山。沐雨答應了他們的要求，願意無條件向掛白布的百姓開放廟宇，向他們提供保護。同時也和土匪交涉，讓土匪答應「默許」他們上山。沐雨為建中等人的旅行提供了方便，同時暗中支持他們的活動。

「只要掛上白布，就可以獲得石林觀的保護。這個消息一傳十、十傳百地傳開了，同時也開始交流曾經去哪裡尋找，但沒有發現任何蹤跡的消息。至今為止，我們始終沒有建立組織。這些倖存者擔心遭到誅殺，同時又害怕其他人因為擔心遭到牽連而排斥，向來不說自己是轍圍的倖存者，更沒有聚集在一起成立組織，所以春水並不認識我，但我知道她是白幟，就猜想她應該是轍圍的倖存者。」

春水點頭表示同意。

「不同的地方都會有一個頭目，我住的地方也有一個轍圍的倖存者人面很廣，很值得依靠的人。他會向我們提供很多線索，有事也可以和他商量，但他並不知道住在其他地方的倖存者的情況，所以之前逃到岨康的廟裡，得知建中也同樣是倖存者時很驚訝。」

原來是這樣。李齋吐了一口氣。

「原來你們一直用這種方式尋找主上——有沒有發現什麼線索？」

李齋充滿期待問道，但只等到沮喪的沉默。

「……至少主上不在函養山附近。」

建中終於開口回答，但他的聲音因為失望而變得很小聲。

「躲藏在山裡的災民會不會藏匿了主上？」

「這也不太可能——石林觀收容了很多無法繼續躲藏在山上的災民，並透過朱旌讓這些災民逃到文州，從這些災民的口中，也沒有聽過曾經有人見到像是主上人物的傳聞。我們也曾經去搜索，沒有發現任何足跡。」

「這樣啊。」李齋只能這麼嘀咕，「建中，你知道這些災民撿到的碎礦石都去了哪裡嗎？」

「聽說都由赴家收購，在琳宇和白琅都有祕密的店鋪。」

「果然是這樣啊……」

建中點了點頭說：「我們並沒有放棄，山上除了廢礦以外，還有以前用來切割石材而搭建的小屋和勘探小屋，我們打算找遍所有地方。」

他們用白布寄託了石林觀的威望上山尋找——至今仍然持續上山。

「如果主上知道你們的深情厚誼，不知道會多高興……」

李齋嘀咕說。

「對主上來說，轍圍真的是特別的地方，主上也對轍圍的百姓有強烈的感情，主上的麾下也不例外。當時很多參與攻打轍圍的士兵都是主上的麾下，他們都知道轍圍的百姓最終是因為體諒主上，悲痛萬分地打開了公庫，也對此感激不盡。」

「啊……」春水開了口，然後捂住了臉，「……真是太感激了。」

「在下才要感謝你們，你們不顧惡劣的天候和危險，持續尋找主上的下落至今，在下由衷地感謝你們——但希望你們不要太勉強自己。主上的確還活著，在下向你們保證一定會找到主上目前的下落，所以希望妳不要再帶著孩子上山，太危險了。」

「但是……」

「如果轍圍的百姓發生任何狀況，主上一定會很難過。」

春水低下了頭。

「主上也許會自責——都是因為自己的關係。因為主上就是這種人。在下不會要求你們不要再上山，也會向朽棧說明白幟的情況，希望他不要為難你們。只要盡情盡理說服，朽棧能夠理解，絕對不會對你們不利，所以在下也希望你們不要再魯莽了。請你們記得，轍圍的百姓好好活下來，是獻給主上最好的禮物。」

離開石林觀時，建中等人也和李齋他們一起走出了堂宇。

「尋找主上不是需要人手嗎？」建中走出山門時說：「我可以動員一些厲害的人。」

「謝謝……但是，你不是還有差配的工作嗎？」

「我會交給我的徒弟處理，他也在琳宇，所以不必擔心。」

李齋聽了之後，稍微想了一下。

「其實——在下打算換一個地方落腳。」

李齋等人在尋找驍宗的消息也傳到了老安，代表他們在琳宇逗留的時間太長了。

建中聽了之後說：「這樣的確比較好，我來為你們找適當的場所。」

「不，」李齋制止了他，「很感謝你的心意，但在下有自己的主意。」

「主意？」

李齋點了點頭。琳宇是個大市街，的確適合避人耳目，但如果要維持避人耳目的狀態，為了不引人注目，行動就會受到限制。對李齋來說，和飛燕分開最痛苦。不光是因為照顧飛燕的次數減少，更重要的是，在情急之下，無法使用飛燕造成很大的不便，因為出入必須格外小心，所以無法隨便把飛燕帶出門。

如果有事出門時，去思和靜之會同行，但他們兩個人只有馬，即使只有李齋騎飛燕，也無法縮短旅程，只不過有時候仍然需要趕時間。李齋不時覺得，即使只有自己一個人快去快回，也可以省很多事。

「這麼一想，就希望可以搬去更加不引人注目的地方。尤其目前風聲已經傳了出去，所以需要躲藏一陣子。」

「該不會……」去思大聲問：「要去老安？」

「不。」李齋搖了搖頭。

李齋回到落腳處後，就去迎接飛燕，在城門即將關閉之前離開了琳宇。飛燕似乎為終於擺脫了束縛興奮不已，用力張開翅膀，李齋也感到很高興。

李齋坐在興奮展翅的飛燕身上，一口氣飛向北方。她直奔岨康，確認杇棧在岨康後，立刻提出了見面的要求。騎馬需要一天的路程，她只花了不到四分之一天的時間。雖然時間很晚，但杇棧和她見了面。

「妳的騎獸太驚人了。」

杇棧走出屋外，看到飛燕，立刻瞪大了眼睛。

「雖然看起來速度很快，但很危險，妳和騎獸一起遭到了通緝。」

「在下知道。」李齋回答。帶騎獸同行，就會有這個問題，「杇棧，在下有一事相求。」

「得看是什麼事，才能決定答不答應。」

「可以讓我們住在岨康嗎？」

李齋說的主意，就是打算住在岨康。岨康的交通便利性並不差，而且是土匪支配的地方，也不需要受到開關城門時間的約束。

「如果岨康不行的話，其他地方也可以，周圍沒有人的里廬也沒問題。在下會支付租金。」

朽棧稍微想了一下。

「我不太推薦岨康。雖然岨康的交通最方便，但這裡有甘拓的坑夫，到時候不知道誰會把你們的事說出去。至於其他地方——嗯，應該沒問題。如果你們會引人注目，就恕我拒絕，但我相信這方面的事妳會妥善處理。」

「當然。」

「既然這樣，我就沒理由拒絕。如果有適合的房子住下，也算是幫我的忙。因為房子沒有人住很容易壞，但是，」朽棧停頓了一下，壓低聲音說：「你們不得干涉我們的行動。」

「絕對不會，我們會閉上眼睛。」

「那就請你們找一個偏僻的地方住下，到時候我可以說你們擅自住了下來。」

「瞭解了。」

在獲得准許之後，李齋又和朽棧討論，最後決定在西崔落腳。西崔的規模僅次於岨康，雖然位在深處，但離龍溪很近，有往轍圍方向和嘉橋方向的路，交通上不像安福那麼不方便。而且萬一發生緊急狀況時，可以逃進廢礦中躲藏。他們討論細節問題到深夜，李齋在朽棧的建議下，當晚就住在岨康。

來到借宿的客棧角落，走向她要求的倉庫，天空下著雪，染成一片白色的景色被暴雪淹沒。風很大，幾乎無法睜開眼睛。走進倉庫，把風擋在門外，才終於鬆了一口氣。

——不知道是不是每個人都在安全的地方休息。

李齋這麼想著，把斗篷蓋在飛燕身上後靠著牠。飛燕好像抱著李齋般縮成一團，她鑽進飛燕的翅膀下，立刻感到溫暖，聞到了乾草的味道。

3

琳宇的天空難得露出晴朗的清晨，喜溢帶了一個女人登門造訪。

「——她是浮丘院保護的女人，恕我無法告知她的名字。」

去思驚訝地看著那個女人，那個女人臉色很憔悴，看起來有點薄命相。乍看之下以為她已屆中年，但又似乎很年輕。

「因為某種因素，我們藏匿了她，並且妥善照顧……不，她並沒有遭到通緝，只是那一位失蹤時，她剛好在函養山附近。」

李齋請他們坐下。

「她身體不好嗎？先坐下再說。」

「她並沒有生病，只是食不下嚥，夜不成眠。在得到浮丘院保護之前，應該經歷了很可怕的事，即使過了六年，仍然心有餘悸。」

「六年──」

喜溢點了點頭。

「六年前，那一位失蹤後不久，有人發現她浮在河裡，把她救起來之後送到浮丘院。她似乎遭到暴行，遍體鱗傷，真是慘不忍睹。雖然她總算活了下來，但有很長一段時間都不知道在害怕什麼，精神有點錯亂。那時候根本無法說出任何有意義的話，只要聽到有人的動靜，就會尖叫著四處逃竄。她自己也不太記得到底遭遇了什麼，唯一確定的是，她遭到殘暴的對待，雙手的手指都被折斷，牙齒也幾乎都被打斷了。」

怎麼會這麼殘忍？李齋看著那個女人。雖然她很憔悴，但實際年紀應該還很輕。這樣一想後繼續觀察，發現她大約二十五、六歲，也可能更年輕，所以六年前還是個年輕女孩。

「帶她來這裡沒問題嗎？」

「最近她已經平靜多了，可以悄悄帶她出門。雖然必須視她的精神狀況，但基本上已經可以過日常的生活了，也不再有失控的狀況。」

「妳顯然受了很多苦。」

李齋說，女人微微點了點頭。

「她當時是函養山的遊民，住在山中的廢墟內，偷溜進函養山。」

除了李齋，去思聽了喜溢的話也大吃一驚。

「怎麼可能？」李齋嘀咕道。

喜溢點了點頭，示意女人自己說。女人用幾乎聽不太到的聲音，喃喃說了起來。

「……那時候，我在山上，和朋友一起，總共有四個人。」

雖然她說話時有點費力，但她拚命訴說。從她小聲的訴說中得知，當時她和其他四個遊民一起住在函養山上，每天溜進坑道撿碎礦石。那幾個朋友也都是不知道從哪裡流浪到那裡的遊民，有三個男人，還有一個女人。其中一個是老爺爺，兩個中年男人，另一個女人比她大五歲。

文州遭到阿選的討伐之後，導致了大量災民。災民是指那些因為戰爭和自然災害影響暫時離開戶籍所在里的人，但遊民不一樣。雖然也有原本是災民，最後背井離鄉，完全和原本的土地斷絕了關係，變成遊民的例子，但也有人為了生活，丟棄了旌券，拋棄了戶籍的例子，這種狀況成為常態之後，就變成遊民。當有災民出現時，遊民就會混入其中。因為在混亂中更容易生存。這個女人也一樣。

她和另外四個遊民共同生活超過一年，已經像家人一樣。尤其那個老爺爺，在她年幼的時候就收留她，她把老爺爺視為父親。她不知道自己的親生父母是誰，在承州的某個大市街和父母失散之後，就再也沒有見過。她的父母應該把她丟棄在人潮中，她也在那時失去了旌券，成為遊民，甚至不知道自己出生的故鄉在哪裡。

她和老爺爺四處流浪時，遇到了其中一個男人，然後一起流浪。一起流浪的人時增時減——有人生病死了，也有人離開他們。在流浪到函養山附近時，包括她在內總共有六個人，像家人一樣共同生活。

除了她以外的人都是在土匪之亂之前就因為土匪的肆虐變成災民，然後失去了戶籍，變成遊民。他們當時住在函養山上，但並不是住在村落，而是在靠近坑道的小屋。小屋周圍有很多洞，有些是透氣的洞，也有些是勘探的老舊斜坑崩塌後留下的痕跡。他們從這些洞潛入函養山內部撿碎礦石。

「當時函養山沒有人，但有時候看守人會來巡邏。」

女人並不知道到底是不是看守人，只知道的確有人進出。雖然那時候函養山停工，但閒雜人等當然不能隨便進入，正因為這個原因，他們才利用老舊的坑道出入。這麼做當然很危險，在她前往函養山不久，就發生了意外，失去了同伴。

「那個阿姨的腳下坍陷，她掉進很深的洞裡……她就像是我的媽媽。」

漆黑的坑道中，手上的小火把是唯一的亮光。雖然很危險，也很辛苦，收穫微乎其微，但偶爾可以撿到不錯的礦石。他們帶著這樣的希望持續進入坑道。因為除此以外，他們沒有其他求生之道。當時，函養山上有好幾個像他們這樣的遊民小團體，都在容易進入坑道的洞口附近搭起勉強可以度日的小屋，住在那裡生活。

有一天，他們像往常一樣準備進入坑道，發現從坑道深處傳出說話聲。那一陣子不知道為什麼，函養山周圍都不見人影，也沒有人再進入坑道內，所以他們感到很好奇。

「那不是遊民。遊民說話都很小聲，不會像那樣大聲說話。」

因為未經許可進入函養山撿礦石是違法行為，而且也不准許任何人擅自進入。只要被人看到進出，就會被趕出來，或是被送去府第。他們為了不被人看到，身體緊貼著山壁觀察情況，那天一整天都聽到有人說話。

「隔天的情況也一樣。」

也許函養山重新開工了。果真如此的話，就代表他們失去了生計。他們擔心地前往函養山入口察看情況，看到——一群顯然像是士兵的人聚集在函養山的入口，總共有超過數十名士兵，在坑道進進出出。配合著嚴密的警戒，將兩個大木箱放在鋪好的圓木上滾動，搬進坑道。

「——兩個大木箱？」

去思嘀咕著，女人點了點頭。

「非常大，差不多像小房子那麼大，而且很堅固。」

「小房子——那還真的很大。」

女人聽了李齋的感想之後告訴她：「他們用很多馬拉，守在一旁的士兵看起來膽顫心驚，感覺像是什麼危險的東西，然後就搬進了洞裡。除此以外，還搬了很多看起來像是道具的東西進去。」

因為搬運的東西很大，所以花了很長時間。她和其他同伴那一天也沒有進入坑道。

「前後總共花了三天的時間。」

隔天的隔天，山上才終於恢復了平靜。那些士兵都離開了，也沒有留下任何大型作業的痕跡。

「他們把地面都鋪平了，也沒有留下腳印，完全和之前一樣。」

「真周到啊……不知道木箱裡裝了什麼？」

「不知道。」女人搖了搖頭，「但是會動。」

「會動？」

「有士兵喊著，動了，然後裡面不知道有什麼東西動了起來，木箱子也跟著搖晃。」

「動物？」

「有可能，聞到了像是野獸的味道。」

李齋陷入了沉思。

「老爺爺說很可疑，說他們在做壞事，還說我們最好不要馬上進去坑道。」

老爺爺主張說，最好觀察一陣子，或是乾脆離開函養山。但其他人還想撿碎礦石，如果能夠攢一些能夠賣點錢的碎礦石，就可以暫時不必為生活費發愁。

「那兩個叔叔說再等幾天，再等幾天，然後我們就進去坑道，聽到坑道深處傳出了聲音。」

女人害怕地抱住了自己的肩膀。

「那是很可怕的聲音，像是野獸臨終的慘叫和嘶叫聲，聲音又粗又大，聽起來讓人毛骨悚然。我們嚇得愣在原地，接著就聽到了山崩的聲音。」

坑道揚起一陣土煙，隨即傳來了山崩地裂的聲音。他們立刻知道坑道崩塌了。因為他們之前也曾經遇過好幾次，只不過那一次的規模不一樣。整座山好像都在搖晃，而且發出了地鳴聲。坑道深處發出好幾次崩塌的聲音，山洞裡什麼都看不見。

「當時聞到了火的味道，猜想裡面應該點了很多火。」

他們不知道這和崩塌有沒有關係，但還是決定立刻逃走。因為他們在離洞口不遠的地方，所以才僥倖撿回一命。他們連滾帶爬離開了。那不是普通規模的崩塌，他們擔心整座山都崩塌了，所以急急忙忙下了山，結果遇到了同樣逃下山的士兵。

「他們轉過頭，和我們對上了眼。」

那些士兵作勢要去追他們，女人立刻沿著斜坡逃走了。老爺爺來不及逃走，事後告訴女人，那些士兵並沒有去追他，而是直接下了山。

「爺爺說，既然被發現了，還是趕快逃命。」

但其他人還是無法下定決心，然後說服老爺爺再多停留一天，於是就回到了小屋。隔天，士兵就找上門來。那些士兵都穿著紅黑色的盔甲。

「聽到聲音後，就說要趕快逃，然後就衝了出去，結果所有人都被抓了。」

女人說完，用力抱住了自己的身體。

「我也被抓了。」

接著，女人用顫抖的聲音說，她不記得之後的事。

「……沒關係，妳不需要回想。」

李齋握住了她的手，她露出求助的眼神看著李齋。

「爺爺被殺了，姊姊被拉進山洞，我聽到了很可怕的慘叫聲。」

「這樣啊……」

「然後就輪到我了。仇人叫『烏衡』，別人這麼叫他，我絕對不會忘記。」

「……烏衡。」靜之嘀咕著：「阿選軍內有叫這個名字的人。」

「他是仇人，他殺了大家。」

雖然女人說其他人被殺了，但浮丘院並沒有發現其他人的屍體。喜溢補充說，他們並沒有上山去搜索。

「……因為我們覺得即使去了也無濟於事。」

在她恢復意識，情緒也漸漸平靜下來時，季節已經改變。無論當時發生了什麼事，即使再去山上，也已經為時太晚了。

「只是根據她的狀況研判，其他人應該已經沒命了。他們看到了不該看的事。」

「是啊。」

他們不該看到士兵逃離函養山。他們之前也發現士兵在山上做準備，但他們沒有發現阿選軍也看到了他們，最重要的是，他們不該看到士兵逃下函養山。

「浮丘院一直保護她……不，我無法明確告訴你們，她是不是住在浮丘院，只能說如翰監院小心翼翼地把她藏匿起來。因為絕對不能讓鴻基發現有她這個人——她還活著，浮丘院保護了她。」

「當然。」李齋語氣堅定地說：「我們無論發生任何狀況，都不會把這件事說出去，也不會多問，請你們一定要好好保護她。」

「謝謝。」喜溢鞠了一躬。去思終於恍然大悟。原來浮丘院——如翰監院是因為藏匿了這個女人，所以態度才會這麼冷淡。原本很納悶，經由淵澄的介紹，竟然還這麼冷漠，現在終於覺得情有可原。

「但是，為什麼突然……」

去思忍不住問道，喜溢尷尬地低下了頭。

「之前真的很抱歉。昨天，石林觀的沐雨大人寫信給如翰監院，說新王踐祚可能有詐，希望我們不要隨之起舞。」

「沐雨大人特地寫信嗎？」

「對。」喜溢點了點頭，「沐雨大人說，她認為各位值得信賴，所以如翰監院也認為可以把這個證詞託付給你們。」

「這樣啊……」

李齋恭敬地鞠了一躬。

4

喜溢陪同女人離開時，李齋和靜之也一起送他們。李齋擔心一件事，靜之應該也有相同的想法。在喜溢和女人收拾東西準備離開時，李齋和靜之交換了眼神，立刻知道彼此都在想同一件事。

「……是時候了。」李齋小聲地說。

「是啊。」靜之回答。

「請留步。」雖然喜溢和女人堅拒他們送行，但他們還是一起走出了大門。太陽還沒有升得很高，路上還沒有很多行人，周圍很冷清。沒有人煙的白色路上吹著刺骨的寒風。

李齋讓送到大門的靜之等人留在原地。

「至少讓在下送你們到大路。」李齋走出門外。喜溢有點驚訝，那個女人似乎也有點困惑。

「因為有點依依不捨。」

李齋露出微笑，女人也輕輕笑了笑。

風中夾著細雪。李齋問女人會不會冷，身體狀況如何，然後在即將到大路前的一個空店鋪前停下了腳步。

「那就請兩位多保重了。」

喜溢看到李齋在很奇怪的地方停下腳步，再度露出訝異的表情，但並沒有多問什麼，帶著女人走向漸漸有比較多行人的大路，然後向左轉。李齋確認他們離去後，轉頭看向後方。在她回頭的剎那，立刻看到一個男人移開視線，彎腰蹲了下來，好像在看地上的東西。另一個男人若無其事地超越了他。當那個男人經過李齋身旁時，她立刻抓住了他的手臂。

「有事想要請教一下。」

男人大驚失色，抬頭看著李齋，想要甩開她的手。剛才蹲在路上的男人瞥了他們一眼，興趣缺缺地站了起來，正準備走過李齋他們身旁時，被不知道什麼時候追上來的靜之從背後抓住了肩膀。

「幹……幹什麼？」

「有事要問你們兩個人。」

李齋說完，捂住了男人的嘴，把他拖到空店鋪的屋簷下。靜之也押著另一個男人跟了上來，踹開位在小路上的入口，把男人推了進去。李齋跟在靜之身後，也把男人推了進去。去思立刻擠進店內，把門關上。靜之拔出劍，把兩個男人趕到後方。

這就是李齋擔心的事。之前去牙門觀之後，就發現一直有人監視他們，但那些人似乎和府第無關，一看就知道是外行，猜想可能是牙門觀的人，所以就一直沒有理會，但李齋擔心這些人可能會跟蹤喜溢和那個女人。

走出大門後，李齋發現有兩個陌生人向他們張望。最近不會在落腳處周圍看到監視者的身影，但李齋等人猜想並不是他們停止了監視，而是那些監視者在附近的某棟民宅住了下來，所以不必在寒風刺骨的路上監視，可以躲在房子內觀察動靜。

監視者一定看到有訪客。他們應該知道喜溢是誰，但第一次見到那個女人。雖然取決於監視者的好奇心，但他們可能為了調查女人的身分，在女人離開後跟蹤。如此一來，女人的下落就會曝光。即使監視者無法得知女人的身分，但李齋他們仍然不希望這種事情發生，於是就假裝為喜溢和女人送行，觀察監視者如何出招。

果然不出所料，監視者跟在李齋等人身後，而且還假裝若無其事超越李齋，顯然想繼續跟蹤那個女人。絕對不能讓他們得逞。李齋出門時沒有帶劍，避免打草驚蛇，但晚一步出門的靜之一定會帶劍和去思跟在監視者後面。李齋不想讓女人感到不安，所以事先沒有和靜之討論，但她認為靜之一定會心領神會地採取行動。

「你們受誰之託？」

「我不知道妳在說什麼。」

兩個男人被逼到後院，靠在一起。

「在下知道你們在監視我們，也知道你們從白琅一路跟到這裡。」李齋說到這裡，又補充說：「應該說是牙門觀。」

兩個男人驚訝地瞪大眼睛。

「如果是牙門觀，應該是受葆葉的指使，只是搞不清楚目的。你們到底為什麼監視我們？」

「根本沒有監視你們。」

兩個男人紛紛否定，但似乎想不到合理的藉口。

「起初以為你們想知道我們的身分，但監視的時間未免太久了。你們應該早就查明我們和浮丘院有關，而且正在找人吧？為什麼還一直監視我們？」

「我們並沒有。」

「原本以為你們只是想確認我們對葆葉所說皆為事實，確認之後就會離開，所以一直容忍至今。老實說，真的已經受夠了。」

「所以我之前就說，應該趁早收拾他們。」

靜之故意冷冷地這麼說，然後把李齋的劍遞給了她。他特地把李齋的劍也帶來了。

「在下想知道他們的目的。」

「反正他們也不會說，即使說了，也難辨真偽，要容忍這種下流的偷窺到什麼時候？」

「也對……」

李齋話音未落，其中一個男人問：「我們才想問你們有什麼目的。」

雖然聲音中透露了緊張，但這個人並沒有像另一個人那麼慌亂。他似乎比較有膽識。

「……目的？」

「你們為什麼要找災民和遊民？難道打算把他們帶去鴻基嗎？」

李齋皺起了眉頭。

「什麼意思？」

「是不是要把他們帶去鴻基當士兵——八成就是這樣。」

李齋放下握著劍柄的手。

「這是你的猜測？還是真有其事？」

「少裝了。」膽小男不屑地說。大膽男瞪著李齋。

「你們就別再說這種馬上會被識破的謊了，一旦有人阻止，就亮出劍來。雖然你們想要殺我們，但勸你們不要認為上天會一直容忍你們這樣為非作歹。」

李齋和靜之互看了一眼。就在這時，膽小男用力蹬地，撞向李齋的胸口。李齋立刻一閃，倒退了幾步。靜之立刻上前將他的雙臂向後一扭，然後推倒在地，坐在他身上。

「住手。」大膽男叫道。膽小男被靜之壓在地上，扭著身體。

「反正沒命了！至少要報一箭之仇！」

「你不是對手，別胡鬧了。」

李齋和靜之又互看了一眼——有點不太對勁。

「放開他。」李齋對靜之說，然後對大膽男說：「在下不希望你們受傷，你可以壓住他嗎？」

大膽男點了點頭，蹲在被靜之釋放的膽小男身旁，抓住他的肩膀和手臂。

李齋也蹲在他身旁問：「你們不是牙門觀的人嗎？」

「如果妳的意思是問我們是不是來自牙門觀，答案是否定的，我住在琳宇。」

「所以和牙門觀、赴家都沒有關係？」

男人沒有回答這個問題。

「原來是赴家——所以和赴家有關嗎？」

男人猶豫了一下後回答說：「對。」

被壓在地上的男人扭著身體說：「不要說！住嘴！」

「你別激動，我瞭解你的心情，但我們根本不是他們的對手。而且——似乎有什麼誤會。」

「……誤會？」李齋問。

「妳可不可以回答我，你們為什麼在追捕災民？」

「我們並沒有追捕他們，之前也對葆葉說了，我們在找朋友，猜想那些災民可能知道有助於我們找人的線索，所以想找和災民熟識的人，或是想找到很瞭解災民之間傳聞的人——你們認識這樣的人嗎？」

「真的……是這樣嗎？」

「當然——你剛才說，帶去鴻基是怎麼回事？」

「你們不是在抓災民嗎？」

「抓災民？有人抓災民帶去鴻基嗎？誰為了什麼目的做這種事？」

「少裝蒜了！就是你們的主子！那個豺虎把災民抓去當士兵！」

被壓制在地上的男人大叫，當場趴在地上。

「上天為什麼允許這種事發生？這種傷天害理的事究竟要持續到什麼時候！」

李齋問趴在地上的男人。

「你叫什麼名字？」李齋在問話的同時，請他站起來，「在下叫李齋，你叫什麼名字？」

「家公！」靜之出聲制止道。

李齋沒有理會他，看著另一個男人問：「你呢？」

男人看著李齋猶豫不決，李齋對他露出微笑。

「這裡很冷，如果你們不介意，要不要去暖和一下？」

李齋帶著那兩個男人回到落腳處，請留在住處的酆都和余澤倒了熱飲，讓他們坐在火爐旁。這時，大膽男問：「李齋……劉將軍？」

李齋苦笑著回答說：「看來在下已經惡名遠播了，在下姑且聲明，那是冤罪。」

「我知道。」男人說完，坐直了身體說：「我叫詳悉，是被派到豐澤的師士。」

「師士——所以是文州師的人？」

詳悉點了點頭，看著身旁瞪大眼睛的男人說：「他是逃到白琅的災民，名叫端直。他住的地方被那個豺虎放火燒了，家人也都被殺了，一個人流浪到白琅。」

詳悉說完，對端直點了點頭說：「這位李齋將軍是主上的麾下，被捏造了弒君的罪名，所以就逃走了。」

端直抬起頭，驚訝不已。

「所以……你們沒有抓災民？」

詳悉點了點頭。

李齋說：「在下剛才也問了，抓災民到底是怎麼回事？」

「就是字面的意思。」詳悉露出了嚴肅的表情，「他們暗中把災民和遊民抓起來帶去鴻基當士兵。」

「當士兵——是阿選嗎？」

詳悉點了點頭。

「雖然帶走他們時會暗示有良好的待遇，但幾乎都是強制帶走，然後不由分說地抓去當士兵。他們之所以祕密進行這件事，應該是不想讓外人知道他們士兵人數不足，隱瞞正急著徵兵這件事。」

「怎麼會……」李齋說到這裡，覺得的確有這種可能。王師六軍中有四軍已經解散，阿選面臨慢性兵力不足的問題，即使從其他州調兵，人數也有限。

「這些人哪是士兵？」端直大叫著：「只是稍微訓練一下，能夠打什麼仗？根本是連武器都不太會用的外行，只是要他們去當人肉盾牌——為他們在前面擋箭。」

「有可能。」李齋低吟道。

通常兵力不足時會徵兵，但如此一來，就會讓百姓產生敵意。最重要的是，會讓敵人知道兵力不足這件事，所以才會悄悄抓災民充數。

「……他要讓自己造成的被害人當人肉盾牌，用完即丟嗎？」

李齋撇著嘴，她覺得滿嘴苦澀，忍不住反胃。

「……端直說得沒錯……上天為什麼容忍這種傷天害理的事？」

如果王做這種事，上天會以失道的形式加以懲罰，但阿選並不是王，正因為如此，上天無法出手懲罰阿選。至少李齋知道「上天」具有實體，和端直問「上天為什麼允許這種事發生？」的意義不同。端直是在向世界發問，李齋知道那些代表「上天」的人，有人正在天上看著這個世界的一切，命令王必須守道，卻縱容阿選的殘忍行徑。

「無論如何都必須撥亂反正。」

靜之說，李齋點了點頭。

「我們要撥亂反正，所以想要尋找主上的下落。」

詳悉和端直同時看著李齋。

「但是，主上已經……」

端直還沒有說完就被打斷了。

「主上並沒有駕崩，只是下落不明，所以必須找到他的下落。」

「你們就是為了這個目的找災民？」

詳悉問，李齋點了點頭。

「綜合各種情況考慮之後，當時出入函養山的災民或是遊民很可能救了主上，有沒有人曾經聽說過什麼？即使只是傳聞也沒有關係。」

詳悉和端直互看了一眼。

詳悉說：「我沒有聽說過，但我並沒有經常接觸災民。」

「我也沒聽說過，如果有人救了主上，消息不可能不傳開。」

「這樣啊……」

「葆葉大人可能知道詳細的情況。」詳悉說：「給我一點時間。」

5

——又死了一個人。

他低頭看著被積雪淹沒的空地上新挖的墳墓，他的兒時玩伴縮著高大的身體趴在墓前。

身強力壯的男人身體在顫抖。是因為在痛哭？還是因為寒冷？他把自己的外套披在兒時玩伴身上。

「彥衛，回去吧，身體會凍壞。」

埋在墳墓內的是彥衛的媽媽。不光是兒時玩伴的媽媽而已，對從小失去雙親的他來說，彥衛的媽媽就像是自己的媽媽。雖然他住在里家，但彥衛的媽媽經常去里家照顧老人和孩子。雖然她的丈夫很早就去世，但她是一個開朗堅強而又溫暖的女人。

——結果就在初冬時被帶走了。

住在附近礦山上的土匪帶走了她，那些土匪說需要女人煮飯，就把這個里的女人帶走。雖然他們奮力抵抗，但仍然無法阻止。有一個年輕人拚命想要阻止，結果原本在等待孩子即將從卵果誕生的他被土匪打死了。彥衛的媽媽被帶走之後，嚴寒之際變成屍體回來這裡。

雖然兒時玩伴不願意離開墳墓，但他還是安撫著彥衛，抱著他的肩膀回到了里。彥衛走到家門口時，甩開了他的手，獨自搖搖晃晃走進了只剩他一個人的家中。雖然死去的女人對他來說就像是媽媽，但對兒時玩伴來說，既是媽媽，又是唯一的親人。無論他內心多麼難過，還是無法對兒時玩伴說，能夠體會失去母親的心情這種話。

他沮喪地回到里家，一個身穿薄上衣的男人在里家等他。

「沒有人招呼你嗎？」

「不。」男人回答。男人身材高大，身強力壯，只是似乎有點年紀。頭髮已經花白，晒黑的臉上有很深的皺紋。左側臉頰到嘴巴有一道很長的舊傷。

這個男人昨天把遺體送了回來，為了聊表心意，請這個男人住在里家，但身為里家主人的他一直陪著兒時玩伴，幾乎沒有時間和這個男人說話。

「已經處理好喪事了嗎？」

男人用低沉宏亮的聲音問，他點了點頭，再次深深鞠了一躬。

「真的非常感謝你，容我自我介紹——我是閭胥定攝。」

他記得男人自我介紹時說他叫博牛，他並不是住在這一帶的人，而是路過的旅人。他正在找人，中途前往礦山，遭到拒絕之後，他四處察看，結果來到一個很可怕的山谷。定攝和附近的居民都稱那個山谷叫鬼門關。博牛在鬼門關發現遺體後，就抱著去了附近的里，一問之下得知是這個里的人，所以特地把遺體送回來。

「因為我認為她應該想早一點回家。」

博牛帶著騎獸，博牛送遺體回來要比他們接到通知後去接回來快多了。定攝對博牛說「她應該想早一點回家」的這份心意感到高興。

「昨天也聽這裡的人說了，沒想到你這麼年輕就當了閭胥。」

「對。」定攝只應了這個字。

「——看來似乎有複雜的隱情。」

定攝聽到博牛這麼說，忍不住低下了頭。

「……是啊。」

「和那座礦山的土匪有關嗎？」

定攝點了點頭。

「那個女人被庚戌的土匪帶走了，他們每次只要缺人手，就會來附近的里，要求我們把人交給他們。」

然後那些人都被他們活活折磨死。

「他們帶走很多人，所以像我這麼年輕的人才會當閭胥。被帶走的人幾乎都沒有任何消息，大部分都和那個女人一樣被丟在鬼門關。」

雖然附近的人都會定期去察看，但有時候因為季節的關係，屍體已經面目全非，根本無法判斷長相。而且有時候也會遭到住在山野的野獸破壞，很少有人能夠像那個女人一樣，在還能認出是誰的狀態回到這裡。

「他們就把屍體亂丟嗎？」

「不管是死人活人都一樣。」

土匪想要人手時，就會去周圍的里威脅要人，或是強行帶走，從來沒有人活著回來。運氣好的話，會在鬼門關找到屍體，但大部分人都從此失去消息，連屍體都找不到。

「你們明知道這種情況，仍然把人交出去嗎？還真是不爭氣啊。」

定攝無法回答。他知道這樣很不爭氣，但同時覺得外人根本不瞭解狀況。因為他們根本沒有其他活路。

男人的嘴角抽搐著，露出了諷刺的笑容。

「但是——這也是處世之道，勝過無謂的對抗。對抗雖然能夠維持自尊心，但也會付出很大的犧牲。」

「我們並不是因為膽怯不願付出犧牲。」

定攝慌忙否認。

「不要輕易付出犧牲，無論是膽怯還是算計都沒有關係，這是閭胥的職責。」

男人直視著定攝，點了點頭。男人的眼睛有點白色混濁，不知道是年齡的關係，還是有其他理由。他直視著定攝，所以並不會看不見。

「我……覺得自己不中用，很沒出息。」

「因為這是事實，當然會這麼想，但與其煩惱這種事，不如好好保護里人。」

「只要這樣就行了嗎？向土匪低頭，讓他們為所欲為，換來保護這個里，真的只要這樣就行了嗎？」

他並沒有充分保護這個里，而且還危害到周圍的其他里。他對任何事都無能為力，無法阻止悲慘的事，也無法停止讓近鄰者受苦，也無法阻止這個國家沉淪。

他哭著訴說這些話，博牛輕輕地笑了笑。他的笑容很溫暖。

「這也是無可奈何的事，只要有這份心，有朝一日，必定能夠有所作為。」

「是嗎？」

「是啊——如果你仍然感到內疚，那就多注意旅人。」

「——旅人？」

男人點了點頭。

「你有沒有見過看起來像武人的男人？白髮紅眼的男人。」

「沒有。」定攝回答。原來博牛在找人。

白髮的男人並不少見，但紅色眼睛與眾不同，如果曾經見過，必定過目不忘。只不過——別人眼睛的顏色很難判別，因為光線會改變顏色，而且如果不是正視別人的眼睛，並不會意識到別人的眼睛是什麼顏色。

「我無法保證，但應該沒有。」

「這樣啊。」博牛嘀咕著。

「這個人是危險人物嗎？」

是他的仇人嗎？還是危險的罪犯？定攝不由得感到不安，男人靜靜地搖了搖頭。

「不，他是我們國家的王。」

第十五章

1

位在白圭宮西側的西寢，屬於麒麟宰輔的領域一片寒冷荒廢。即使泰麒回來之後，這片荒蕪仍然沒有改變，只有白雪——昨夜持續下的雪將周圍染成一片白色，掩蓋了災害的痕跡。

西寢傳出聲音。

「台輔，您還在生我的氣嗎？」

誇張的叫聲和刻意的哭聲響徹整個庭院。

項梁很受不了地看著正院。有一個人影蹲在對面過廳深處——面向正館入口，站在那個人旁邊的應該是惠棟。正在大聲哭喊的是士遜。

士遜已經就任內宰一職。內宰負責照顧宮中貴人的生活，目前阿選的生活並不是由天官照顧，所以宮中的貴人只有泰麒，士遜統籌管理泰麒的食衣住。任命士遜為內宰的天官長說，士遜強烈反省了自己的愚蠢，無論如何都希望能夠為泰麒做點事，希望能夠讓他有機會彌補。

泰麒應該不願意侵害天官長的職務，所以接受了他的說情，但是，從那天開始，士遜就卯足全力奉獻，已經到了擾人的程度。每天向泰麒請安三次，每次都對泰麒讚不絕口、歌功頌德，毫無意義地浪費很多時間。同時以整頓泰麒的生活為由，送來大量物品。泰麒訓斥他，目前的生活沒有任何不方便，不要繼續浪費國庫，他就說那是用他的私財購買的，完全沒有增加國庫任何負擔。除了厚實的地毯、豪華的繡衾、華麗的衣裳，還有繪畫、花瓶等裝飾品，甚至還打算把巧奪天工的螺鈿屏風搬進來，泰麒終於忍不住制止他。

「我不需要這些東西，既然有餘裕買這些東西，不如施捨那些窮苦的百姓。」

士遜聽了泰麒這番嚴厲的話，哭著道歉，假哭完之後，又對泰麒一陣吹捧。

「台輔真是太善良了，無論任何時候都將百姓的苦難放在首位。」

他一口氣吐出一大堆華麗詞藻，讓別人完全插不上嘴後又說：「那我就去送給災民，說是台輔給他們的。」

項梁聽了士遜的話，忍不住嚇了一跳。把這麼昂貴的東西送給災民，只會導致不必要的混亂。

「士遜！」泰麒語帶嚴厲地說：「雖然你說要送給災民，但到底要以什麼為基準挑選對象呢？難道你無法想像在眾多災民中，過度施捨給某一個人會造成什麼後果嗎？」

自從泰麒斥責士遜之後，就禁止他再搬東西進來，但士遜故意大聲嘆氣，哭訴說宰輔的生活太簡樸，所以他只是用私財為宰輔張羅整頓。在禁止他把東西搬進正館後，他又開始送昂貴的物品給負責警衛的士兵、小臣和奄奚，說是泰麒送給他們的。有些收到禮物的人欣喜若狂，開始過度認真工作，結果反而讓泰麒的生活不得安寧。

不僅如此，士遜還安排了大量下官進駐這個小宮，原本冷清的宮內一下子擠滿人，奄奚不僅白天進進出出打掃、整理，就連晚上都不得安寧。泰麒對士遜說不需要這麼多人，他就唉聲嘆氣；說這樣反而很礙事，他就以淚洗面。最後泰麒只能禁止他出入正院，於是他就從早到晚，不停地去過廳，用這種方式大聲嘆息，故意說給泰麒聽。如果為了阻止他這麼做，就禁止他進宮，他一定會在門口大呼小叫。項梁光是想像這種情況，就忍不住垂頭喪氣。

「……他腦筋有問題嗎？」

耶利無奈地問。

「他更陰險毒辣，只要說是為了台輔，就很難指責他，而且應該有不少人遇到這種奢華的禮物攻擊和各種巴結討好會感到高興，當有人拒絕而加以斥責時，就會認為是斥責的一方太無情。」

項梁忍俊不禁。

耶利聽了項梁的話，忍不住微微偏著頭問：「台輔會看起來無情嗎？麒麟無情？」

「嗯──是啊，應該不會有人責備麒麟無情。」

麒麟是慈悲的動物，所有百姓、所有官吏都知道這件事。

「絕對是張運指使，但手法太卑劣了。」項梁帶著苦笑說。

耶利說：「手法太粗糙了，台輔還得費神對付這種人，真是飛來橫禍。」

項梁也不得不同意。士遜──還有張運策略失誤。士遜似乎到處把泰麒和別人比較，然後對泰麒讚賞不已，但項梁懷疑會不會有人因此感到屈辱和嫉妒。因為麒麟的地位高高在上，根本不容別人和他競爭。只有王的地位高於麒麟，除此之外，只有天神了。

「對台輔來說，真的是飛來橫禍，他一定累壞了。」

就連項梁也因為宮內擠滿了下官而感到精神疲累，泰麒嚴厲吩咐，並要求惠棟，之後安排州天官照顧自己的生活起居，國官不得干涉泰麒的生活。在徹底執行之後，宮內才終於恢復了平靜。雖然又恢復了以前的冷清，但項梁鬆了一口氣。

泰麒在這場混亂中始終淡然處之，絲毫不為所動。項梁不禁對他的堅強感到驚訝。

——他和普通的麒麟不一樣。

項梁這麼想著，看向在窗邊明亮處低頭看文書的泰麒。他正靜靜地看著文書，可能有什麼看不懂的地方不時指著文書問身旁的潤達——因為我看不懂文字。泰麒之前曾經向他們這麼說明。雖然大致能夠瞭解，而且只要說給他聽，他就能夠瞭解，但光看文章，有時候無法把握正確的意思。

泰麒是胎果，在異鄉出生，也在異鄉長大，語言當然不同。神仙雖然具備溝通交流的能力，但這種奇蹟似乎並未擴及到文字。

——在異鄉長大的麒麟。

也許這就是台輔與眾不同的原因。項梁得出了這樣的結論。

「……怎麼沒看到浹和？」

泰麒突然問道，項梁回過了神。

他這才發現今天的確沒有見到浹和。昨天早上還看到她懶洋洋地為泰麒張羅早餐，泰麒對她說：「妳要不要休息一下？」她只是點了點頭，然後就退下了。浹和這一陣子都很沉默，之前整天黏著泰麒忙東忙西，簡直煩不勝煩，但最近不再有這種情況。自從有大量下官進入這裡，她做完最低限度的工作就立刻退下。

「我會去問惠棟看看——但浹和八成……」

浹和八成也病了，現在已經不在黃袍館了。

泰麒一臉沉痛的表情點了點頭。

「項梁、耶利，你們跟我來一下。」

泰麒說完，請潤達留守，帶著他們走去庭園。庭園內很冷，淺淺的水池角落都結了冰，但泰麒仍然走上路亭。因為那裡是可以避人耳目的地方。

——台輔是不是又要說什麼荒誕大膽的事？

項梁忍不住緊張起來，果然不出所料，泰麒說了令項梁大吃一驚的話。

「我打算再去六寢。」

「台輔，千萬不可魯莽。」項梁慌忙勸說：「上次之後，六寢必定加強了戒備，這次無法再輕易闖入。」

「即使這樣，我認為仍然有可能進入六寢，而且從我目前住的地方有好幾條路可以去內殿。」

那是理所當然的事。項梁點了點頭。麒麟要輔佐王，是國家體制的一部分。身為州侯時在廣德殿處理公事，但內殿或是外殿才是身為宰輔處理政務的地方。

「但這些路應該全都遭到了控制。」

「公開的道路應該是，但我知道的小路很可能還沒有遭到控制，除此以外，應該還有其他路。」

「有嗎？」

泰麒點了點頭。

「雖然我不知道當初是誰建造了王宮，但有趣的是，建造者想到了王和麒麟敵對的可能性，既然這樣，應該有讓麒麟前往內殿的祕密通道。我認為一定設計了通道，以備當王失道，準備實施獨裁政治，把麒麟趕出內殿時之需。」

泰麒又說：「目前很接近這種狀態，雖然阿選並沒有把我趕出內殿或外殿，但這是因為他並沒有出面治理國家。在鎮壓內戰和內亂時，一定會有不想讓麒麟參加的朝議，我認為麒麟一定有手段可以強行加入被排除在外的朝議。」

「……也許吧。」

「我希望你們可以找到這條路，如果可以，我希望可以找到路前往六寢，讓我再去和阿選見面——不僅如此。」

泰麒停頓了一下。

「我很在意一件事。」
「在意什麼事？」
「上次偷偷溜去六寢時，我發現內殿有一個地方戒備特別森嚴，都是由士兵站崗，並不是那些生病的傀儡，我猜想是夏官派去的士兵。」
項梁眉頭一皺——這件事的確令人在意。
「就在往東宮的門闕周圍，我猜想那裡可能有什麼。」
「該不會是主上……」
泰麒偏著頭說：「如果驍宗主上關在那裡，就會由夏官負責警衛工作，如果是這樣，張運就沒有理由一籌莫展到那種程度。因為如果夏官參與此事，冢宰張運不可能完全不知情。」
「那倒是——言之有理。」
「雖然不是驍宗主上，但我認為應該關了什麼重要的人物，我想瞭解到底是誰。」
項梁突然想到一件事。
「會不會是正賴大人？」
「完全有可能。」
正賴因為犯下了隱藏國帑罪而遭到囚禁，但公開的牢獄中並不見正賴的身影。文遠在失去消息之前確認了這件事。
「所以我希望你們去查一下進入六寢的路，雖然我知道這件事很危險。」

泰麒的話音剛落，耶利就插嘴說：「不用找，我知道。從後正寢有一條地下道可以通往仁重殿的東北方。」

泰麒一臉佩服地看著耶利。

「項梁之前說，妳對內宮很熟悉——看來妳真的自由自在地出入內宮。」

耶利嫣然一笑。

項梁驚訝地說：「仁重殿的建築物已經沒有了。」

仁重殿的建築物已經倒塌，只剩下基座而已，上面堆滿了瓦礫。

「我不是說，是在仁重殿的東北方嗎？是在仁重殿旁園林的東方，正確地說，應該是東南方，那裡有一棟像祠堂的房子，房子本身已經很破舊，但還保留在那裡。」

「耶利，」泰麒看著耶利的臉問：「妳該不會知道戒備森嚴的那個地方有什麼？」

耶利微微偏著頭回答說：「我並不知道有什麼，但我知道門樓角落有通往地下室的入口，也知道有人守在那裡。我猜想那裡的地下室可能有什麼，內殿有一個地方的地下道可以通往那裡，但中途有一個地方戒備森嚴，所以我沒有去過那裡。」

「哪裡的戒備更加森嚴？」

「應該是地面上，就是門樓那裡，要有相當的人數才有辦法突破那裡。」

「如果是地下呢？」

「即使我一個人也不是不可能，但我不想引起混亂，所以就折返了。如果我和項梁兩個人，應該不需要費太大的工夫。」

項梁驚訝地插嘴說：「別亂說話。」

「亂說話？為什麼？」

「一旦和衛兵交手，就等於暴露了和阿選敵對這件事。」

耶利聽了項梁的話笑了起來。

「現在不是已經敵對了嗎？項梁，你該不會認為阿選是台輔的盟友？」

「不，但是……」

「阿選沒有展開攻擊，不代表沒有和台輔敵對。阿選的確沒有積極對台輔做什麼，但你難道不知道台輔目前遭到了囚禁嗎？」

項梁聽了耶利的話，忍不住發出低吟。完全就是這麼一回事，泰麒只不過是比較體面的囚徒。

「台輔遭到了軟禁，只是牢房的規模比較大而已。台輔沒有任何自由，生殺大權掌握在阿選手上，這不是敵對是什麼？」

項梁正準備點頭，突然驚訝地回過神。

「生殺大權──掌握在阿選手上？」

「對啊。」耶利理所當然地點了點頭。

「阿選被指名為新王之後，看起來並沒有樂不可支，也許還在懷疑──或是已經對王位沒有興趣了。」

「懷疑？」

耶利訝異地偏著頭。

「嗯——多少應該會懷疑吧。『新王阿選說』的確是有效的策略，但仍然是奇招，阿選還沒有天真到會完全相信，就連張運也沒有完全放棄懷疑。」

「妳在……說什麼？」

泰麒也驚訝地看著耶利，耶利似乎對他們的反應感到困惑。

「台輔是想要拯救百姓吧？所以才會指名那個凶惡的盜賊為新王，用這種方法安全地拿回台輔的地位。」

項梁啞然失色，泰麒問：「耶利，妳這麼認為嗎？」

「不是我認不認為的問題——事實不是如此嗎？所以我才會在你身旁保護你。」

泰麒也說不出話，耶利一臉不可思議地看著他說：「我完全不想為阿選做事，不瞞兩位——」耶利稍微停頓了一下，「……我認為說了也沒關係，所以告訴你們。我完全無意支持阿選，也根本沒有興趣。我沒有見過驍宗主上，所以不瞭解他的人品，但是，派我來保護台輔的人認為驍宗主上才是王，也認為台輔有相同的想法，所以認為台輔需要保護，才會派我來這裡。」

「妳不是嘉磬的私兵嗎？」

耶利聽了泰麒的問題後笑了笑。

「就當作是這麼一回事。」

「嘉磬之前的主公是誰？」

「恕我無可奉告。」

泰麒輕輕苦笑起來。

「那位主公認為驍宗主上是王嗎？」

「他說阿選不可能是王。」

「所以派妳來保護我嗎？」

「對，所以我才答應來這裡——雖然我原本認為主公說，這是台輔的計謀太過穿鑿，但來這裡之後，發現主公的判斷完全正確。」

「這樣啊。」泰麒只說了這幾個字，露出了淡淡的苦笑。

「台輔目前並不安全，雖然阿選表面上並沒有敵對，至於有沒有相信台輔，像保護自己一樣保護你，我對此存疑。張運是敵人，他明顯和你敵對。」

「耶利說得對，」泰麒帶著苦笑說：「所以即使和張運發生爭端，也和現狀沒有太大的差別。」

「好。」項梁只能這麼回答。

2

結束密談回到堂廳，潤達一臉擔心地等他們回來。項梁對他說：「晚餐之後，你可以離開了。德裕不在，你一個人很辛苦，回去好好休息。」
潤達一臉凝重的表情沒有離開，輪流看著泰麒、耶利和項梁，最後終於下定決心似地開了口。
「這是——要我別插手的意思嗎？」
項梁驚訝地看著潤達，泰麒和耶利也露出意外的眼神看著他。潤達感受到他們視線的壓力低下了頭，但立刻毅然地抬起頭說：「上次叫我回去休息，我回到臥室的那天晚上，台輔偷偷溜去黃袍館前往六寢。雖然表面上說是台輔單獨行動，但我認為項梁和耶利不可能不知道。」
「潤達……」泰麒叫著他的名字，但潤達打斷了泰麒。
「那天你們三個人也在寒風中去路亭討論了半天，就像剛才一樣。」
「潤達，」泰麒用溫柔的聲音說：「……上次我擅自行動，真的很抱歉，我知道你也有自己的想法，但有時候不知道反而比較好，這樣你能不能接受？」
「如果我力有未逮——或是對我的為人存疑，認為和我分享祕密會造成不安，那我也無話可說。但如果如台輔剛才所說，是認為不知道反而比較好，那容我說一句話，我認為不可能有這種事。」
「潤達。」
「無論台輔採取什麼行動，我都會受到斥責，也可能會受到處罰。我當然對台輔做的任何事都沒有疑問，也知道無論做什麼，都必定有原因，無論因此對我帶來怎樣的影響，我都不會有任何不滿，也願意接受一切。但是，在一無所知的情況下接受，和瞭解狀況之後接受有著天壤之別。無論知不知道，受處罰時都一樣，既然這樣，我至少希望可以瞭解狀況。」

項梁困惑地看著泰麒。

「最重要的是，我很擔心自己因為毫不知道而做出影響到台輔和兩位的事，我不希望發生原本只要我巧妙掩飾，就可以避免紛爭，結果卻弄巧成拙的事。」

也許是因為緊張，潤達說話時身體顫抖。項梁看著潤達，然後又看向泰麒。

泰麒輕輕嘆了一口氣說：「……是啊，如果什麼都不告訴你，的確太失禮了。」

「台輔，您不需要對我說這種話。即使您對我說，你能力不足，我也可以接受。但是——」

潤達的話還沒說完，耶利就打斷了他。

「潤達不可能和阿選勾結，而且那種怪病是次蟾的傑作。」

項梁驚訝地轉頭看著耶利。

「次蟾——妖魔嗎？在這個王宮內？」

耶利點了點頭說：「你們之前應該曾經聽過像鴿子一樣的叫聲吧？這個宮裡也有，但我已經驅除了。」

「妳驅除的嗎？」

「當然啊。」耶利笑了笑，「並不是什麼厲害的妖魔，只要知道牠們在這裡，要找起來很輕鬆。之後我就特別留意，沒有新的次蟾進來，所以，台輔……」

耶利說到這裡，看著泰麒的眼睛說：「不需要懷疑潤達。」

泰麒用力嘆了一口氣說：「……這樣啊，耶利，謝謝妳。」

耶利冷冷地行了一禮。

泰麒點了點頭，轉頭看著潤達說：「我並不是不相信你的為人，但我擔心你生了病，很抱歉。」

泰麒恭敬地鞠了一躬後說：「我今晚也打算溜出去，潤達，請你協助我。」

「原來是次蟾……」項梁和耶利一起走出堂廳時說：「沒想到妳竟然知道。」

「那天跟著台輔溜進六寢時發現的，但其實之前聽到叫聲，我就有點在意。」

項梁嘆了一口氣說：「我還一直以為是鴿子。」

「因為聲音很像，所以不能怪你。」

「有幾隻？」

「三隻。」

項梁低吟了一聲。

「原來平仲和德裕是因為這個原因才變得有點奇怪，如果我早點發現……」

雖然現在說這些也沒用，但他真的很懊惱。

「因為次蟾生病的人有辦法治好嗎？」

「沒辦法。雖然有時候擺脫次蟾的影響會治癒，但如果病情已經惡化到某種程度，就沒辦法再恢復了。」

項梁很驚訝耶利回答得這麼斬釘截鐵，隨後想到平仲和德裕，不由得難過起來。

「這樣啊……」

「浹和也無藥可救了，真可憐。」

「我也差一點中招──妳覺得次蟾之後還會闖進來嗎？而且王宮內為什麼會有妖魔？」

「應該是阿選。」

「怎麼可能？」項梁嘀咕道：「阿選沒能力操控妖魔吧，只有麒麟有辦法使喚妖魔。」

「只要對妖魔有一定的知識，並非不可能的事。」

怎麼可能？項梁看著耶利。

「只有麒麟能夠自由自在地驅使妖魔，但只要掌握妖魔的習性，就可以妥善利用。」

「──真的嗎？」

耶利點了點頭。

「所以，阿選利用了這些妖魔嗎？那今後也不能大意。」

「的確不能大意，但基本上妖魔都怕麒麟，或者可以說，在麒麟周圍，妖力就會減弱。不知道是幸運還是不幸，德裕消失、文遠也失去消息之後，潤達一個人照顧台輔的生活，無論白天、夜晚都在台輔身旁，在這種狀態下，就不需要太擔心。」

「這樣啊。」項梁感到鬆了一口氣，但同時感到驚訝。

「妳瞭解得真清楚。」

「當然啊，」耶利若無其事地說：「因為我是黃朱。」

項梁一下子沒有理解耶利在說什麼。

「……黃朱？」

「對，我在黃海長大，有人覺得我有可取之長，要我學習人世的事，把我丟來這裡。」

「為什麼黃朱——有人——把妳丟來這裡？」

項梁陷入了混亂，有點語無倫次，耶利笑了起來。

「有這麼驚訝嗎？主上——驍宗主上和黃朱關係也很密切，以前曾經和黃朱一起狩獵妖獸。這份情誼一直持續，所以驍宗主上為了國家，借用了黃朱的智慧，也支援黃朱增長見識。」

「借用智慧？黃朱的智慧嗎？」

「不是有實例嗎？驍宗主上向黃朱討教，如何能夠讓百姓更容易過冬，所以黃朱就從黃海帶了荊柏獻給驍宗主上，驍宗主上又獻給路木，得到了很相似的植物。」

「原來是鴻慈……」

原來是這麼一回事。項梁說不出話。

「啊！」耶利輕輕叫了一聲，又小聲嘀咕說：「……這該不會是不可以說的祕密？算了，沒關係，反正只是說給你聽。」

「如果是不可公開的事，我不會告訴別人。」

「拜託了。」

項梁問苦笑的耶利：「該不會除了妳以外，還有其他人？」

「並不是只有我，也不是只有驍宗主上。」

項梁聽不懂這句話的意思，偏著頭感到納悶。

耶利笑著說：「並不是只有我進入王宮，也不是只有驍宗主上利用黃朱，巖趙和臥信將軍也都和黃朱有密切關係。」

原來是這樣。項梁恍然大悟。臥信重用朱旌，原來是因為和黃朱的關係。

「我以前都不知道。」

「請仍然當作不知道。」

「黃朱果然很瞭解妖魔。」

「在黃海生活的黃朱都必須和妖魔打交道，所以自然就很瞭解。」

就像人對家畜——或是危害人類的野獸很熟悉一樣，如果不瞭解妖魔，就無法在黃海生存，必須充分瞭解妖魔——加以利用，同時預防遭到危害。

「所以，阿選也利用了黃朱的知識嗎？」

「應該就是這樣，但並不是阿選本身的知識，我猜想他應該只是利用了有相關知識的人，只不過他本身並不想瞭解妖魔，事實上，他使用妖魔的方式也很危險。」

「危險？」

耶利點了點頭。

「這裡之所以會有次蟾，絕對是阿選送過來的，但六寢內大量生病的官吏，並不是阿選希望的結果。阿選雖然召喚次蟾送到很多地方，卻無法控制，所以次蟾就造成很多人受害，而且危害持續擴大。如果不理會那些犧牲者，別人就會懷疑王宮內有妖魔，為了避免這種情況，所以不得不把那些人都聚集在六寢——只不過這些生病的人聚在一起就會產生瘴氣。」

「瘴氣——」

「這是我們的說法。妖魔生活在和我們世界不同的天理中，妖魔無法生活在人類的天理中，所以，妖魔會扭曲自己周圍的天理，變成妖魔世界的天理，四處散發毒氣——可以這麼認為差不多就是這種情況。」

「次蟾會散發毒氣，因為次蟾而生病的人也會發出毒氣。」

「就是這樣。當這些人聚集，毒氣就會增加——也就是會產生瘴氣，引來更多妖魔。」

「阿選本身沒問題嗎？」項梁問。

「有咒法可以去除瘴氣，惠棟身上也有，就是差不多這麼大的木牌，」耶利用雙手比了一個小型的四方形，「雖然表面上是大夫的認證，但其實背面烙了咒印。也就是說，阿選放出次蟾，但讓惠棟帶著可以避次蟾的牌子來這裡，他自己當然也有。」

耶利說，除此以外，還有其他去除瘴氣的方法。雖然有可以保護整棟房子的方法，但瘴氣越多就越危險。

「不知道他是不是不知道——還是雖然知道，但沒有其他方法。總之，這種做法很危險。」

項梁抱著雙臂。

「我們這樣闖入六寢沒有關係嗎？會不會也受到瘴氣的影響？」

「一個晚上的時間不會有大礙，而且和台輔在一起，瘴氣也會散掉。」

「會不會有無法預料的妖魔出現？」

「我想應該不會有這種事，但阿選可能又召喚了新的妖魔。」

項梁忍不住發出低吟。原來阿選一直用這種方式利用妖魔，只要藉助黃朱的智慧，就可以做到這一點，只不過之前從來沒有聽說阿選和朱旌或黃朱關係很密切——想到這裡，項梁突然茅塞頓開。

「該不會——是琅燦？」

耶利偏著頭，但項梁說出這個名字後，覺得非常合理。琅燦和耶利很像，尤其是對王、對麒麟的態度與眾不同，沒有項梁他們那種絕對的敬畏之念。

琅燦是什麼時候進入驍宗的陣營？應該比項梁更早，項梁在軍中有相當的地位時，琅燦已經身為幕僚，建立了獨特的地位。她從當時就博學多聞，好奇心旺盛，個性也很奔放。

「原來琅燦是黃朱……」

耶利點了點頭。

「我聽說她是第一個被送到驍宗主上身邊的人。」

原來是這樣。項梁心想。琅燦的博學多聞不同尋常，據說她和冬官府的任何工匠說話都不會有不明之處。她憑著在黃海學到的智慧，和離開黃海後學到的知識，成為天賜之才。因為有琅燦的協助，所以阿選利用妖魔也並不奇怪。

「但是——為什麼呢？」

對琅燦來說，驍宗不是她的恩人嗎？她為什麼背叛驍宗？項梁提出這個疑問時，耶利移開了視線。

「不知道。雖然不知道——但我想應該不一樣。」

「不一樣？」

「黃朱和外面的人對事物的優先順序不一樣。黃朱都很重視恩義，但對黃朱來說，王、麒麟和國家並不見得重要。」

「……妳也一樣嗎？」項梁問。

耶利點了點頭說：「我覺得台輔很有趣，是讓我感到好奇的人物，但並不是像你那樣無條件地尊敬他。」

項梁不知道該如何評價耶利的這種心態。

耶利苦笑著說：「不過──你不必擔心，我會保護台輔的安全。因為是受人之託，而且我也想這麼做。」

3

那天晚上，潤達說了聲「一切小心」，送項梁等人出門。他們像上次一樣，從旁邊園林的閨竇出了宮。泰麒和耶利上次已經走過這條路，但項梁是第一次。耶利走在前面帶路，她不時停下腳步，觀察前方的狀況，時而輕盈地跳上樹木和圍牆，時而再從樹木和圍牆跳到積雪的屋頂，確認前方的情況。

一旦被衛兵發現就會功虧一簣，而且項梁和耶利被衛兵發現會很危險。照理說，原本為了安全起見，泰麒應該留在沒有危險的黃袍館，但如今他反而為了耶利和項梁的安全決定同行，這樣的安排實在有點奇怪。

他們順利離開園林後，來到耶利之前提過的祠堂。原本應該祭祀木像的神壇上空無一物。耶利繞到後方，指著通往神壇下方的狹窄石階。原本可能放了供桌或是其他東西遮住了入口，如今移開之後，一眼就可以看到入口。沿著狹窄的石階往下走時，耶利從懷裡拿出了什麼東西。她拿在手上那根短短的細棒前端微微發亮，可以看清楚腳下。

離開黃袍館時，項梁說「需要火把」時，耶利回答說「不需要」，原來她有這個。但是，項梁仔細打量後，發現那並不是火，只是細棒前端微微發亮，而且看起來像是隨處可見的木棒，只有可以收進懷裡的長度。

項梁不可思議地注視著細棒，耶利把細棒遞到他面前說：「你用這個照亮自己和台輔的腳下，我在暗處也可以看到。」

「這是？」

「在黃海可以採到的亮光。」

原來有這種東西。項梁像拿火把一樣拿著細棒。

「把前端朝下，對著腳下，否則會被人看到。」

「喔——喔喔。」

因為不是火，所以朝下也沒有問題——他察覺到這一點，有點手足無措。

「聽到我說藏好，就把它放進懷裡，或是握住發亮的地方。因為沒有很亮，所以只要握住就足夠了。」

項梁點了點頭，覺得原來黃海有這麼方便的東西，但似乎並不能代替火把。即使將細棒朝下照亮腳下，也只能勉強看清楚地上，無法趕走周圍的黑暗。

石階通往漆黑的地底深處，周圍一片漆黑，完全看不到還有多深。耶利似乎靠著走在她身後的項梁手上的亮光就可以看到，毫不猶豫地沿著石階往下走。

走了差不多有兩層樓的距離，來到一個水一直冒出來的橫洞。橫洞很窄，而且高度很低，項梁必須彎腰縮身才能進去，周圍都是老舊的石頭。經過橫洞之後，有一個向上的梯子，鑄鐵鍊做的梯子沿著豎坑垂了下來。耶利示意他們等一下之後，沿著梯子輕鬆爬了上去，爬到天花板的高度後，不知道把什麼東西抬了起來，隨即有一陣冷風吹進來——她似乎抬起了蓋子。

耶利在外面觀察片刻後，立刻爬上梯子走了出去，然後揮手示意他們也上去。項梁爬上去後，發現那裡是一個狹窄的橫溝，看起來像是水渠。橫洞的中央有淺淺的溝，細水從那裡流過。水渠旁有一小片低窪，梯子就通往這片低窪。耶利打開的蓋子——很大的石板靠在牆邊，但她不可能搬動這麼大的石頭，所以應該只是看起來像石頭的假石頭。

他們跟著耶利爬過只能一個人通行的水渠，中途看到兩個和他們剛才爬上梯子時相同的低窪，似乎是為了讓人在狹窄的水渠錯身時所設計的。項梁對原來有這樣的設施感到驚訝，沒多久就看到了前方開了一個口。耶利再度用手示意他們等一下，獨自爬出去不見了。項梁在確認泰麒狀況的同時，跟著她爬了出去。發現水渠通往一個很大的四方形豎坑，周圍都堆著石塊，是一個很深的坑。他探頭向外張望，發現頭頂上是一個四方形的洞，石壁上有階梯狀的小石塊通往出口，階梯旁的石壁上還繞著鐵鍊，可能用來代替扶手，可以看到下方四方形的黑暗水面。階梯狀的小石塊可以沿著周圍一直通往水面。

——原來是水井。

這不是日常用的水井，而是發生火災等緊急狀況時使用的水井。石壁上有許多像項梁等人剛才經過的水渠口，頭頂上的出口有大型格子狀的踏板，上面是懸掛滑車的橫梁。

通往出口的階梯狀踏板很大，只要拉著鐵鍊，側身走在上面，就可以輕鬆走上去。項梁看到耶利招手後爬了上去，在最後走過一小段鐵梯後就走了出來。眼前是沒有燈火的建築，三個方向都是建築物，只有其中一個方向鋪著石板，沿著建築物彎曲著。

項梁不知道這裡是哪裡，耶利似乎猜到了，小聲對他說：「這裡是後正寢西南角落。」

項梁故作平靜地點了點頭，但內心極度緊張。他從來沒有來過六寢這麼深處。耶利伸手示意繼續往前走，但不是走向石板的方向，而是鑽進了後方建築物的步廊下方。當他們彎著身體鑽出去後，來到一個漆黑的小院子，周圍沒有人的動靜。耶利不慌不忙地走進旁邊的建築物，那裡應該是小臣聚集的地方，空無一人的堂內牆上掛了各式各樣的武器。耶利把手伸向武器，把朴刀丟給項梁後，自己也拿了一把朴刀。

她對看著她的項梁說：「萬一打起來時，如果從武器的痕跡查出我們的身分不是很傷腦筋嗎？」

有道理。項梁苦笑著，拿了兩把小刀，把其中一把交給了泰麒。

「我——」

「只是請你幫忙拿一下。」

項梁說完，又交給泰麒一把朴刀，然後又拿了一把朴刀給耶利，自己拿了一把長槍。耶利輕輕笑了起來。

「這下子他們就搞不清楚我們有幾個人了——只是真礙手礙腳。」

「等一下隨便找個池塘或是樹叢丟掉就好。」

耶利點了點頭，走出那棟建築物，經過兩個院子，又繞過一棟建築，走進了無人的門樓，在上樓的階梯後方，又隱藏了通往地下的石階。

「——這個？」

「通往我們要去那裡的通道，接下來可能會遇到人，所以要小心謹慎。」

項梁點了點頭。多餘的武器已經在來這裡的路上丟棄在適當的地方，目前只剩下朴刀和小刀而已，耶利手上也只剩一把朴刀而已。項梁和耶利都帶了自己常用的武器，但只會在緊要關頭使用。

他們小心翼翼地走去地下。石階很暗，而且很深。走下石階後，來到一條像廊屋般的通道，但年代似乎已經久遠，被石塊和鑿出的岩壁包圍的通道有些地方已經風化，而且到處長了青苔。

為了避免被人發現，項梁把亮光照向身後的腳下，沿著牆壁走在通道上。轉了幾個彎之後，在幾處不長的石階時上時下，看到了昏暗的亮光。亮光就在沿著通道向前走後的轉彎處，這當然代表那裡有人。項梁躡手躡腳地沿著通道繼續走，在轉角處張望，發現通道不遠處的前方被一道門擋住了。門前方的通道特別寬敞，是站崗的地方，點著燈火，看起來有三名士兵無所事事地站在那裡。

項梁豎起手指比了「三」，耶利又抓著他的另一根手指豎了起來。仔細一看，地上有一個人影，可能剛好站在暗處——既然這樣，應該有一伍五名士兵。於是項梁又豎起了另一根手指。

耶利點了點頭，項梁看向身後的泰麒，把發光的細棒交給他後，示意他向後退。泰麒點了點頭，項梁看著他退後。耶利確認泰麒和他們拉開了足夠的距離後，突然跳出轉角處，然後又慌忙跑了回來。同時聽到有人叫了起來。

「誰？」

「怎麼了？」

「剛才有人。」

「這裡會有人？」另一個人滿不在乎地笑著問。

「我真的看到黑影了。」

「你是不是眼花了？」

「可能是蝙蝠吧。」

「不，我看到了人影。」

那幾個人邊聊邊走了過來，可能想察看情況。聽腳步聲，有三個人。說話的聲音停了下來，他們在轉角處，對這裡產生了警戒。項梁發現他們已經來到眼前，向耶利點了點頭。耶利也點了點頭，然後一下子衝出轉角處。

有三個拿著長槍的士兵。耶利以驚人的速度把其中兩個人砍倒在地，項梁根本沒有跑過去，就用飛刀解決了另一個人。在控制局面後，向身後的泰麒揮了揮手，示意他過來，同時衝向站崗區，聽到了驚愕的聲音。耶利衝向慌忙舉起長槍的士兵懷裡，項梁去追另一個人，因為那個人離飛刀可以射中的距離有點遠。

通道中途有一個小房間，放了簡單的椅子和桌子，還有交床，周圍放著架子和罈罈罐罐，顯然是長時間監視的地方。總共有兩個出入口，延伸的通道不遠處就有一道門。房間深處出口的通道前方並沒有門。士兵大叫著拔腿就逃，在他衝到通道之前，項梁就用飛刀射中了他的後腦勺。但是，可能有人聽到了動靜，通道那裡傳來了「發生什麼事？」的聲音。項梁拔出飛刀的同時看向通道，通道不遠處就是個轉角，那裡有往上的階梯。他聽到有人沿著石階衝下來的聲音。

耶利跳到門上。門的上方有窺視孔，她從窺視孔向內張望，然後打開門，用力向泰麒招手。

「快！」耶利小聲叫著，泰麒跑了過來。耶利同時看向項梁，然後向傳來下樓腳步聲的通道方向示意。耶利的意思是要停在這裡。項梁用刀砍向屍體，掩飾飛刀的痕跡，點了點頭。無論從腳步聲，還是根據警衛的常識判斷，應該是後備的一伍五名士兵。

泰麒的身影消失在門內，耶利關上了門。項梁躲在入口旁，耶利也躲進了門前的凹陷處。同時聽到士兵衝進了站崗區。

「發生什麼事了？」士兵應該看到了倒在站崗區的同伴，大聲問道。一人、兩人、三人，項梁等三個人經過後衝了出去。

4

泰麒獨自跑向門內，那裡有一條向前延伸的通道，通道盡頭有一道和剛才相同的門緊閉著，通道的其中一側有許多門。老舊——但很牢固的門，上方有裝了鐵窗的監視窗，下方也有一道小門，可能用來傳送物品。

背後傳來悽慘的動靜，他聞到了血的味道。泰麒感到暈眩的同時，來到第一道門前，從監視窗向內張望，裡面沒有人。他在確認之後，立刻前往第二道門。前面三道門內都空無一人。最後一道門——只有最深處的一道門內有昏暗的燈光。

仔細一看，裡面是一個小地窖，有一個人影縮在前方的牆壁下。泰麒貼在門上向內張望。人影似乎察覺了動靜，抬起了頭。燈光很暗，裡面那個人的臉被陰影遮住了，但泰麒仍然認出了他。

「……正賴。」

泰麒倒吸了一口氣，想要立刻打開牢門，但牢門被門閂鎖住。鐵棒插在門上的鐵環中，只要把鐵棒抽出來，就可以把門打開，但鐵棒前端掛了一把鎖，如果不把鎖打開，就無法把鐵棒抽出來。鑰匙在哪裡？他環顧周圍，只看到昏暗的通道，看起來不像有鑰匙。他從通道盡頭的那道門向內張望，發現門內是一條不長的通道，前方是幾級石階。他躡手躡腳地走到門外，沿著通道向前走，壓低身體走上階梯。來到階梯盡頭時，發現那裡是像值勤室的小房間，裡面亮著燈。泰麒直起上半身向內張望，發現一名像是看守的士兵。他觀察了一會兒，發現只有一名士兵坐在椅子上，一臉無趣地玩著木牌。

周圍沒有鑰匙，所以在看守身上嗎？

——無論如何都要拿到鑰匙。

——但是，要怎麼才能拿到鑰匙？

他躲在階梯上自問自答，只有一個答案。

泰麒用力吸了一口氣，用顫抖的手按住胸口，在嘴裡嘀咕著。

「……希望……」

事到如今，不能回頭。

被白雪覆蓋的山野、窮困潦倒的百姓，以及——

還沒有下雪的遙遠海邊城市，那裡是泰麒不會再回去的故鄉。他在那裡造成無數人死亡，不能讓那些人的犧牲變得沒有意義。
只是因為自己回來，就引起了巨大的慘禍——在那片岸邊。
「……在……」
即使如此，那片海岸仍然可以稱為故鄉，因為有一個人對泰麒說，可以留在那裡。雖然知道那個人之後將承受的苦難和悲嘆，為了生存必須面對的奮戰，但仍然把他留在那裡，因為泰麒知道，自己腳踩的這片土地，沒有那個人的歸處。
「……老師。」
自己的歸宿和幻想，只為了守護這一切而戰。給我——那種堅強到幾乎幼稚無知的意志力。
泰麒無聲地吐了一口氣，緩緩站了起來。看守可能聽到上樓梯的腳步聲，抬起頭，轉過來看著他。
「——你是誰？」
「我是泰麒。」
男人滿臉驚訝，立刻立正站好，但臉上仍然露出困惑的表情。他一次又一次看著泰麒的臉和頭髮，然後探頭看向泰麒出現的方向。
「那……台輔為什麼來這種地方？」
「我要見牢裡的囚犯。」
泰麒說完，男人立刻臉色大變。

「這可不行，而且規定任何人都不得靠近監牢，請台輔趕快離開。」

「不行，我要去看牢裡的情況，你用鑰匙打開。」

「不行！」男人說完站了起來，手摸著劍把，似乎要阻止泰麒繼續向前。「如果非見不可，請和主上或是冢宰一起來，除此以外，恕我無法從命。」

「即使是我的命令也不行嗎？」

「不行。原本規定，只要有人擅自進入這裡就格殺勿論，正因為是台輔，所以我才沒有這麼做。」

泰麒不理會他，繼續走向前。男人準備拔劍，但猶豫了一下，不悅地把劍放回劍鞘，張開雙手，擋住他的去路。

「鑰匙在哪裡？」

「我無法交出鑰匙，請離開。」說完，他把手放在泰麒的身體上，抬頭看向通道的方向。

「——喔！」

他原本應該是想叫人，但他的聲音來不及發出來。泰麒用身體撞向他。男人閉了嘴，重心不穩，踉蹌了幾步，向前倒下來，然後滾落石階。泰麒追了上去，看守神志不清地抬起頭，一臉驚愕地看著泰麒。泰麒追了上去，衝下階梯後跨在他身上，拔走了他的劍。男人翻了個身，雙手撐在地上，連滾帶爬想要逃走，同時又想叫人。泰麒把劍對準他的後腦勺一揮。

立刻響起沉重的、令人不舒服的聲音。

男人不再移動，但他的手腳還在活動，所以並沒有死。泰麒無法用劍砍下去，只能用刀身打向他。

——不能讓他叫人。

該怎麼辦？泰麒內心天人交戰。身為麒麟的本性、年幼時在故鄉學到的規範、士兵叫人來時的危險、驍宗、李齋，還有東架的人——全國的百姓。

——如果不殺了他很危險。

——我做不到。

——我可以做到。

因為麒麟不是會使喚使令嗎？在慶國的金波宮時，延麒留在泰麒身旁的使令毫不猶豫排除了敵人。麒麟命令使令保護自己，這個命令就是打敗敵人，甚至不惜殺了對方。所有麒麟都有殺人、傷人的經驗，只是自己並沒有意識到這個問題而已。

或許有王從來不曾有過雙手沾滿鮮血的經驗，但沒有麒麟不曾有過這種經驗。只是因為這雙沾滿鮮血的雙手以使令的形式和身體分開，所以才能夠忘記。使令有意志，即使麒麟沒有把「殺」這個字說出口，甚至沒有這個念頭，使令也會揣摩麒麟的意思採取行動，所以麒麟不知道自己期待殺傷的行為。

麒麟可以殺人，也會傷人，只是周圍的人和自己以為做不到。這是因為麒麟的殺機是以特殊的方式出現，所以乍看之下以為是如此。

在蓬山出生、長大的麒麟從小就與各種暴力隔絕，在他們成長過程中，容許他們害怕暴力、害怕見血，不僅容許，而且強烈肯定這一點。然而，在蓬萊出生、長大的泰麒並非如此。

——泰麒瞭解暴力。

「對不起」這句話是欺騙，「請你原諒我」這句話也只是自我滿足。如果結果相同，任何話語都沒有意義。

——但是，我無法傷害這個人。

泰麒收起了劍。

他的雙手像得了瘧疾般顫抖。我下不了——我下不了手，但是，我必須下手。

泰麒站在原地無法動彈，腳下的男人身體突然抽了一下。他反射性地回頭看向消失在後方的男人身影，發現趴在地上的男人背上已經插了一把小刀。男人不再動彈，沒有發出任何聲音。項梁拔出小刀拿在手上。

「太手下留情了，不要猶豫。」

「項梁……」

項梁第一次露出嚴肅的眼神正視泰麒。

「一旦他叫人來就完蛋了，即使留下活口，讓他有機會作證也一樣。既然決定要採取行動，就必須完成任務，這是採取行動者應盡的職責。」

泰麒手上的劍掉在地上，項梁撿起之後，放回屍體身旁的劍鞘，同時從懷裡拿出鑰匙。他把鑰匙遞給泰麒時吐了一口氣。

「……即使台輔對他手下留情，當您營救了囚徒，他就會遭到處分。在您看不到的地方，遭到別人殺害。採取行動代表的就是這樣的意義。」

泰麒說不出話，點了點頭，接過了鑰匙。

「很抱歉，我晚來了一步，這是該由我來做的事。」

泰麒只能搖頭，項梁輕輕推著他的肩膀說：「……快去吧，我會守在這裡。」

5

泰麒用顫抖的手把鑰匙插進鎖內，鑰匙和鎖吻合，隨即聽到開鎖的聲音。鎖打開了，他把鎖拿下來，抽出插在鐵圈內的鐵棒，透過監視窗看到的囚徒再度抬起了頭。

泰麒把手放在門上，打開了門。他戰戰兢兢走進的牢房內只有昏暗的燈光，反而是靠通道上照進來的燈光隱約看到了縮在牆壁前的囚徒臉龐。

囚徒訝異地看向泰麒，應該是因為逆光的關係，無法看清楚泰麒的臉。

「正賴……」

泰麒叫了一聲，囚徒驚訝地晃動著，探出身體看著泰麒。泰麒看到他這個動作，知道他雙手被綁在身後的牆壁上。

「正賴。」

泰麒跪在他面前，囚徒驚愕地問：「台輔——是台輔嗎？」

「對。」泰麒回答的聲音很沙啞，正賴面目全非的樣子讓他忍不住哽咽。

「不要露出這樣的表情，趕快讓我這個囚徒好好看看您的臉。」

正賴說完，扭著身體探頭看泰麒的臉。

「啊，真的是台輔……」

正賴發自內心感到高興地說，但他的左眼只剩下黑洞，一隻耳朵的耳廓也不見了，從他髒得好像抹了油般黏在一起的頭髮之間，可以看到傷痕。

「簡直……太慘了。」

泰麒用顫抖的手指撫摸著他的臉。

「沒什麼，我早就已經習慣了——不過，我身上有血的味道吧，趁還沒有對您的身體造成影響，您趕快離開。」

「……對不起……」

泰麒說完這句話，緊緊抱著正賴的身體，發現他瘦得只剩下皮包骨。他可能沒有衣服可換，身上的衣服沾滿油汙，而且已經破爛不堪，看到他身上滿是傷痕和看起來像皮膚病的疤痕。

「台輔，派人去馬州……」

泰麒搖著頭，為正賴解開了手銬。正賴的兩隻手少了兩根手指，有半數已經扭曲得不成樣子。

「謝謝您特地來看我——您的這份心意已經足夠了，趕快派人去馬州。」

泰麒只能握著他悽慘的雙手拚命搖頭。

「台輔。」

泰麒搖著頭，拚命拉著正賴的手，把他拉出牢房，但正賴看到等在階梯下的項梁和屍體，停下了腳步。

「我不會逃走，一旦逃走會帶來嚴重後果。就當作這個士兵是我殺的，但我最後還是無法逃走。」

正賴看著項梁，項梁露出驚愕的表情，但隨即嚴肅地點了點頭，催促著泰麒說：

「台輔！」

「不行，我不會走。如果把正賴留在這裡，他接下來會遭到何種對待？」

「沒什麼大不了，我已經習慣了。」

正賴說完，看著項梁說：「剛才是用什麼武器殺了他？」

項梁遞上小刀，正賴點點頭，接過小刀。

「不行，」泰麒又繼續說道：「我做不到。」

泰麒緊緊抱著正賴，項梁把他拉開。正賴的樣子太慘不忍睹，照理說，如果只是遭到拷問，並不會變成這樣。因為拷問的目的只是要對方吐實，並不是為了虐待。一旦死了就失去意義，如果造成無可挽回的結果也失去意義，要利用可能會死、可能會造成無可挽回結果的恐懼讓囚犯吐實，然而，正賴目前的狀態顯然超出了這種情況，從為了獲得自白變成虐待。泰麒說，如果正賴現在不逃，不知道會遭到何種對待的確沒有錯，雖然正賴說他已經習慣了，但這種事根本不可能習慣，然而，項梁從正賴的態度中看到堅定的決心。

正賴似乎察覺項梁瞭解了他的心意，用剩下的那隻眼睛看著項梁說：「馬州有一個叫草洽平的人，我知道他最後的蹤跡是在威稜附近的宜興，現在可能已經離開了那裡，但他一定會讓人能夠找到行蹤。洽平應該知道英章的下落。」

「英章將軍？」

項梁驚訝地嘀咕，正賴點了點頭。

「馬州宜興的——」

「草洽平。找到英章之後，請告訴他去找不諱。這樣說，他就知道了，應該可以幫到驍宗主上。」

「不諱嗎？我瞭解了。」

「正賴——項梁，拜託你。」

泰麒不想被拉開，拚命扭著身體。

「台輔，是我要拜託您。」正賴語氣堅定地說：「我為了把那些東西交給主上堅持到現在，所以務必要拜託您。」

項梁把哭著拒絕的泰麒帶離現場，正賴站在昏暗的通道上，目不轉睛地目送泰麒離去。

「……太了不起了。」

耶利從暗處現身，帶著一半佩服，一半驚訝說道。

「但是——他可能凶多吉少。」

泰麒抖了一下抬起頭。

項梁在內心點了點頭。雖然因為阿選還沒有問出想要的答案，所以不至於會殺了正賴，但可能會因為報復而動粗施暴，結果造成令人遺憾的結果。

「耶利，請妳去救他。」

「不可能。」耶利毫不猶豫地回答：「如果是無人理會的囚徒，帶他逃走應該沒問題，但那個囚徒並不是這種情況，現在仍然頻繁審問。既然這樣，一旦帶他逃走，很快就會調查到底是誰幹的。」

耶利說完，看著泰麒的臉說：「台輔，第一個會懷疑你。你之前曾經偷偷闖進後宮，有偷闖的能力，而且對那個囚徒也很執著，你不怕這件事敗露嗎？」

「沒關係。」

耶利難得看到這個冷靜的麒麟這麼生氣。

「而且你動粗這件事也會曝光。」

泰麒驚訝地抬頭看著耶利。

「不過——別人識破你親自動手這件事的可能性很低，但是，我和項梁會遭到懷疑，也許會連累黃袍館內所有的人。」

泰麒低下了頭。

「比起這件事，要如何處理那位剛毅之士的遺言更重要吧？」

「耶利，別這樣說話。」

耶利聳了聳肩。

「我沒說錯，按照目前的情況，很有可能成為他的遺言。能不能救他，取決於台輔的行動，取決於台輔要做什麼。」

泰麒緊盯著耶利，耶利點了點頭說：「首先——項梁必須馬上離開。」

項梁吃驚地瞪大眼睛。

「這——」

「我會負責保護台輔的安全，必須有人去馬州，你是適合的人選。我記得你是英章將軍的麾下，如果我去的話，恐怕會耗費很多時間才能讓他取信於我。」

「這……倒是。」

如果是項梁前往，只要和英章取得聯繫，就馬上可以解決問題。

「如果你要去，最好現在就離開。因為好不容易溜出了黃袍館，最好馬上離開宮城。」

「妳說的倒簡單。」

「本來就不難，你去找巖趙將軍，他一定會幫你逃走。」

「不行。」

項梁拒絕。他無法把泰麒獨自留下。

「請你去吧。」

項梁聽到泰麒的聲音，回頭一看，發現泰麒臉上恢復了堅毅的表情。

「這件事遲早會敗露。雖然正賴打算一肩扛起，但他被銬上手銬，而且被關在牢房，不可能有人相信那種狀態下的囚徒能夠打倒看守逃走，顯然有人想要協助他逃離，既然這樣，就會追究到底是誰幹的。」

耶利聽了泰麒的話點了點頭，似乎很滿意。

「如果你消失不見，就可以認為是你想要營救正賴，最後卻失敗了。當然會懷疑受我的指使，但表面上應該不會有人指責我，只要我堅稱自己不知情，應該沒有人會繼續追究。只要沒有證據顯示是我指使，就不會連累其他人。」

「台輔……」

「請你去馬州，一定——絕對要順利抵達。」

項梁忍不住遲疑了一下——最後還是點了點頭。耶利詳細向他說明了巖趙的住處，他點著頭聽完之後說了聲：「告辭。」

話音剛落，他就立刻跑著離開了。既然決定逃走，就不允許分秒的猶豫。他必須在事情敗露，加強警戒之前逃離宮城。

耶利目送著項梁像風一樣離去。

——他也不是等閒之輩。

然後她回頭看著同樣目送項梁離去的泰麒。

——最厲害的是這個麒麟。

耶利輕輕笑了笑，泰麒可能察覺到了，露出驚訝的眼神看了過來。她對泰麒說：

「我們回去吧，盡可能遠離這裡。正賴現在應該正大打出手，我們不要辜負他的好意。」

泰麒點了點頭，朝向項梁離開的方向跑了起來。

即使要我更換主公也沒問題。耶利心想。

既然目標相同，這完全不是問題。

耶利陪同泰麒迅速沿著來路折返，回到黃袍館的沿途都沒有被任何人看到。當他們穿越後院時，聽到東北方向傳來一陣嘈雜。正賴應該被人發現了。

——希望他不會因此送命。

耶利並不認為阿選會殺正賴。因為正賴目前仍然持續被用刑逼供，阿選等人正在找國帑的去向，既然這樣，就不可能殺了正賴。只不過——可能在用刑時失手殺了正賴。耶利只能祈禱不會發生這種情況。

走進正館，潤達一臉不安，正在等他們，一看到耶利和泰麒的臉，立刻鬆了一口氣。

「你們都很平安——」潤達的話說到一半，發現泰麒的樣子不太對勁，立刻住了嘴。他微微偏著頭，看向耶利身後，立刻臉色大變地問：「項梁大人呢？」

「他逃走了。」

潤達聽了耶利的回答，整個人愣在那裡。

「是我們要他逃走的，因為有這個必要。項梁不會再回來這裡，就說不知道他什麼時候失蹤了，知道嗎？」

潤達聽了耶利的話，驚訝地點了點頭，然後看向癱倒在椅子上的泰麒。

「台輔——怎麼了？」

「台輔有很多痛心的事，應該也有血穢的影響，請你治療一下。」

潤達驚叫一聲，慌忙跑去泰麒身旁。耶利見狀後，離開了正館。院子內鴉雀無聲，黃袍館內部很平靜。

一旦正賴被發現，張運一定會懷疑和泰麒有關，馬上會有人跑來這裡。剛才已經告訴項梁如何前往巖趙的住處，應該可以避免被逮。

項梁找到巖趙之後，就可以離開王宮。巖趙以前也曾經協助好幾名官吏逃離王宮。剛才把暗號告訴了項梁，巖趙應該能夠妥善處理。

——項梁八成沒問題。

問題在於離開王宮之後，但耶利擔心也沒有用。她目前要擔心的是泰麒的問題。

如果有人來興師問罪，就會馬上發現項梁不見了。上次謊稱是趁小臣不備溜了出去，不知道這次能不能再度矇騙。因為上次的事，加強了黃袍館的警戒，所以搞不好會發現這次的捷徑。一旦被發現，下次就無法再溜出去了。雖然耶利他們會堅稱不知情，但張運並沒有天真到會相信這種話，他當然會懷疑，也會認定一切都是泰麒的指示。到時候會發生什麼事？耶利已經無法插手，只有泰麒能夠解決。

……不知道事態會如何發展？

第十六章

十二國記

1

中午過後，惠楝才一臉緊張地衝了進來。

——反應真慢啊，耶利心想。她原本以為一大早就會上門。

也許是因為高官之間爭論不休，所以才這麼晚來。耶利讓惠楝進入正館，一個瘦瘦的男人跟在惠楝身後。

「很抱歉前來打擾台輔，大司馬有事想要請教。」

「什麼事？」泰麒的聲音極其平靜。雖然他氣色很差，但舉手投足已經恢復了以往的霸氣。

「恕臣惶恐。」男人跪著前行後磕著頭。

「微臣是夏官長大司馬叔容——實不相瞞，昨晚有賊闖入了內殿。」

「——賊？」

泰麒微微偏著頭。

「目前正在尋找賊的下落，微臣深知提出此等要求很冒昧，但懇請台輔准許微臣面見大僕。」

泰麒停頓了一下，似乎在思考。

「我不知道賊和大僕有什麼關係。」

「只是想向大僕請教幾件事，請台輔務必准許。」

「我已經說了，」泰麒冷靜地回答：「我不瞭解有賊闖入內殿和我的大僕有什麼關係，內殿到底發生了什麼事？」

叔容遲疑了半天，最後結結巴巴地說：「……昨天晚上，有人闖入內殿，殺傷幾名衛兵後逃走了。」

「阿選主上有沒有危險？」

「沒有，賊的目的似乎並不是主上。」

「是嗎？」泰麒輕輕吐了一口氣。

「那是什麼目的？」

又是一陣漫長的沉默。叔容猶豫了半天之後說：「似乎想要帶走關在內殿的罪犯。」

「怎樣的罪犯？」

「恕微臣無法奉告，懇請台輔原諒。」

泰麒抿嘴片刻後問：「真的是罪犯嗎？」

叔容驚訝地抬起頭。

「請問是什麼意思？」

「因為聽說至今為止，曾經用莫須有的罪名囚禁了不少對國家不利的人，我的令尹也被關了起來。我好幾次要求釋放他，至少希望可以見他一面，但完全沒有人理會我。」

旁人也可以發現叔容微微倒吸了一口氣，他應該沒有想到泰麒會主動提及正賴的事。如果泰麒和營救正賴無關，現在不提這件事反而不自然——耶利在一旁看著，忍不住在內心輕輕笑了起來。泰麒在這種地方無懈可擊。

「不可能用莫須有的罪名囚禁任何人，罪犯都有明確的犯罪證據才會遭到囚禁，如果沒有明確的證據無法囚禁任何人。」

「是嗎？這個朝廷的人經常沒有理由就消失了，原本在我身邊的平仲、德裕、浹和都不見了，還有黃醫和一名大僕也都不見了。」

「大僕？」

「項梁從今天早上就不見蹤影，我們也正在找他，但項梁前一陣子就不太對勁，平仲、德裕在消失之前也都一樣。雖然都說是因為調動，安排他們去內殿工作了，但即使要求和他們見面也無法如願，既無法去見他們，他們也不能來這裡見我。我認為他們兩個人被關起來了。」

「不可能有這……」叔容說到一半，泰麒繼續說道。

「還有琅燦和巖趙，我想要見以前的朋友和臣子也無法如願，這是因為他們都遭到囚禁的關係嗎？還是我沒有權利，也沒有自由和他們見面？」

叔容無法回答。

「我離開這個國家多年，而且我是胎果，別人不把我放在眼裡也只能認了，但我無法接受不合理的囚禁。如果不是囚禁，而是他們發生了什麼意外，天理絕對不容。」

「那、當然……」

叔容不置可否地回答後，逃也似地離開了。他可能覺得已經知道項梁不在，也算是達到了此行的目的。叔容回到張運面前，一定會向他報告項梁不在黃袍館，張運必定會認為昨晚的闖入者就是項梁。即使他認為是泰麒指示，也不敢展開調查。因為一旦調查，泰麒一定會嚴厲追問平仲、德裕、正賴、巖趙這些無法如願見面的人的下落，按照常理，冢宰無法拒絕台輔的追究，如果不敢公開承認輕視宰輔的地位，就必須為了怕被揭短而放棄調查。張運想必會選擇後者，如今的朝廷都是一些奸臣，想要趁張運失利，伺機把他拉下馬的大有人在。

正廳內只剩下一臉困惑表情的惠棟。

「台輔，您說項梁不見了——」惠棟問。

泰麒點了點頭說：「今天早上就不見人影，到了和耶利交班的時間，他仍然沒有出現。於是就派人去他房間察看，發現他不見了，好像昨晚就沒有回房間。」

泰麒說完後，一臉擔憂地嘆了一口氣。

「……項梁這一陣子的態度有點奇怪，你是不是也發現了？」

「對，我也發現了，原本以為他應該只是太疲累了……」

惠棟也擔心項梁是不是也生了那種病，但他覺得項梁這一陣子已經比之前好轉了。

「我也努力這麼告訴自己，項梁一直跟隨在我身邊，他當然會很累，但平仲和德裕在消失之前也那樣，所以我很擔心，項梁是不是也發生了像他們一樣的狀況。」

「是。」惠棟點了點頭。

「更令人擔心的是，如果是因為誰的指示導致項梁消失，到底是誰呢？如果只是把項梁他們囚禁起來也就罷了，如果他們的身體和生命遭到重大的危害，上天可能會撤回降臨在阿選將軍的天命。如果是阿選將軍的指示，必須加以阻止；如果是其他人所為，就必須找出導致國家沉淪的凶手加以消滅。」

「我去向張運大人報告。」

「拜託了。」泰麒點頭時，耶利突然臉色大變，轉眼之間就露出緊張之色。惠棟對耶利難得有這麼大的反應感到驚訝，順著她的視線，轉頭看向後院的同時，感到驚愕不已。因為他隔著通往後院的玻璃門，看到了一個人影。泰麒整個人跳了起來。

阿選站在那裡。

2

「原來是通到這裡啊。」

那個男人這麼說著，走進了正廳。泰麒最先採取了行動。

泰麒恭敬地鞠了一躬後請阿選坐下。阿選在床榻上坐下後，泰麒一臉恭敬的表情跪在他面前。

「主上突然大駕光臨，我嚇了一跳。」

「既然你有辦法闖去我那裡，我當然也能夠闖進來。」

阿選輕聲笑了笑。

「這不是能不能夠的問題，主上未經許可造訪相當於仁重殿之地有違禮儀，不合規矩。」

阿選小聲笑著說：「——昨天晚上，有賊闖入了我的領域。」

「我已經聽說了。」

「據說那個賊想營救令尹。」

阿選打開天窗說亮話。

「雖然用武力排除了衛兵，試圖釋放令尹，但最終失敗了。我循著賊的足跡來到這裡，這是怎麼回事？」

「主上在說笑。」

泰麒冷冷地說。他似乎確信不可能留下足跡。

阿選小聲笑著說：「原來如此——看來你不會輕易中計。」

「主上剛才提到令尹，請問有人想營救正賴嗎？」

「看似如此。」
「最後失敗了嗎？」
「可以這麼說，也可以說不是這樣。」
泰麒訝異地看著阿選的臉。
「賊無法把正賴救出去——但問題在於為什麼沒有營救出去。」
「主上的意思是？」
「賊接觸了正賴，而且排除了守在周圍的警衛。雖然正賴聲稱是他幹的，但並不可能，絕對是賊排除了警衛和正賴接觸，然而，正賴留了下來，他並沒有非留下來不可的理由，地上的警衛並沒有發現有外人闖入。」
泰麒不發一語地看著阿選。
「既然賊逃走了，照理說應該可以帶著正賴一起逃走，但賊並沒有這麼做，為什麼？」
「我不瞭解詳情，所以也無從回答。」
「你還真謹慎啊，」阿選笑了笑，「難道賊判斷帶上正賴的話，就無法逃脫嗎？還是說已經達到了目的，所以沒必要帶他一起逃走。你認為是哪一種情況？」
「達到了目的？」
「就是國帑。令尹是盜賊，竊取了國家的財產。他偷了這些國帑到底想幹什麼？我一直懷疑他已經交給驍宗的麾下，但既然現在有賊闖入和他接觸，顯然並非如此，事實上，我也不認為正賴來得及交給驍宗的麾下，也就是說，正賴把國帑藏了起來，卻無法交給驍宗的麾下。於是驍宗的麾下和正賴接觸，終於問到了國帑的下落，目的並不是正賴，而是國帑，所以才會把礙手礙腳的正賴留在那裡，正賴自己也決定留下，對他來說，只要能把國帑交給驍宗的麾下就好——你認為如何？」

泰麒皺著眉頭。阿選的判斷和真相有微妙的落差，他無法立刻判斷如何評價這種落差。

「怎麼不見你的護衛？」

「主上是問項梁嗎？的確不見了，我也正在找他。」

泰麒說完之後，又告訴阿選，平仲、德裕這些身邊的侍官都消失了。

「這個王宮似乎流行一種奇妙的疾病，我擔心項梁也得了這種疾病。」

「也可能逃走了，」阿選說：「那個賊應該就是項梁，當初回到白圭宮就是想要尋找國帑的下落，你助了他一臂之力。」

「我？」

泰麒說完，輕輕搖了搖頭。

「所以主上認為我為了驍宗的麾下協助項梁？如果是這樣，我現在應該不會在這裡。」

「可能還有其他目的？」

「所以主上認為我和驍宗的麾下勾結？」

「難道不是嗎？」

泰麒輕輕笑了笑，那是諷刺的笑。

「如果我和驍宗主上的麾下勾結，為此回到王宮，現在就不會留在這裡，也不可能對正賴見死不救，一定會和項梁一起帶著正賴逃離王宮，如果可以做到，一定很痛快。」

「為什麼無法做到？」

泰麒嘆了一口氣。

「我並不是為了這個目的回來，也不認為項梁是賊。即使萬一項梁是賊，我也不可能協助他，因為國帑屬於戴國的百姓。」

泰麒說完，直視阿選的臉。

「請讓我和正賴見面，我會說服他說出國帑的下落。戴國的天氣會越來越冷，百姓需要國家的支援，為此需要國帑，正賴不該為驍宗主上藏匿這些國帑。」

「不值一談。」

「為什麼？」

「你認為他會聽從你的說服？」

「正賴是通情達理的人，只要好好勸說，他就會知道為了百姓，需要這些國帑。」

他之所以堅持不願交給阿選主上，是認為不可能用在百姓身上。只要我拜託他，希望他把這件事交給我處理，我相信有可能說服他；而且如果我請他在我的身邊，由他用在百姓身上，他願意說出國帑下落的可能性很高。」

阿選露出嘲諷的笑問：「在我支配的朝廷嗎？」

「雖然很複雜，但你是王，我當然為你服務，既然正賴是令尹，也只能為你服務。如果無論如何都不行，那就不得不更迭，但在國帑的事上，我一定會說服他。」

阿選不發一語，瞇起了眼睛，注視著泰麒的臉片刻。

「──你說我是王？」

「我已經說了好幾次，你是王，你不是已經接受了嗎？」

阿選沒有回答，目不轉睛地盯著泰麒的臉，似乎想要看清他的真意，然後說：

「還沒有立誓約。」

泰麒冷冷地回答：「因為尚未禪讓。」

「所以呢？」阿選露出嘲諷的笑容，「連誓約都還沒立，就要我相信你的話，帶驍宗來這裡嗎？如果驍宗拒絕禪讓的話怎麼辦？」

「結果如何，必須由上天的意志決定，和我無關。」

阿選突然站了起來，同時抓住泰麒的手臂拉到他面前。

「你認為一切都會如你的願嗎？」

阿選咬牙切齒地說完，抓著泰麒的頭，把他推倒在地上。

「──先立誓約，其餘免談。」

泰麒抬頭看著阿選一眼，阿選的臉上帶著冷漠，似乎在說──反正你做不到。

阿選並沒有完全相信泰麒，所以完全沒有任何動靜。如果阿選沒有動靜，百姓就無法熬過這個冬天。即使阿選無法親手拯救百姓，如果不讓阿選出來牽制張運，泰麒也無法拯救百姓。

「請不要。」潤達悲傷地叫了一聲，插嘴說：「即使有天啟，在目前有兩王的狀況下，不可能立誓約。」

阿選沒有回答，冷眼看著潤達不語，惠棟上前保護潤達說：「不可測試天意，這是對上天的不敬。」

泰麒聽了惠棟的話，靜靜地說：「惠棟，沒關係。」

惠棟驚愕地看著泰麒，泰麒一臉毅然的表情。

「的確在未立誓約之前，即使要你相信我，你也無法相信，是因為這個原因，所以遲遲沒有踐祚嗎？」

泰麒問完之後，不等阿選回答，當場重新跪在阿選面前。

——必須讓阿選採取行動。

泰麒心想。以前曾經試過一次，麒麟無法對王以外的人磕頭。並不是心情上無法做到，而是身體無法做到，這也像殺傷的問題一樣，可以憑意志突破嗎？

泰麒面對阿選，雙手放在地上。

「從此不離君側，不違詔命，矢言忠誠。」

額頭碰到了冰冷的黑暗停了下來。

「……謹立誓約。」

「——准奏。」

以前曾經以為不可能，雙手撐地，只是區區這麼一點距離。

——區區這麼一點。

他眼前浮現了冰冷的灰色地面。和從屋頂到鋪著充滿殺氣顏色的水泥地距離相比，只是這麼一丁點距離。犧牲者腳下的巨大深淵朝向死亡張開大口，他們在面對明確的死亡時感到恐懼而畏縮，但歸根究柢，是泰麒把他們從屋頂推落，這樣的自己怎麼有資格說無法克服這麼一點距離？

既然可以用意志力殺傷他人，就可以克服這麼一點距離。

泰麒低下頭，頂著抵抗的力量，將頭頂壓向黑暗。他感到疼痛，好像有木樁打進他的額頭，後腦勺陣陣疼痛，脈搏的跳動讓他覺得腦袋好像要炸開了——但是，他們的身體也遭到同樣的破壞。

這種疼痛無法和猛烈撞擊全身的疼痛相比，此時此刻，泰麒只是一個裝滿痛苦的容器，但仍然無法和被同學踐踏的疼痛相提並論。那些被使令的獠牙撕裂的人、倒塌的山門、倒向中庭的校舍，那些無辜的死亡和恐懼，造成這一切的自己當然沒有資格說痛苦。

終於到達了黑暗的底部。他在脈搏跳動帶來的疼痛和耳鳴中聽到阿選說了什麼，但他無法動彈。這時，有人把手放在他的肩上，把他的上半身拉了起來。泰麒抬頭一看，看到了潤達紅色的臉扭曲著。

——台輔。

聲音很遙遠。視野一片紅色混濁。

「台輔，您的眼睛怎麼了？」

——眼睛？

他眨了眨眼，視野稍微清晰了些，同時有什麼溫暖的東西從眼睛流向臉頰。潤達為他擦拭的指尖都被鮮血染紅了。

「您沒事吧？」

泰麒點了點頭。

阿選轉過身說：「沒事，他的身體是天帝創造的，反正不會少一塊肉，想必是什麼瑞兆。」

3

馳淑看到從邸第深處走出來的人不禁大吃一驚。

這一天，馳淑輪班從早上就在門廳負責警衛工作，但他並沒有看到那個人走進來，也沒有接到有訪客的通知，無論怎麼想，都覺得是憑空冒出來一個人，實在是令人驚訝的失敗，但看到惠棟送客時的態度，似乎不是什麼可疑人物，而且猜想應該是身分高貴的人。駹淑發出驚訝的聲音時，午月也發出了驚叫聲。並不只是驚訝而已，駹淑覺得午月感到戰慄。

——午月知道這個人是誰嗎？

正當駹淑心生疑問時，午月嚇得雙手伏地磕頭。駹淑聽到他嘴裡說著「主上」時，也驚愕不已，慌忙跟著午月一起磕頭，心想原來這就是阿選嗎？之前在內殿時也從來沒有見過的這個國家的王。

駹淑緊張得渾身發抖，然後覺得阿選終於不知道從哪裡走進了黃袍館，駹淑覺得簡直看到了奇蹟。王在惠棟的護送下，走過渾身發抖的駹淑面前。午月慌忙大聲要求護衛，伏勝跑了過來，當場和包括午月在內的小臣組成了護衛隊護送阿選離開。

雖然阿選只是經過磕頭的駹淑面前，既沒有交談，眼神也沒有交會，但駹淑激動不已。終於見到了王讓他興奮不已，想到阿選終於來和泰麒見面，就更加高興。雖然眾說紛紜，一直認為阿選無視泰麒的存在，但看起來並非如此。

不知道阿選是有事前來，還是只是來探視宰輔，但想到他親自從六寢來到這裡和宰輔見面，就忍不住鬆了一口氣，並且感到高興。

「太好了。」他忍不住說，但伏勝的表情很複雜。

午月走在久違的主公身旁，不由得感到困惑。以前主公總是輕鬆地和自己聊天，自己也會主動說話，但長期的分離，也讓主從之間的距離變得遙遠，而且阿選滿臉愁容，至少據午月所知，主公並不是會輕易改變表情的人，也無法從他的表情中窺視內心，但午月現在可以清楚感受到阿選感到慌亂，陷入了煩惱。

——主上怎麼了？

雖然他很想這麼問，但無法開口。當他注視著阿選低著頭的側臉時，阿選突然抬起頭看著他，似乎意識到他的視線。

「午月嗎？」阿選好像這時才發現午月，「原來你在台輔這裡，我之前都不知道。」

午月看到了以前熟悉的主公，他感到高興的同時，又感到難過。

——我在不久之前，都在您身邊。

雖然無法靠近主公，但在主公身邊當小臣——午月這麼想著，默默鞠了一躬。阿選的麾下都知道，只要阿選叫一聲「午月」，然後輕輕點頭，就是要求去他身邊。午月像以前一樣，走到大步走路的阿選身邊。

「好久不見，最近還好嗎？」

「是。」午月只回答了這個字，他不知道是否可以像以前一樣輕鬆交談。阿選看著午月，似乎在問「你怎麼了？」等待他的下一句話，所以他又補充說：「主上龍體安康，真是太好了。」

「主上——」阿選小聲嘀咕，「你認為我是王嗎？」

「當然。」午月不加思索地回答，他的語氣很強烈，連他自己也有點意外，「在我眼中，阿選將軍才是王，一直沒有改變。」

阿選比驕王——比驍宗更優秀。這種確信絲毫沒有動搖。

「這樣啊。」阿選簡單應了一句之後，露出了複雜的表情。午月曾經看過這個表情，當同袍駹淑一個勁地為阿選踐祚感到高興時，伏勝也露出這樣的表情，自己臉上應該也露出了相同的表情。

——阿選該不會一直有罪惡感？午月忍不住這麼想。他對討伐驍宗產生了罪惡感，一直為此感到自責嗎？因為這個原因，才一直躲在王宮深處，斷絕和外界的接觸嗎？

「踐祚已定，我發自內心感到高興。」

「這樣啊。」阿選再度應了這一句，臉上的表情仍然很複雜。

阿選在黃袍館的小臣護送下回到了內殿，只有眼神空洞的傀儡在內殿等他。當他在這些傀儡近似虛無的漠然表情迎接下走進內殿時，回頭看到午月恭敬地行了一禮。

——阿選將軍才是王。

午月的這句話很沉重。想到自己的麾下內心的複雜感情，不禁感到不捨。

自己應該讓麾下陷入了天人交戰。他回想著這些麾下的臉回到六寢，看到一張令人不悅的臉。那個人一看到阿選，立刻露出嘲諷的笑容。

「——你是不是惱羞成怒？」
阿選停下了腳步。
「妳在說什麼？」
琅燦帶著輕蔑繼續笑著。
「聽說——你硬逼著台輔立誓約？」
「沒有立誓約，我怎麼可能相信他說的話？」
「言之有理。」
琅燦一臉旁若無人地躺在榻床上。琅燦對阿選的態度向來不遜，也毫不掩飾對阿選的輕蔑。正因為這個原因，阿選才覺得她比張運、比傀儡更討喜。他厭惡這樣的自己。
「但是，天意還在驍宗將軍身上，雖然選你為新王，但前提是驍宗將軍必須禪讓，照理說，麒麟無法向你立誓約。」
「但是，泰麒向我立了誓約。」
「那個麒麟是怪胎，非比尋常。」琅燦說：「雖然如此，但你的要求太無理了，還惱羞成怒。」
「妳到底在說什麼？」
「我是說正賴的事。」琅燦露出諷刺的笑容，「正賴沒有向你屈服，而且項梁巧妙地闖進牢房，和正賴接觸。」

琅燦呵呵笑了起來。

「雖然你竊取了王位，但正賴並不接受。他不承認你是王，所以偷了國帑藏起來。你雖然是一國之君，卻無法拿到國帑，也無法說服他說出國帑的下落，只能把他抓起來拷問。正賴還是沒有屈服，至今仍然沒有屈服，如今，拷問幾乎變成了虐待。正賴是你的恥辱。」

阿選立刻瞪著琅燦。

「你似乎想要用眼神殺人，我是不是說到了你的痛處？」

琅燦大聲笑了起來。

「而且偏偏被驍宗將軍的麾下看到了你的恥辱，被台輔知道了，所以你才會惱羞成怒──否則就是你嫉妒，自己周圍只有傀儡和張運這種奸臣，沒有人會為了你展現那樣的行動力，所以你嫉妒驍宗將軍，故意找台輔的麻煩。」

阿選默默咬緊牙關，把頭轉到一旁。

「──泰麒向我立了誓約，妳認為該如何解釋這件事？」

「台輔憑著他怪物般的意志力把不可能化為可能，但照理說，這並不是能夠憑意志力解決的事，但顯然是上天容許，所以才可能發生。」

琅燦聳了聳肩膀，似乎覺得很無趣。

「妳似乎感到不滿。」

「我當然不滿──你是竊賊，驍宗將軍才是這個國家的王，上天應該知道這件事，沒想到……」

太可惡了，琅燦咬牙切齒地說。阿選對她的態度感到驚訝。琅燦以前是驍宗的麾下，向來輕視阿選，也不認同他——但是，琅燦協助阿選篡位。阿選內心雖有叛意，琅燦煽動他內心的叛意，讓他付諸行動。

——真不知道她在想什麼。

琅燦應該也一樣。

——你是不是很嫉妒？

以前——在那個命運的日子，她也曾經這麼說，問他是不是嫉妒驍宗。雖然阿選當場否認，但琅燦並不相信，臉上的笑容似乎在說：「我知道你心裡在想什麼」。

事實到底如何？有時候阿選自己也忍不住思考這個問題。

今天得知有人和正賴接觸，八成是泰麒的大僕時，情緒的確很激動，而且惱羞成怒，逼迫泰麒向自己立誓約——琅燦的說法應該沒有錯，但他並沒有意識到自己在嫉妒，只是覺得火冒三丈。既然大僕做了這種事，絕對是泰麒指使。自己之所以想徹底擊垮泰麒，也許正如琅燦所說，因為覺得正賴是自己的恥辱，沒想到偏偏暴露在泰麒眼前，讓自己感到怒不可遏。

但是，那並不是嫉妒。自己的麾下中也有像大僕那樣願意為自己做事的人，也有很多像泰麒對驍宗一樣，對自己忠誠的麾下。比方說——剛才見到的午月，應該也會做像大僕所做的事，所以根本沒必要羨慕驍宗。

阿選想著這些事，從露臺看向海上。雲海一片灰濛濛，天下應該烏雲籠罩。以前——琅燦斷言無論阿選怎麼卯足全力，也無法取代驍宗的那個命運的日子，阿選內心的感受絕對不是嫉妒。

——硬要說的話，應該是黑暗。

一直被稱為替代品的絕望，和絕對無法超越的空虛讓他感到窒息，無論如何都逃不掉。

阿選採取了行動。

將驍宗和泰麒分開。讓泰麒的使令去驍宗身邊，當泰麒赤手空拳時，砍掉他的角，封住他的能力，把他囚禁起來，然後也把驍宗囚禁起來。如此一來，王位就會落入阿選的手中。

琅燦熱心地向阿選建議，也為了阿選動用了大量妖魔。阿選不知道琅燦為什麼能夠自在地操控照理說只有麒麟能夠驅使的妖魔，琅燦也絕對不向他提這些事。琅燦靠咒符和咒器操控妖魔，阿選向她學了方法之後，借用了大量妖魔。唯一的失算，就是泰麒引發了鳴蝕，逃去蓬萊。但琅燦斷言說，這種情況就等於囚禁了泰麒。既然泰麒的角被砍斷了，就無法再回來。

阿選坐上了王位，但阿選的登基顯然很奇怪。朝臣和百姓只有一開始認為他是假王而仰賴、尊敬他，之後很快就產生了質疑。阿選當然也知道，但按照原本的計畫，被砍斷角的泰麒應該站在他身後，但泰麒不見了，阿選失去了上天的威勢這個後盾，於是只能封殺他人的懷疑。在掃蕩驍宗的麾下，瓦解敵對勢力，建立體制的過程中，也暴露了阿選篡奪王位一事。在這個過程中，還同時確定了一件事，那就是即使驍宗從眼前消失，阿選仍然只是驍宗的替代品。

無論阿選去哪裡，都可以聽到如果是驍宗，一定會更快解決、更妥善解決問題的聲音。無論是多麼小的失誤，別人都會說驍宗不會犯這種疏失。阿選內心的焦躁讓他不計一切代價肅清所有支持驍宗的人，他在不知不覺中，一心只想著抹殺驍宗。只要有驍宗的影子，別人就會比較。驍宗的麾下、支持驍宗的人全都會拿自己和驍宗進行比較。阿選害怕這件事——因為太害怕，所以採取了極端的手段。而且他利用的妖魔又召喚了同族，導致妖魔横行，國家沉淪。朝臣和百姓都仰慕驍宗，只在眾人追憶中存在的短命之王和阿選相比，簡直完美無瑕。

阿選是在自掘墳墓——以前驍宗下野時一樣，驍宗明明不在眼前，但人人都對他說「如果是驍宗的話……」。驍宗在位期間尚短就被篡位，不會再犯錯，會讓人永遠帶著「新王即位」的期待，不會感到失望——反而會逐年遭到美化，永遠維持這樣的地位。自己明知道會有這樣的結果——卻犯下了沒有預見到這件事的錯誤。

阿選篡奪了王位，讓自己變成了驍宗的影子，驍宗是只存在於眾人記憶中光輝燦爛的王，阿選變成他骯髒的影子。無論做什麼，無論怎麼掙扎，自己都無法超越驍宗。這種絕望是嫉妒嗎？

「如果驍宗在這裡，一定會笑……」

阿選自言自語。

「笑？為什麼？」

「他根本沒把我放在眼裡，我卻對他產生了敵對心理，暗中和他較勁，走向毀滅——我看過太多這種人了，老實說，我一直覺得很滑稽可笑。」

琅燦偏著頭問：「驍宗不把你放在眼裡？誰說的？」

阿選驚訝地回頭看著琅燦。

「驍宗將軍當然在意你，當然在意和你比較誰立的功更多，應該不想落後於你吧。」

「應該不是，他曾經放棄立功的機會下野。」

「正因為和你比較，所以才會這麼做。」

琅燦一臉無奈地說。

「驍宗將軍不會搞錯目的和手段。」

什麼意思？阿選還來不及問，琅燦就接著說：「你和驍宗到底哪裡不一樣？歸根究柢，就是誰更得驕王的寵信。你不想落後於驍宗將軍，和他比較誰更得到驕王的寵信，不是嗎？所以有時候即使是不合理的命令也會聽從，也因此得到了驕王的重用，但是，驍宗將軍不一樣。」

「比起和我爭功，他更重視道義嗎？」

「不是。」琅燦豎起了手指，「驍宗將軍和你競爭的是誰是更出色的人，而不是驕王的寵信、地位和名聲這些只是為了讓這一點用肉眼可以看到的方式呈現出來。只要得到王的重用，就代表是更出色的人。你久而久之，忘記了在和他比什麼，凡事都為了博取驕王的歡心，想要更加得到重用，想要獲得更高的地位——但是，驍宗將軍始終沒有忘記在和你比什麼。」

阿選茫然地看著琅燦。

「所以你終究只是一個盜賊，難怪被沒有實體的東西耍得團團轉。」

4

文州的雪不停地下。

琳宇也不例外。細碎的雪片無止盡地飄落，偶爾放晴時會融化冰雪，但無法將所有的冰雪融化，然後積雪越來越深，寒風吹來，讓積雪表面結了冰。踏上旅程時還是秋天，在不知不覺中邁入了冬天，下起了雪，然後迎接了新年。

——文州真的很冷。

李齋看著被染上白色的山脈。山上可以看到常綠樹的綠意。雖然積了雪，但積雪還沒有覆蓋一切。李齋以前生活的承州，經常在轉眼之間，就積起了深及腰部的雪，但文州的下雪量並沒有這麼壯觀，只是寒意刺骨——在這樣的日子。

詳悉他們在離開的六天後，詳悉獨自再度來到李齋等人的落腳處。

「上次怠我失禮了，葆葉大人想見各位，希望各位可以再去牙門觀一趟。」

「沒問題。」

李齋、靜之和去思三人前往牙門觀。酆都和建中留在琳宇為搬家做準備。葆葉為李齋他們準備了兩頭騎獸。

「真的沒問題嗎？」

去思不安地問。他從來沒有騎過騎獸。

「沒問題。」

詳悉對他說，把外形像馬的藍色騎獸的韁繩交給他。

「你看，和騎馬差不多，騎獸願意給人騎，所以比騎馬更輕鬆。」

一問之下才知道，是詳悉向葆葉借來，在白琅之間往返時使用的騎獸。

「牠記得去牙門觀的路，即使你睡著了，牠也會帶你們去。」

「喔……」

去思不安地回答，李齋面帶微笑看著他之後，對酆都和建中說：「搬家的事就麻煩你們了，在下已經向朽棧打過招呼了。」

酆都和建中瞭解之後，李齋一行就離開了琳宇。只要鞭策騎獸，三天就可以到牙門觀。他們按照原定計畫在中午走進了牙門觀的大門。

李齋一行再次在牙門觀的主樓見到了葆葉。

「……聽說你們在找篁蔭？」

葆葉在富麗堂皇的正堂唐突地問了這個問題，李齋偏著頭納悶。

「就是在函養山失蹤的這個國家最重要的對象。」

——她指的是驍宗。

「沒錯，我們正在尋找。」

「聽說鴻基那裡認為混濁的玉是篁蔭。」

李齋點了點頭，然後告訴她，其中似乎有什麼蹊蹺。

「石林觀的沐雨大人這麼說。」

「既然是沐雨說的，應該就是這麼一回事。沐雨很瞭解鴻基的狀況。」

葆葉說完之後，皺了皺眉頭。

「那一位會不會有萬分之一的可能已經駕崩了？」

「據說並沒有。」

葆葉吐了一口氣。

「然後你們認為災民知道下落？」

「並不是很有把握。那一位在函養山遭遇了奇禍，之後應該轉移到其他地方，只不過不可能獨自行動。當時有災民——還有遊民出入函養山撿碎礦石。」

「所以你們認為可能是災民或是遊民救了他，但我從來沒有聽他們提過這件事。只聽說在坑道深處發現了貴重的玉——是真正的玉石——然後搬了出來。」

「妳是說他們發現了篁蔭的事。」

葆葉點了點頭說：「但應該不是篁蔭，我曾經經手據說是當時搬下山的玉，是透明的琅玕，但並沒有傳說中的篁蔭那麼透明，顏色也比陽翠更白。」

葆葉說，當時是幾個蒙臉男人分好幾次把琅玕送來。

「原本很大，應該比傳聞中的篁蔭更大——函養山上有時候會發現這種玉石，在坑道崩塌時被埋在地裡，但通往玉泉的路又被堵住了，玉就不斷自行長大，日後才被發現。只不過最近似乎減少了，送來的礦石也幾乎沒有什麼好貨色。」

「妳很瞭解災民之間的傳聞嗎？」

「相當瞭解。」葆葉笑著說：「因為有很多災民和遊民出入我的店，而且這裡也有很多災民。」

「妳雇用他們嗎？」李齋問。

葆葉嫣然一笑說：「——我之前不是說了，把錢用在像樣的地方嗎？」

「但是，妳雇用他們做什麼工作？」

李齋問，葆葉陷入了沉默。

「該不會在精煉金屬？」李齋問：「……或是在製造武器？」

當李齋進一步追問時，葆葉終於點了點頭。

「早晚會需要武器吧？」

「葆葉大人……」

葆葉當然在製造武器。正如她之前說「把錢用在像樣的地方」，她按照自己的想法運用累積的財富。她買下已經變成廢墟的牙門觀當作別墅，然後收容遊民、附近家園遭到摧毀的災民，反抗阿選的倖存者，以及對阿選有叛意的人。

「普通的武器和冬器。」

她謊稱要建造地上的玄圃而召集大量工匠，但其實幾乎都是製造冬器的工匠。

「我聽說白雉未落，既然這樣，總有一天需要武器，問題在於要去哪裡找使用這些武器的人——因為這裡幾乎都是災民和叛民，即使有士兵，也都是小兵，沒有深諳軍事，可以對抗鴻基的人——但無論如何，都要先做好準備。」葆葉說到這裡笑了笑說：「李齋將軍，妳會幫忙吧？」

李齋一時說不出話。

「妳不是為了這個目的在找主上嗎？」

「……到那個時候，在下欣然接受。」

葆葉點了點說：「既然這樣，在那一天到來之前，可以充分利用我們。」

李齋等人被帶到牙門觀深處，在又短又深的山谷中，有好幾個路亭和建築物，雖然仍然可以感受到往日園林的風情，但有更多和園林不相稱的東西。線條簡單的工房、堅固的倉庫，以及看起來像俠客的人。

這裡有眾多人手和大量物資，兵庫內堆滿了武器，有些是冬器，有些是普通的武器。

「這麼多武器……」

李齋忍不住發出感嘆的聲音。

「這些是武器和兵糧，」葆葉說：「還要蒐集騎獸，騎獸不容易蒐集，但目前已經有相當的數量，妳的朋友也可以挑選自己喜歡的騎獸帶走，沒有交通工具不是很不方便嗎？」

「可以嗎？」

「我就是為了這個目的蒐集騎獸，當然沒問題。我蒐集的都是馴服的騎獸，任何人騎都沒問題。」

「為什麼要做到這種程度？」李齋說話的聲音在顫抖。

「妳說呢？」葆葉笑著說：「妳一定覺得不可思議，靠驕王謀取暴利，累積了財富的商人，為什麼現在要為舉兵做準備。」

「在下不知道是不是暴利……」

「就是暴利啊，因為我們開多少價，驕王二話不說就買，所以當然要漫天開價。」

即使葆葉不賣，驕王也會向其他玉商購買，而且即使驕王不買玉，也不會停止剝削百姓。葆葉雖然對驕王的暴政感到憤慨，但拒絕和驕王做生意，百姓的收入也不會增加。只不過她並沒有樂善好施，而是出手闊綽，花錢如流水。只要買一件昂貴的衣裳，就可以增加相關者的收入。她之前覺得這樣就足夠了——到底從什麼時候開始蒐集武器，收容叛民？

王的下落不明，成為直接的轉機。有人把正當的王從王位上拉了下來，既然這樣，正當的王早晚會奪回王位。如果正當的王將和偽王對戰，她想要站在正當的王那一方。

葆葉並不認為自己是好人，也不是正義之士。雖然對驕王的放蕩不羈和偽王的暴政感到憤怒，但並沒有因為義憤填膺挺身而出的高尚情操。如果葆葉真的是品德高尚、充滿正義感的人，應該就會把自己累積的財富分給窮困的民眾，但葆葉完全不打算做這種慈善的事。既然這樣，為什麼現在做到這種程度？其實連她自己也不知道，如果硬要說的話，那就是她想以喜歡的方式使用賺來的錢。

「嗯，應該是我不喜歡偽王做的事，我可不想看到那種傢伙橫行霸道的世界。因為很不喜歡，所以很想踹他一腳，但我根本摸不到他一根手指。既然有人可以狠狠踹他，那我就要提供支援。」

李齋點了點頭，但牙門觀的物資已經超越了支援。規模這麼大，意味著危險也很大。

「這裡總共有多少人？」

「這裡大部分都是本地的俠客，潛伏在白琅的叛民和俠客，總共有將近兩千人。」

「……這麼多？」

在州侯的眼皮底下糾集這麼龐大的勢力，為什麼沒有引起官府的注意？

李齋忍不住問了這個問題。

「正因為在州侯的眼皮底下，所以才能做到。」葆葉露出了嘲諷的笑容，「文州城病了。」

「……在下也聽說了，文州侯也很早就病了。」

「不光是州侯，許多主要官吏也都病了。」

如果是這樣，不是更加危險嗎？聽說那些病夫不僅會喪失原本對阿選的叛意，還會反過來支持阿選，聽任阿選的擺布。

李齋問了這個問題。

「不盡然。那些病夫的確會無條件服從阿選，但這只是意味著他們會機械式地按照阿選的指示行動。他們只是這種程度的服從，不會主動逢迎阿選，就像是木偶人。」

「木偶人……」

「阿選似乎指示文州侯要警戒是否有人叛亂，所以他們很警戒。也就是說，他們隨時監視哪裡是否發生了叛亂。一旦哪裡發生狀況，就會馬上向鴻基報告，同時舉兵攻打，就是阿選最常用的殲滅戰，不管是不是叛民都一網打盡，連周圍的里廬也一起消滅。」

葆葉撇著嘴角。

「我一直認為，那些殲滅戰應該也是這麼一回事。也就是說，因為阿選下達命令，一旦發生叛亂就要徹底鎮壓，必須斬草除根，所以他們就照做。聽到白琅有人謀反，就把白琅徹底鏟除。」

「怎麼會……」李齋嘀咕道，但也覺得這麼說很合理。阿選的手法的確更有機械式的感覺，而不是冷酷、殘虐。不是無情，而是沒有人性而粗糙草率。

「他們會忠實遵守指示，但並不會做更多的事。雖然會對叛亂產生警戒，但並不會自動尋找叛意。如果換成是我，接到要警戒叛亂的指示，就會監視人流和物流，觀察有沒有什麼地方有人聚集，或是有過剩的物資集中，當然還會打聽消息。派間諜到街上，豎起耳朵打聽各種消息——但是州侯完全不做這種事，也完全無意做這種事。」

「這……」

「我當然求之不得，所以只要稍微用一點小手段，就可以輕鬆藏身。在外地反而危險，因為地方官都會迎合上意，積極尋找叛民。」

「用小手段？」

「找心智正常的高官保護——並不是所有的州官都生了病，大部分沒有生病的人只是基於無奈聽從上面的指示，但並不歡迎阿選和追隨阿選的州侯，所以即使發現像我這種人為所欲為，也會睜一隻眼，閉一隻眼。雖然其中也不乏說我可疑，說要向上級報告的人，這種時候，只要有高官撐腰，就可以不了了之。」

「高官……」

葆葉點了點頭說：「我想安排妳見一個人，他應該馬上就到了。如何？」

「欣然同意。」李齋回答。

5

那天傍晚，葆葉為李齋引見了一個年約花甲，儀表不凡的男人。

「這位是司空大夫敦厚。」

就是他在背後保護葆葉，但李齋忍不住在內心感到納悶。司空大夫是冬官長，相當於朝廷內的大司空。因為是六官長之一，所以的確是高官，但以政務的輕重來說，算是末席，對朝廷並沒有很強的發言力，但也同時比較不受朝廷的干涉和影響，所以李齋對葆葉在冬官長的庇護下始終沒有被盯上感到有點意外。

「敦厚以前是工匠，是一直擔任冬官的老滑頭。」

葆葉笑著說，所以敦厚顯然也不是曾經擔任各種重要官職的重臣，剛好目前擔任冬官長而已。

「所以是從驕王時代開始嗎？」李齋問。

「更早之前。」他用深沉的聲音回答。李齋感到很驚訝。冬官府的工匠和政治鬥爭無緣，所以有些人長期任職。雖然李齋之前就知道這件事，但還是第一次遇到在驕王治世之前的朝臣。李齋很坦率地說出了她的想法。

「冬官工匠中，我並不算是資歷深的人，還有人見過三代前的王。」敦厚笑著說：「冬官──在朝廷內也有點特殊，有點像在朝廷的外圍，所以可以為所欲為。」

「州城內部的情況如何？」

州侯和高官都突然生病──李齋和其他人都已經知道這件事，但幾乎不知道具體發生了什麼狀況，之後又是怎樣的狀態。文州生病了，文州侯也最早倒戈。

驕王時代，文州的州侯陰險毒辣，所以驍宗登基後最先更迭了文州侯，由在驕王時代的高官，也曾經擔任夏官長的人接任文州侯，所以無論驍宗或是驍宗的麾下都和他很熟識。改朝之前，李齋在承州師，並不認識那個人，但驍宗麾下都對他評價良好，無論人品和能力都很優秀，都說他比起夏官，更適合擔任地官。但是，新的文州侯在戰亂時突然倒戈，所以有人懷疑他是否在戰亂以前就病了。因為在文州之亂當時，州師的舉動就很奇怪。

文州侯病了，但文州有以州宰為首的無數官員，不可能所有人都病了。只不過也不可能只有文州侯一個人生病，硬是壓制其他官員。既然這樣，照理說應該有反抗勢力，也會有謀反、肅清之類的情事發生──然而，那些病夫通常勢力很安靜，既沒有聽說有大規模的肅清，也沒有因為謀反和暴政造成混亂，只是失去存在感，陷入沉默。

病夫勢力內部到底發生了什麼事？李齋提出了疑問，敦厚結實的下巴收緊。

「並沒有發生任何事。」

「不可能沒有發生任何事吧？」

「沒有發生任何事，就像妳在外面看到的一樣，那些人沒有存在感，陷入了沉默。州侯完全沉默，深居在州城深處，偶爾露臉下達命令。無法得知他在深居的地方做什麼，也不知道州侯的狀況到底如何。因為深居的關係，所以也就沒有存在感。」

有人忍無可忍地提出建言，也有人試圖反抗。尤其州侯偶爾現身下達的指示完全是阿選之意，基於對阿選的反彈——或是基於文州獨立性的觀點抵抗的人層出不窮。

「但是，之後的情況也像妳常見到的那樣，前一天還反抗州侯，甚至揚言謀反的人，今天突然對州侯表現得很恭順，然後和州侯一樣陷入沉默。高官會聽從州侯的命令行動，但下官就不會做什麼。不是躲在家裡，就是像行屍走肉一樣在城內走來走去。」

反抗州侯的人不是生病就是遭到肅清，肅清的方式和在外面的一樣，士兵衝進家中和府第，殺光所有人，即使剛好登門造訪的客人也不例外。

「在州侯剛生病時，曾經發生過幾次這種情況，之後就沒有人大聲批判州侯。即使有人默默辭職，也沒有人出聲反抗……剩下的不是像行屍走肉一樣的傢伙，就是把一切埋在內心蟄伏的人，還有利用這種狀況滿足私利私慾的奸佞小人。」

「函養山也是這種情況嗎？」李齋問：「函養山一帶被土匪占據，但在下搞不懂為什麼州放任那種狀態丟著不管。」

「喔。」敦厚應了一聲後陷入思考。「我不認為那些唯利是圖的小官會丟著不管，如果那裡有人，至少可以收稅。既然連稅都沒有徵收，我猜想只有唯一的理由。」

「什麼理由？」

「在主上失蹤的那一陣子，州侯曾經下達不要管函養山一帶的命令。不必去看，不必去管，而且——不要管。我想那個命令至今仍然有效，州侯並沒有撤回這個方針。」

「……當時的方針仍然有效？」

「應該是。」敦厚回答：「這並不奇怪。不要管函養山——阿選當時應該下達了這個命令，所以州侯就像木頭人一樣聽從了指示，之後沒有下達撤回的指令，所以就一直放任那種狀態丟著不管。既然州侯指示不要管函養山，那些奸佞小人也不敢違抗。」

不批判州侯，表面上也不違抗州侯下達的命令，就不會遭到責難。通情達理的官吏會覺得有些命令難以遵從，但只要不提出異議，即使偷懶也不會遭到責難。

敦厚苦笑著說：「所以聽到命令時就回答：『遵命。』如果是令自己不滿的命令，就假裝執行，但丟著不管。被問到進度時，只要顧左右而言他地掩飾過去就好。只有在非採取行動不可時，才會聽從指示採取行動——這就是實際的情況。」

「這樣行得通嗎？」

「對那些生病的病夫來說，的確行得通，問題在於如何閃避趁機囂張的奸佞小人。因為他們會積極扯後腿——不過，司空不會受到影響，因為會得到無論朝廷還是州的充分保護。」
「保護？」
敦厚點了點頭。
「應該是。雖然並沒有積極為我們做什麼，但城內充滿了不要管司空做任何事的氣氛。聽說朝廷內也一樣，應該是大司空受到了阿選的保護。」
「——琅燦？」
「對，琅燦大人目前雖然辭退了大司空的職務，但實質上仍然掌握了司空。朝廷不會向州司空下達不合理的指示，所以州侯也不會對司空有什麼無理要求。只要不反抗，就可以做自己想做的事。只要沒有明顯的叛意，生命很安全，無論申請多少資金、做為樣本的冬器和指導的冬匠都不是問題。」
「琅燦也生病了？」
「應該沒有生病，因為她並沒有沉默。」
「那琅燦……向阿選倒戈？」
敦厚偏著頭回答：「我認為應該是這樣。那些病夫的最大特徵就是失去了存在感，琅燦大人並沒有失去存在感。她最痛恨知識和技術失傳，肅清冬官會造成失傳，所以目前仍然可以感受到她不讓朝廷肅清冬官的強烈意志，冬官是因為琅燦大人受到了保護，因此她並沒有生病。」
只要保持沉默，冬官府就不會受到侵犯，那些奸佞小人也不敢對冬官出手，他們可以為所欲為。

「也因為這個原因，」葆葉露出嘲諷的笑容，「我可以大肆雇用冬官府的工匠，只要告訴敦厚，我想要具有這種職能的工匠，敦厚就可以用技術指導的名義派人過來，所以我們已經儲備了相當數量的冬器。」

敦厚又接著說：「而且州侯已經變成行屍走肉，也無法治理州侯城，只要能夠召集兵力，打下文州城並非不可能的事。」

李齋倒吸了一口氣。

「目前內部還無法採取行動，但只要從外部打開突破口，就可以一呼百應，那些沉默忍耐的人一定會響應。那些病夫基本上都是行屍走肉，無論發生任何狀況，都無法做出及時反應，完全有可能一口氣攻下文州城。」

李齋握緊了拳頭——如此一來，就可以成功拿下州城。

「拿下文州城需要一軍……」

李齋忍不住嘀咕，靜之點了點頭。

「如果只是打開突破口，一軍的兵力就足夠了——但要取決於有多少州師會內應。」

敦厚稍微想了一下後說：「目前有把握的差不多一軍左右，實際採取行動後，應該只會增加，不會減少。」

「只要裡應外合，總共有兩軍的兵力，攻下州城的確並非不可能。」

李齋點了點頭。除此以外，為了維持從文州城到鴻基的補給，至少還要一軍的兵力。只要有這些兵力──

靜之似乎也在思考相同的事，他說：「至少要相當於三軍的兵力，最好有四軍。一軍用來維護文州城，一軍維持補給線，兩軍攻打鴻基。」

敦厚聽了，噗哧一聲笑了起來。

「到時候，主上應該已經在陣營內了。」

「啊！」靜之輕輕叫了一聲看著敦厚，然後又注視著李齋。李齋點了點頭。

「必須是這樣──只要主上在，在全國各地蟄伏的勢力就會聚集，到時候就不止三軍而已了，反而該擔心如何讓這些士兵填飽肚子。」

葆葉放聲笑了起來。

「這件事不必擔心，這裡也儲備了糧食──只不過很多穀物存放的時間有點久，可能有點發霉了。」

李齋笑了笑。兵力和物資目前維持現狀就好，只要找到驍宗，就可以獲得他國的支援。

李齋覺得終於看到了一線光明。雖然現實並沒有那麼簡單，她覺得光是聚集一軍的兵力都遙不可及，所以現在只能說有這種可能性，有一半像是在說夢話，然而有可能和沒有可能之間有著天壤之別。雖然只是像蜘蛛絲般渺茫的路，但驍宗奪回王位的路終於呈現在眼前，將李齋等人引導向未來的王位。

……上天還沒有放棄戴國。

但是，問題在於驍宗。

「從遊民那裡沒有聽到相關的傳聞吧？」

葆葉說，敦厚也表示同意。

「那一年之後的三年期間，徹底掃蕩了支持主上的勢力。從鴻基派來阿選的爪牙，州師也拚了命追捕，但完全沒有聽到有發現像是主上的人的傳聞。有些士兵逃到很小的里，也被他們抓到，有可能沒有發現主上嗎？」

事實上，阿選只要認定有叛民，就會把整個里都付之一炬，採取了徹底的手法。百姓無論如何都不想被蓋上叛民的烙印，所以只要聽到有士兵逃到某個地方，都會主動向州師告密，藉此表示藏匿士兵只是個人意願，並非整個里的決定。即使這樣，整個里仍然全都遭到誅殺，但只要主動告密就可以活命這種只是一廂情願的傳聞仍然不脛而走。

「比起實際遭到討伐的琳宇附近，離琳宇有點距離那一帶更相信這種說法。」葆葉說：「在這種狀態下，應該不可能有人藏匿主上，琳宇周邊還比較有可能。」

敦厚也表示同意。

「當時也有很多人想要迎合阿選和文州侯，土匪之亂後，只要發現像武人的陌生人經過，或是有人收留了受傷的人，就會徹底追查。如果身受重傷的主上曾經經過白琅附近，一定會傳入州師的耳裡。」

「為了謹慎起見，我們會問出入我家店鋪的人，有沒有人看見像是主上的人，只要願意提供線索，就可以領取獎賞，用這種方式請他們協助尋找。雖然當時得到了很多線索，結果找到的都是脫隊的士兵和叛民，我幾乎收留了所有這些人。」

葆葉在文州總共有六棟別邸在她的名下，而且在馬州、承州也各有兩、三棟房子，這些房子都收留了士兵和叛民，幾乎都是靠那些線索找到的。

「其中也有士兵？」

「有。總數大約三千名左右，但幾乎都沒有在這裡，畢竟讓王師的同袍聚集在文州實在太危險了，也不能藏在承州，所以都安排在馬州的園林和別邸，表面上是在那裡當傭人。」

雖然也會安排在店鋪工作，但人數並不多。除此以外，葆葉和馬州的一家寺院很熟，許多士兵偽裝成修行僧躲在那裡。

「其中有驍宗主上的麾下嗎？」

「沒有，至少以前在王師中當師帥、旅帥的人都躲藏得很好，或是和叛民一起被處死了。」

雖然有這些人手下的士兵，但並沒有擁有能夠統率軍隊能力和相關背景的人。

「即使看起來很能幹，如果只是卒長和伍長，其他士兵也不願意追隨。」

那倒是。李齋點了點頭。軍中的軍階很重要，反過來說，如果沒有一定的軍階，就無法有效指揮士兵。

「李齋將軍，所以我很感謝遇到妳，我召集的這些士兵在關鍵時刻終於可以行動了。」

葆葉說到這裡，深深嘆了一口氣。

「但是——主上不在，至少不可能從函養山逃往西邊，因為不可能躲過州師的調查和我的搜索。」

敦厚也一臉凝重的表情點了點頭。

隔天，李齋等人不知道該高興還是失望，帶著複雜的心情離開牙門觀。離開之前，葆葉如約送了騎獸給靜之和去思。雖然葆葉也要為酆都準備，但酆都應該不會接受，所以去思挑選了可以兩人騎乘的騎獸。靜之原本的騎獸在混亂中死了，這次找到相同種類的騎獸，他簡直樂壞了。

「我做夢也沒有想到，竟然還可以擁有獨谷。」

那是看起來像白虎的動物，比騶虞小一圈。身上有像老虎般的斑紋，但腦袋很像是狗的同類，後腦至背部粗亂的毛像鬣毛。這種騎獸並不常見，但據說個性聰明勇猛。

「李齋將軍，雖然對妳有點不好意思，但獨谷敏捷開朗，真的是出色的騎獸。」

李齋忍不住苦笑。每個騎手都覺得自己的騎獸天下第一。

「我進入軍隊之後，就一直想要有自己的騎獸。當初會跟著臥信將軍去黃海，也是因為聽說將軍會把騎獸借給我。」

臥信當時借給他的就是獨谷，自從他可以有自己的騎獸之後，他就一直在找獨谷。

「得幫牠取個名字。」靜之把鞍轡放在獨谷身上時說，葆葉看著他，忍不住笑了起來。

李齋深深鞠了一躬。

「如此厚誼，謹銘記在心。」

葆葉點了點頭，轉頭看向身後。

「——夕麗。」

聽到她的叫聲，一個看起來像軍人的年輕女子跑了過來。

「她叫夕麗，以前是禁軍的士兵，我記得是中軍，對不對？」

年輕女人恭敬地行了一禮，立正說：「我之前是中軍的卒長，李齋將軍，很榮幸見到您，我一直默默祈禱您平安無事。」

「中軍——所以是英章的手下？」

李齋仔細打量女人的臉，但記憶中沒有這張臉。

「對，我是英章將軍手下的小兵。」

在軍隊解散後她無處可去，葆葉收留了她。

「李齋將軍，以後會派夕麗和妳聯絡，因為如果不決定人選，不知道會發生什麼差錯。之後可能還會逐漸增加人手，但暫時由夕麗一個人負責聯絡工作，所以今天會讓她與你們同行，請把你們的落腳處告訴她。」

「請多指教，我會盡綿薄之力，全力以赴。」夕麗深深鞠了一躬。

李齋微笑著說：「太好了，在下也請妳多指教。」

6

鴻基也迎接了新年。按照慣例，新年時都會舉行一些活動，但阿選王朝向來不辦任何活動。原本很期待阿選被指名為新王後，將恢復舉行各種活動，但冬至也沒舉行郊祀，新年也沒有任何活動。

——還是老樣子，什麼都沒變。

張運一路這麼想著，上朝參加六朝議，這天卻遇到了驚人的事。六官長像平時一樣排排跪著，但平時張運走進外殿時，所有人都會磕頭迎接他，但今天只是恭敬地對他鞠了一躬，然後露出困惑的眼神看著他。當他看向龍椅時，終於知道了原因。向來空蕩蕩的龍椅前垂著珠簾——這代表阿選出現了。

張運慌忙走向自己的位子。又有人闖入六寢——叔容在調查之後，得出了八成是泰麒的大僕項梁所為的結論。張運接獲報告之後，打算在今天的六朝議中提案討論如何處理泰麒的問題。泰麒的為所欲為讓人忍無可忍，不把朝廷放在眼中就是侮辱阿選。即使是宰輔，也不能熟視無睹。泰麒反省自己的過錯期間必須閉關——原本他打算這麼說服六官長，事實上，的確有人闖入了六寢，不僅和罪犯接觸，而且還殺傷了警衛的士兵，所以他認為應該能夠說服六官長。六官長這一陣子經常用指責的態度對待張運，而且似乎有考慮到泰麒立場的趨勢，他原本以為可以透過這次的事徹底改變這種狀況。

——沒想到。正當他想到這裡，響起了銅鑼聲，珠簾內有了動靜，有人準備從裡面走出來。聽到第二次銅鑼聲時，所有人都磕頭。珠簾掀了起來——張運雙手伏地抬起頭時，再次感到驚訝。因為除了阿選以外，他還看到了宰輔的身影。宰輔站在坐在龍椅上的阿選身旁——原本是理所當然，但以前從來不曾有過的景象。

按照慣例，必須說點什麼。張運焦急地正想開口，阿選制止了他。

「如各位所知，台輔已經回朝。一方面因為台輔受了傷，所以之前專心養傷，但差不多該考慮踐祚的事了。」

「喔！」朝臣之間都發出驚叫聲。

「我似乎太疏於國政，原本以為交給有能力的官吏，不會有太大問題，但朝廷內似乎並非都是能吏。」

阿選說話的語氣冷漠，前一刻歡呼的朝臣全都迅速陷入提心吊膽的沉默。

「必須改正這種狀況——首先，惠棟。」

惠棟跪在高臺下方，張運對面的位置，聽到叫聲後向阿選行了一禮。

「台輔任命你為瑞州州宰，瑞州的州政治理荒廢不忍卒睹，務必充分協助台輔，一雪前恥。」

「遵旨。」

「張運。」

張運聽到阿選叫自己的名字，背脊不由得緊張起來，冒著冷汗。

「我將再給你和六官長一次機會，我認為你們是能吏，所以授權給你們，希望這次能夠回應我的信任。」

「遵旨。」

張運低頭回答的同時，感受到五臟六腑都涼了。該來的還是躲不過。雖然他不認為自己無能，但無言以對。龍椅的威勢前，不允許任何反駁或是藉口。

——我會丟官。

如果不趕快採取措施，阿選可能會以「無能」為由將張運拔官。既然阿選已經說了「再給一次機會」，下次一旦有任何閃失，真的可能會遭到更迭。這都是因為——泰麒回來了——不，是因為六官太不中用了。

「這些傢伙都不是好東西。」張運回到冢宰府後大發雷霆，「只想到一己之利，我真是太倒楣了，被這些無能的傢伙拖累。」

「所言甚是。」案作恭敬地回答。

「即使我身為冢宰，如果六官不動，我根本沒辦法治理。」

「正是如此。」

張運踹著椅子，讓椅子轉向後，重重地坐了下來。

「那幾個蠢貨如果不好好做事，會影響我的風評，乾脆先撤換所有人。」

「這是上策嗎？我相信您也知道，這可能會造成不必要的反感。」案作巧妙地提出建言，接著又奉承說：「主上說再給一次機會，這次的事應該讓六官長也嚇到了，只要他們認真處理政務，就會對冢宰的功勞有貢獻。」

「他們真的有能力貢獻嗎？」

他們不都是你任命的嗎？雖然案作這麼想，但並沒有把話說出口。

「也許可以開始考慮接班的人選，此舉可以有效預防萬一發生狀況，遴選接班人選時造成政務的混亂。」

「六官長一定會表達抗議。」

「可以對他們說，讓他們展現真本領，充分示範一下。」

「示範——」張運說到這裡，露齒一笑說：「原來是這樣。」

「培養優秀的副官是為王朝著想，只要事先挑選候補人選，既可以為將來做準備，也可以對六官長造成壓力，讓他們不敢鬆懈。」

「這是威脅吧。」張運笑了起來，似乎心情也變好了，「威脅他們如果做得不好就會被拔官。」

「不管他們怎麼想都無所謂，只要六官能夠按照張運大人的要求去做就好。」
案作說完，恭敬地鞠了一躬。
「現在正是六官要為冢宰粉身碎骨的時候。」
「沒錯。」張運滿意地點了點頭。

7

這天下午，驍淑聽到大門前的咆哮聲，大吃一驚，在休息室內站了起來。
「台輔在嗎？」
聽到大叫聲，午月第一個衝向大門，驍淑也緊跟在後，然後當場停下了腳步。積雪的門前出現的彪形大漢宛如一塊岩石。他身上穿著盔甲，單手握著大刀。
驍淑察覺到自己的雙腳微微發抖。這個人一定要來攻擊台輔。那麼龐大的身軀，還有不輸給他體格的大刀，不難想像他揮動大刀時發出的呼嘯聲。驍淑緊張得感覺到手腳漸漸失去了溫度，但仍然用顫抖的手舉起了長槍。但是——這種長槍被那把大刀一碰，就會馬上折斷了。
驍淑擺好姿勢準備迎戰，午月制止了他。
「——巖趙將軍？」

午月大叫一聲，對方瞇起眼睛注視著他。

「既然知道我是誰，就趕快去通知台輔。」

䮐淑說不出話，伏勝衝了出來。

「巖趙將軍，請問有何貴幹？」

「台輔再三要求見我，所以我就來登門拜訪，請趕快去通報。」

巖趙的話音剛落，惠棟就趕到了。惠棟一看到巖趙，馬上立正深深鞠了一躬。

「您終於大駕光臨了，馬上去通知台輔。」惠棟說完，立刻吩咐身後的侍官，然後伸手指向屋內說：「請進，請在裡面等候。」

䮐淑環視周圍的人。這名武將是誰？可以讓他這麼輕易去見宰輔嗎？而且不是規定外來者不可面會嗎？至少䮐淑之前接到了這樣的命令，除非是獲得同意的人，其他人絕對不可以接近宰輔。

「䮐淑——沒事。」

午月輕輕把他舉起的長槍壓了下去。䮐淑感到困惑不已。

「但是……」

「他是以前禁軍左軍的將軍，是驍宗主上的麾下。」

「喔。」䮐淑只能點頭。他之前聽說驍宗麾下的將軍幾乎都逃走了，只有左軍的將軍留了下來，目前被解除了軍職在閉關。雖說是閉關，但其實是遭到了囚禁。

䮐淑感到困惑時，惠棟恭敬地帶著巖趙進入前院。穿越前庭，走上基壇，踏進門廳時，前方有好幾個人影跑了過來。

那些人對駹淑來說都很陌生。其中一個帶著雙刀的女生應該是大僕，但第一次看到她身後的年輕人。蒲柳之姿的他一臉驚訝地跑過來，然後停下了腳步。

巖趙看到他之後也停下腳步，喉嚨深處發出了低沉的聲音，當場跪了下來。他把大刀放在一旁，深深地磕頭。

「……台輔，太懷念了。」

所以那個年輕人是宰輔嗎？駹淑瞪大了眼睛，但是，他的頭髮——

年輕人跳了起來，跑到巖趙身旁，跪在磕頭的巖趙身旁，手放在他肩膀上。

「巖趙，你平安無事吧？請你抬起頭。」

巖趙直起身體，仔細打量著泰麒。

「您長大了……」

「是。」泰麒點頭說，但他的頭髮不是金色，而是有點奇特的黑色。對喔。駹淑茫然地想著——沒錯，泰麒是黑麒。

所以，他真的是戴國的麒麟嗎？正當駹淑這麼想的時候，跪在巖趙身旁的宰輔把臉靠在巖趙的肩膀上。

「……你終於來了。」

這是駹淑第一次見到宰輔，他也是第一次見到麒麟。原來麒麟看起來就像普通人，而且會露出這種好像快哭出來的表情。

「恕我這段時日以來的無禮，因為我一直很猶豫，但想到我的綿薄之力或許能夠對台輔有幫助，所以就來求見。」

「豈是綿薄之力？」泰麒搖了搖頭，「我需要你的力量，請助我一臂之力，拜託了。」

「老拙欣然效忠台輔。」

「裡面請。」惠棟說。泰麒牽著巖趙的手，讓他站了起來，然後看了駹淑等人一眼。那一剎那，他的眼神的確和駹淑交會了。

「這位是巖趙，從今日此刻開始，任命為大僕。」

「如果冢宰得知這件事，一定會出言干涉，不如主動去向他報告，先下手為強。」

惠棟請巖趙入內後，說完這番話，就快步離開了正院。耶利目送他離去，把巖趙請入堂廳，趕走閒雜人員，關上了堂廳的門。她站在門前的位置，既可以隔著玻璃看到外面，外面的人也可以清楚看到她。

泰麒請巖趙坐在堂廳的椅子上。

「我一直要求見你。」

巖趙點了點頭。

「台輔想見我，讓我備感榮幸，但恕我任性妄為，所以一直婉拒。只是最近聽說您周圍的形勢變得詭譎，站在那裡的耶利——」巖趙說完，看向自己的背後，「她派人來告訴我，說您身邊需要護衛。」

耶利今天一大早派人去找巖趙。如今少了項梁，需要巖趙的幫助。因為泰麒身邊至少還需要一個值得信賴的大僕。

「雖然事到如今，沒有臉來求見，但想到我可能多少能幫上點忙，所以決定登門拜訪。」

「謝謝你。」泰麒說：「之前一直聽說你不願見我，還以為有人在騙我。」

「很抱歉。」

「因為他的人在當人質。」耶利插嘴說。

「耶利！」

巖趙回頭叫了一聲。

「沒什麼好隱瞞的。」耶利說完，看著泰麒說：「巖趙的很多人都在王宮內當人質，有士兵、幕僚，還有身邊的人。巖趙一旦採取行動，那些人都很危險。為了避免這種情況，所以他一直閉關，只能像貝類一樣，把高大的身體縮起來。」

「即使這樣，仍然來見我嗎？」泰麒問。

巖趙點了點頭。

「不瞞台輔，我目前仍然在猶豫。我的行為會給很多人帶來危險，但是，有一個人強烈建議我，說台輔目前需要我。」

「有一個人？」

「官吏中，有很多人對阿選有叛意，只是忍氣吞聲跟隨他。雖然大家都按兵不動，也不讓彼此知道。」

泰麒點了點頭，向巖趙伸出雙手。巖趙也伸出雙手握住了泰麒的手。泰麒已經長這麼大了。

「您真的長大了……」

「你還是老樣子，太令人懷念了。」泰麒說完這句話問：「你見到項梁了嗎？」

巖趙點了點頭。

「他順利離開了王宮，因為他的騎獸留在這裡，所以為他準備了一頭禁門的騎獸。雖然不是什麼高級的騎獸，但飛去馬州完全不是問題。」

「謝謝。」

「項梁也說，需要有代替他的大僕，還說現在不行動，更待何時。」

巖趙說到這裡，壓低了聲音。

「……我已經聽說了很多狀況。」

泰麒點了點頭，然後回頭看著耶利說：「耶利，我也要謝謝妳。謝謝。」

耶利只是默默點了點頭。

「雖然我說不願見台輔是我太任性妄為，但張運那個傢伙不希望我來見您也是事實，他一定會說不可以。」

「別擔心，我一定會解決。」

泰麒語氣堅定地說，巖趙瞇起了眼睛。

「您變堅強了。」

「我已經不是小孩子了。」泰麒淡淡地笑了笑，「無論是好是壞，我都變堅強了。」

「雖然有點惋惜，但也很受鼓舞。」

杉登得知巖趙去了泰麒身邊的消息，暗自鬆了一口氣。

——太好了。

杉登原本是巖趙的麾下，從一開始就跟著他。王師六將軍的其中一人抗命，四名將軍消失，只剩下巖趙一人留在敵軍陣營。巖趙應該也想違抗阿選，但許多人質掌握在阿選手上，所以無法如願。杉登以為主公決定不違抗時，內心世界崩潰了。

主公是豪放磊落的人，重視人情義理，杉登一直敬愛主公，但認為是因為無法捨情捨義的個性害了他。被剝奪將軍的地位之後，婉拒了再三的勸進，無官無職地關閉在官邸內，最後官邸也被沒收，只給他一間禁門附屬的宿舍。雖然稱為官邸，但其實和民宅無異。表面上聲稱是因為只有巖趙能夠照顧驍宗的騎獸計都，但顯然是用這種卑劣的手法對付驍宗的麾下。巖趙從來沒有任何怨言。杉登每次去和他見面時，都說這樣不好。

幸好成為杉登長官的品堅是一個通情達理的將軍，也很擔心巖趙的情況，提出至少可以在他手下當師帥或是旅帥，但巖趙拒絕了。可能是不想成為阿選手下的志氣使然，同時認為張運──被張運控制的夏官不可能同意這樣的人事而不抱希望。品堅沒有輕言放棄，一有機會就去勸進，令杉登感激不已。

對杉登來說，品堅也是仇人──照理說應該如此。驍宗在文州遠征失蹤時，就是品堅率領兩師人馬和驍宗同行，即使如此，仍然無法說品堅是阿選大逆之舉的幫凶。阿選獨自決定、執行了這件事。以品堅的性格，如果事先知情，一定會挺身阻止。杉登認為他就是這樣的人。品堅在阿選麾下的五名師帥中並不起眼，雖然並沒有犯什麼錯，但也沒有引人注目的功績。他忠誠老實、踏實穩健，只不過在他軍的士兵眼中，並不是特別值得稱讚的師帥。品堅應該也知道，自己的評價不如其他師帥。即使如此，他仍然沒有不必要的競爭心，只是淡淡地做自己該做的事。杉登覺得品堅和自己有點像。

品堅的麾下幾乎都是這種人。

旅帥歸泉對杉登這個外來者毫無隔閡，也似乎對半路殺出、搶走他地位的杉登沒有任何怨恨，而且很尊敬杉登這個長官，平時相處也充滿真心誠意。杉登也是從歸泉口中得知了巖趙去了泰麒那裡的消息（──消息應該來自品堅）。

「太好了。」

歸泉似乎發自內心感到高興。因為他的這種個性，所以也和杉登的麾下打成一片。杉登覺得他是難得的人才。

「……我也鬆了一口氣，因為總是覺得巖趙將軍不該一直那樣下去。」

「對。」歸泉點了點頭。

「雖然看似背叛了驍宗主上，但內心一定很痛苦。因為巖趙將軍和驍宗主上就像是親兄弟一樣。」

杉登點了點頭。他認為對驍宗來說，巖趙是絕對值得信賴的哥哥，對巖趙來說，驍宗是引以為傲的弟弟。他對為驍宗做事，稱驍宗為主公沒有絲毫的不甘心。支持驍宗是巖趙的喜悅，當驍宗得到至高無上的地位時，他發自內心感到高興。然而，最後卻違背情理投靠阿選。巖趙無法原諒這樣的自己，正因為這樣，他在王宮的角落自我閉關懲罰自己。

「他想要為台輔做事，而且主動提出，真是太好了——但是，對阿選來說未必是好消息。」

歸泉聽了杉登的話，搖了搖頭問：「為什麼？台輔支持主上，既然他為台輔做事，不就等於為主上做事嗎？」

「雖然理論上是這樣……」

「我能夠理解他不想為主上做事的心情，但既然是為台輔做事，應該可以減輕內心的罪惡感，以結論來說，主上得到了出色的武將。我也覺得像巖趙將軍這麼出色的人被埋沒很可惜，既然在為台輔做事，一定對國家和百姓有益，我認為他做了正確的決定。」

杉登點了點頭，然後向歸泉微微鞠躬說：「謝謝你——也謝謝品堅將軍。」

第十七章

1

「並沒有去白琅以西……」

酆都聽了李齋等人回報的消息後，陷入了苦惱。去思也偏著頭思考。從函養山無法往北，驍宗也沒有去南側的琳宇方向。因為必須經過琳宇一帶才能往東，可見驍宗也沒有去那個方向。既然無法從函養山去琳宇，也就無法去比琳宇更東的地方。最後只剩下往西，但驍宗不可能一直停留在函養山至白琅一帶，既然這樣，就是繼續往西——經過白琅後去了哪裡，但葆葉斷言不可能有這種情況。

「如果不經過白琅一帶，不可能去其他地方。」酆都說：「無論想要去瑤山以北，還是要去馬州，或是去江州都一樣。」

「嗯。」建中抱著手臂。

「也許該重新思考。」

「為什麼？」

「因為你們之前是以那一位在函養山身受重傷為前提，敵人誤以為他死了，所以把他留在原地，但其實並沒有死。」

是啊。去思暗想，突然恍然大悟。

「我知道了——可能並沒有受到重傷。」

去思說完，看向李齋，李齋似乎也想到了。

「……坑道崩塌。」

去思他們之前一直以為驍宗在瀕死狀態，阿選軍誤以為驍宗已經死了，所以沒有給驍宗致命一擊就離去，驍宗也因此逃離了現場。但是，如果阿選軍是因為坑道崩塌而逃走，驍宗受傷的狀況可能並沒有那麼嚴重，也許能夠自行移動相當一段距離。從他留下的腰帶來看，他受的傷的確不輕，但可能在哪裡養了傷，或是有他人陪同的話，移動的範圍可能超過原本的想像。

「我們來整理一下狀況。」

酆都說著，攤開了一張紙。

「首先這裡是函養山。」

酆都用筆在紙的中央畫了一個點。

「函養山的南側是琳宇，街道連結了函養山和琳宇。」

酆都說話的同時，在表示函養山的點下方又畫了另一個點，寫上了「琳宇」兩個字，用一條線把兩個點連結起來。

「這條街道往函養山，經過山間可以往轍圍，最終通往白琅。正確地說，是在一個名叫如雪的地方，和從琳宇往白琅方向的北方大道會合。」

從函養山往白琅——如雪的路雖然並沒有以國家規格建造的大道的規模，但路面並不窄。只不過從函養山入口到轍圍的那段路很狹窄，那是沿著山谷的險峻山路，所以沒有足夠的寬度。

「目前仍然用馬車從函養山把碎礦石運下來，而且也有人把糧食等物資送去函養山周圍，所以路本身並沒有消失，只不過雖然名為街道，但基本上可以認為只是險峻的山路。」

酆都在說話時，又在函養山左側畫了一個點，寫上「轍圍」兩個字，用虛線把轍圍和函養山之間連結起來。

「以前這條路周圍有零星幾個里，現在不是屬於土匪的勢力範圍，就是遭到了討伐，幾乎變成無人或是相當於無人的狀態。越過山路前方的轍圍已經沒了，周圍一帶幾乎變成荒野。」

酆都又指著連結函養山和琳宇街道的中途說：「而且，這裡是岨康，是土匪勢力範圍的南端，從這裡有路可以往東，剛好可以通往位在琳宇北側那座山的另一側。越過山之後，在南斗和斗梯道會合，是往承州方向的街道。」

酆都在說話的同時，把那條路畫在紙上。

「同樣的，連結函養山和轍圍的山路中途有一條岔路，就是住在嘉橋的那對兄弟看到主上的山路，這條山路從龍溪南下往嘉橋。」

李齋目不轉睛地看著酆都畫了線的地圖。從函養山延伸出四條路，分別通往南側的琳宇、嘉橋，西側的轍圍，和東側的承州。

「函養山的北側沒有路。」李齋小聲嘀咕著。

建中說：「函養山西側的山中有連結廢礦坑的路，但只是勉強能夠讓板車通過的小路。」

「之前曾經去過，除此以外呢？」

「雖然不能稱為路——但有繞著函養山一周的巡禮路，那是走出來的路，又窄又危險，只能讓一個人勉強通過，但石林觀的道士和我們白幟至今仍然會走那條路。從安福一帶上山，繞函養山一周後來到連結廢礦的山路。原本是從安福經過函養山的入口繞山一周的路，但我們不想驚動土匪，所以不會去函養山，而是直接折返。」

喜溢聽了建中的話，點了點頭說：「那條路很難走，光是走路都很辛苦。巡禮路沿途只有祠堂，既沒有里，也沒有人家，有幾個祠堂有道士在那裡當堂守，但在土匪之亂之後，沒有聽他們提過曾經見到受傷的武人，或者不是巡禮者的旅人。」

「他們沒有提過，未必真的沒有……」李齋嘀咕地說。

建中突然偏著頭問：「還有沒有其他的巡禮路？」

喜溢說：「有，只不過比巡禮路更加難走。從巡禮路的中途往瑤山的東峰，卓央山上那座廟的修行道。這條修行道沿路也沒有祠堂，也不能中途通往其他地方，在抵達卓央山之前，幾乎都只是像獸徑般的小徑。這是道士修行走的路，不曾走過的百姓根本沒辦法走那條路。因為只能靠兩條鐵鍊，走過高得令人腿軟的山谷。」

「兩條鐵鍊？」

喜溢點了點頭。

「我聽說是這樣，但並不清楚實際怎麼走，只聽說必須抓著鐵環攀上懸崖，然後拉著鐵鍊走過山谷。因為不是頻繁使用的路，有些地方已經被草木覆蓋，如果不是曾經走過的道士，可能甚至很難找到路，更何況帶著受傷的人，我認為沒辦法走那條路。」

「沒辦法嗎？」

李齋苦笑著，但去思說：「但這至少代表的確有路。」

「但是……」

「驍宗主上雖然身受重傷，但可能並沒有我們原本想像的那麼嚴重，所以有可能自行逃離了函養山，之後如果可以逃到像是潞溝那樣的廢礦山，就可以暫時不必擔心追兵的問題養傷，也許在那裡遇到了災民，獲得了最低限度的幫助。」

「這……的確有可能。」

「只要稍微休息之後，驍宗主上身上有寶物，也許可以養精蓄銳，補充能夠穿越修行道的體力，災民可能知道修行道，偷偷告訴了驍宗主上。」

李齋聽了去思的話，忍不住苦笑起來。

「這些都建立在假設的基礎上。」

「是啊。」去思低下了頭。因為剛才說的那番話，的確是建立在希望基礎上的假設，但是除此以外，無法說明驍宗的行蹤。

「但是，值得確認一下，」李齋說：「——我們去確認。」

「好。」

去思和其他人點著頭。但喜溢說：「我並不建議，如果你們非去不可，最好沿著街道繞過瑤山，再前往卓央山。瑤山上積了雪，用走路的方式貫穿瑤山太危險了。」

「我們知道很危險。」

去思制止喜溢繼續說下去，看了很不甘願地閉上嘴的喜溢後說：「我認為最好先獲得沐雨大人的許可，因為那裡是石林觀的修行道，不能擅自闖入而犯了禁忌。」

「你說得對。」

李齋回答後，建中接下了聯絡的工作。

翌日，李齋等人收拾行李，準備將據點轉移到西崔，然後去浮丘院把飛燕帶回來時，發現梳道來到落腳處。

「梳道大人說要和我們同行。」

「但是……」李齋和靜之交換了眼神。

「如果沒有走過的人同行，你們沒辦法走那條路。」

梳道靜靜地說，但語氣很堅定。

「因為時間緊迫，所以我們打算使用騎獸。」

「這樣比較好，我也向沐雨大人借了騎獸，如果數量不足，也可以請石林觀準備。」

「不。」

靜之和去思已經在牙門觀獲贈了騎獸。

「石林觀也有騎獸嗎？」

「為了防止修行道和巡禮路上有萬一的狀況發生。」

尤其在進入修行道時，石林觀會出借青鳥，萬一發生緊急狀況，就把青鳥放出去。萬一修行者來不及放青鳥就倒下，青鳥會自行飛回，然後把救助者帶往現場，所以也是特別昂貴種類的青鳥。由此可見石林觀的財力豐厚。

梳道已經將褐色的道服換成了方便行動的白衣，他說使用騎獸的話，三天就可以到卓央山，因為有兩天晚上要露營，所以必須做好充分準備。

「我們會進行寒中修行，所以習慣了，但其他人在這個季節要嚴格做好防寒措施。」

「瞭解了。」

李齋和靜之都在軍中受過寒中行軍的訓練，去思以前在瑞雲觀修行，當時曾經在冬天上山進行寒中修行，但即使如此，現場沒有人輕視梳道說的話。

李齋等人聽從梳道的指示做準備，翌日就從琳宇出發。酆都等人將利用這段時間搬家前往西崔。

李齋一行人只花了一天時間就抵達了安福，在那裡住了一晚之後，從安福東側進入了巡禮路。巡禮路幾乎都是在樹林中彎來彎去的小路，稍微大一點的路幾乎都積了雪。在天空中飛行時很擔心會迷路，幸好在重要地點都有廟宇和祠堂，所以能夠根據這些記號一路飛到巡禮路中途的岔路口。岔路的入口有一座簡樸的廟，廟內也有堂守，他們在那裡接受了最後的補給。聽說原本從這裡到卓央山要走半個多月的時間。

李齋等人問堂守，是否有人曾經見過受傷的武將，但其實這個問題根本沒有意義。因為在文州之亂前後，任何人都不能進入這條巡禮路。文州侯下令所有人都必須撤退，而且土匪也會趕人。阿選徹底驅趕了函養山周圍的人，幾乎到了神經質的程度。

「當時只有一些災民和遊民還留在函養山附近，否則他們就無法生存。」

「的確是這樣。」梳道點了點頭。

小廟旁有險峻的石階通往後方的岩石山，坡度很陡，他們只能攀爬而上，有些地方甚至必須爬上差不多到胸口高度的斷坡，而且上面覆蓋了結了冰的雪。他們因為有騎獸，所以毫不費力，但根本無法騎馬通行。即使沒有積雪，也只能下馬牽著馬前進，仍然有相當的難度和危險。這裡的路已經不是普通的路了，爬上岩石山後，還要從相同路況的山路下山。修行者應該只能一路爬下山。下山之後，在樹林中走了一小段路，但沒走多久，前方又是另一座積雪很深的岩石山，雖然不時有可以勉強坐下來的平坦岩石區，但幾乎都必須仰賴岩壁上的鐵鍊前進。

「李齋將軍，妳認為受傷的人有辦法走這裡嗎？」

李齋聽了去思的問題，只能發出低吟。雖然事前已經聽說這裡的路況，但受傷的人要走這條路太困難了。即使知道這裡有路，就算沒有積雪，遊民也無法輕易走這條山路，更不可能帶馬上路。如果無論如何都要帶馬同行，就必須很多人用拉或是吊的方式把馬帶上山。

爬上岩石山後，來到一片沿著深谷的懸崖。挖鑿一部分懸崖劈出來的路只有可以勉強讓一個人經過的寬度，即使一隻手緊抓岩壁，另一側的肩膀就幾乎都露在山路外，而且積雪深及腳踝。雪又硬又冰，分不清哪裡是路，哪裡是雪簷，幸好很狹窄的地方都用原木拓寬，斷崖上打了木樁，將原木劈開後架在上面。

「如果沒有這些的話，馬根本沒辦法走。」

梳道聽了去思的話，忍不住偏著頭。

「我記得以前沒有這些……」

「以前沒有？」

「沒有，原本就只有挖鑿懸崖劈出來的路而已。」

李齋跳下飛燕，撥開了雪，仔細打量著。打進懸崖的木樁只是將較細的原木稍微削尖而已，但在岩壁上鑿了洞，並在原木周圍用楔子加以固定。用來拓寬的原木也不是用鋸子鋸開，而是用楔子縱向劈開，而且看起來並不新，已經設置了相當長的時間。

「是為了讓誰經過而設置的嗎？」

「看起來是這樣，八成是馬——」

梳道說到這裡，搖了搖頭說：「馬恐怕沒辦法走我們剛才經過的路，可能是想讓不太會飛的騎獸經過。」

並不是所有的騎獸都會在天空中飛，而且即使會飛的騎獸也無法一直飛，許多騎獸雖然會跳躍，但無法在空中飛翔。

「不知道最後使用這條路是什麼時候。」

「應該在土匪之亂以前。使用這條修行道的修行者很稀少。」

正因為稀少，所以之前都沒有使用木頭強化道路。木頭和繩子容易腐爛，之前全都使用鑄鐵加強輔助。據說當許願修行獲得准許後，石林觀的過來人就騎著騎獸從頭到尾檢查一遍，如果有嚴重損壞的地方就會修補。

「有人在那之後走這條路……」

「的確有人走過，而且還帶著騎獸同行。」

「我認為是士兵，」靜之在檢查時說：「這使用了軍隊的方式。」

「在下也這麼認為。」李齋點了點頭。這明顯是軍隊緊急修補道路的方法，工具和材料都是就地取材。

他們在確認修補痕跡的同時，走過了沿著斷崖的路，又越過了一座山峰。來到山頂時，看到一棵樹齡悠久的巨大松樹，樹根纏繞在一塊大岩石上，周圍有一小片空地。因為正值傍晚時分，於是他們決定在那裡野營。

「即使有騎獸，也無法在夜間繼續趕路。雖然騎獸晚上也看得見，並不會增加危險，只是看不到可以成為路標的東西了。」

去思聽了梳道的話後點了點頭。灰濛濛的天空失去了亮光，甚至看不清聳立在溪流對岸的山峰。太陽下山的同時，周圍開始迅速降溫。從很深的溪流吹來的寒風夾著雪，簡直讓人凍僵了。李齋他們點燃篝火，並在周圍搭起了擋風的帳幕，紛紛靠在騎獸身上取暖。即使地上鋪了毛皮，地面的寒意仍然滲進身體，只能忍著寒冷入睡，醒來之後立刻將露營地收拾乾淨。正當他們打算越過長在岩石上的松林繼續前進時，看到了那個。

松樹的根部有兩塊石頭，上面積了雪。差不多要雙手才能抱住的石頭明顯是從其他地方搬來，放在用小石頭和泥土堆在一起做成的墳塚上。

「李齋將軍……」

靜之指著墳塚叫了一聲，李齋撥開雪，檢查了墳塚。墳塚因為風吹雪淋，幾乎已經失去了原來的形狀，但仍然能夠辨識出那是墳墓。在地面幾乎沒有泥土的地方，只能以這種方式埋葬。雖然當時用小石頭和蒐集到的泥土遮住了屍體，但隨著歲月的流逝，屍體失去了原本的形狀，墳塚也一樣。

的確有人走過這裡。李齋心想。而且不止一個人，有不少人走過這條路，而且其中有不少士兵，因為只有一、兩名士兵無法修補道路。然而，走到這裡時，有兩個人掉了隊。不知道是發生了意外，還是原本就硬撐著受傷的身體上路，也可能是受傷的士兵相互攙扶著翻山越嶺。

「原來是這樣，」靜之嘀咕著：「原來並不是只有災民躲在廢礦內。」
李齋露出好奇的眼神看著他。
「如果主上遭到攻擊逃進廢礦時，當時應該只有災民和遊民。但如果在他養傷期間，王師解散，遭到討伐，士兵逃進廢礦內也很正常。」
「但是廢礦內並沒有看到士兵留下的痕跡。」去思說。
「士兵不會留下自己的痕跡，尤其是在遭到追捕的情況下，在轉移陣地時會消除自己的痕跡，這是基本。」
李齋為看到的一線希望感到顫抖。也許驍宗也在其中。
也許還有其他線索——他們在前進的同時小心觀察，中途看到了傳聞中只有兩條鐵鍊的地方，下面是很深的溪谷。到底要怎麼走過去？李齋感到納悶，梳道率先示範，原來是將上方的鐵鍊夾在腋下，然後踩在下方的鐵鍊上橫著走。幸好那裡的山谷很狹窄，只要有騎獸，就可以輕鬆抵達對面，但如果只有馬，絕對無法走過去。由此可以確定，走這條路的人帶著騎獸。是無法飛行的騎獸嗎？還是騎獸也受了傷？抵達對岸之後，又發現了一個墳塚。那是一個只有石頭堆積的小墳墓，下面似乎沒有埋葬屍體。八成是——無法走過鐵鍊路的人。可能墜落山谷消失了，所以至少為他做了這個墳墓。也就是說，有人有騎獸，有人沒有，而且人數不少。
有些地方必須靠打在岩壁上的鐵環，攀上幾乎垂直的懸崖。只能抓住鐵環，然後用腳摸索下方有些微突起的地方向上攀登，爬到山頂時，又必須用相同的方式下山。

李齋一行人因為有騎獸，所以可以繞過這些地方，否則就必須抓著一個又一個鐵環，在高度和樓閣相當的懸崖上垂著身體，用腳摸索可以踩踏的地方。

「沿途都是這種狀況嗎？」

終於找到休息的地方時，李齋問梳道。

「對。」

「在下聽說天三道的修行道並不是只有這裡而已。」

「離開石林觀後，從瑞州過江州馬州的邊界，再回到文州，有平坦的路，有些地方也走街道，但幾乎都是山路，只不過像這裡這麼險峻的地方有限。」

「所以也有其他地方。」

「有啊，尤其是江州和馬州邊界的山是難關。」

「所以比這裡更難走嗎？」

「比這裡更難走，有些地方在斷崖絕壁的中途，只能把腰帶綁在鐵環上，靠著岩石休息。要翻越一塊大岩石，這種狀態要持續超過五天。」

在這段期間，當然無法好好睡覺。

李齋注視著梳道問：「為什麼要做到這種程度？」

是什麼讓他們決定要用這種極致的方式修行？

「可能是因為如果不這麼做，就無法擺脫某些邪念。如果無法擺脫，就看不到上天的慈悲和天理。」

「你不是完成了嗎？有沒有看到上天的慈悲？」

梳道目不轉睛地看著瑤山，最後點了點頭。「對。如果只有求功的慾望，無法完成這條路。如果想憑慾望完成，就會因為怯懦而畏縮。只有渾然忘我——一心一意的人才能夠完成。當我完成之後，我才瞭解到，如果沒有上天的保佑，應該就無法完成。」梳道說完，看著李齋說：「我活著在這裡，相信上天——但其實並非如此，而是上天賦與我生命。」

會逆轉自己的信仰、自己的修行，以自己為起點的所有事。

「我的存在不是起點，而是終點。」

這樣啊。李齋雖然點了點頭，但無法想像梳道的感受。這也是理所當然——如果不修行也能夠體會，就不需要修行了。

李齋站了起來。

「走吧，還剩下超過一半。」

2

從瑤山往東的修行道的確如傳聞中所說的難行。即使有騎獸，也有好幾個地方驚險得令人發毛，瑤山也如傳聞中所說的難以征服。李齋中途獨自騎著飛燕飛行察看路況，發現必須翻過一個又一個像樹林中的樹木般又高又細的山峰，如果不想走山路，想要走山峰之間的溪谷，很容易在不斷閃避左右的山峰後迷失方向。沿途幾乎沒有平坦的路，密林般的山峰擋住了視野，宛如岩石做的屏風，根本看不到前方。簡直就像是層層巨大岩石屏風形成的迷宮，李齋想起了以前去蓬山時的情況。

即使想在龜裂般的山谷天空中尋找凌雲山做為方向的記號，因為有好幾座凌雲山，所以無法成為明確的目標。應該沒有路可以通往凌雲山，即使想要沿著山谷中的溪流而上，也因為到處都是瀑布而擋住去路。如果沒有可以飛翔的騎獸，根本不可能靠近，即使真的有路可以往凌雲山，也不難想像困難重重。

——無法往北走，只能走這條路。

既然不是南方，也不是西方，就只剩下這條路，而且這裡確實留下了曾經有人走過的痕跡。

第三天，左右兩側終於不再是伸手可及的山峰，山路的起伏也變得緩和，越過最後的山谷之後，看到了聳立在前方的卓央山山峰。走下山路，看到有一座廟，廟前的路通往兩個方向。其中一條通往修行道東方的終點，卓央山的天神廟，另一條通往卓央山山麓的高卓。

「應該會去高卓吧。」

去思說。雖然他手上戴了厚手套，但雙手都包著繃帶。這是因為他不太會騎騎獸，用力扯韁繩的結果。旅程第一天時，騎獸也很辛苦，但第二天、第三天就漸漸從容起來，這代表去思也掌握了駕馭牠的技巧。

「可能會經過高卓。」梳道回答。

高卓只是邊境鄉城，但是通往石林觀主要廟宇之一的入口，而且那裡和根據地在承州的檀法寺也有淵源。有很多瑞雲觀系列的廟宇和祠堂，巡禮參拜的人紛紛前來這個道觀寺院蝟集的地方，漸漸形成了鄉城的規模。

「沒想到這麼大。」

李齋說，靜之也點了點頭。

「難以想像山麓盡頭竟然有如此規模的鄉城。」

高卓是街道的終點，往瑤山的方向只有石林觀的天神廟。因為一般民眾無法使用修行道，所以幾乎可以說是路的盡頭。

「高卓可以說是道觀寺院形成的地方。」

梳道向他們這麼說明。大小的道觀和寺院櫛次鱗比，有參拜者投宿的客棧等設施，還有商人看到人潮想做生意而聚集經營的店鋪、朱旌的常設攤位、酒鋪和妓樓，清濁渾然聚在一起。

「而且高卓戒壇也在這裡。」

李齋聽了梳道的話，忍不住偏著頭納悶。

「道觀和寺院不是都有戒壇嗎？」

去思點了點頭。戒律是道士和僧侶遵守的法規，道觀和寺院都設有各自的戒壇，向入門修行者授戒。瑞雲觀也有戒壇，熟知戒律的老師在守護戒律的同時，向入門者授戒，賦予修行者的資格。瑞雲觀在戴國只有三個戒壇，所屬的道士必須在其中一個戒壇受戒。但是——

梳道說：「高卓戒壇和各道觀寺院的戒壇不同。」

在高卓這個宗教城市，為了驅離缺德的宗教人員，相關人員共同成立了受戒組織。任何人想要在高卓布教，至少必須遵守高卓戒壇制定的戒律。

「在民間宗教和咒術師中，會有些心術不正的人。他們並沒有像道觀或是寺院的統一組織，當然也就沒有像樣的戒壇。新興宗派有時候甚至還沒有完善的戒律，但在高卓布教，就必須在高卓戒壇受戒，立下遵守戒律的誓約，考驗布教者的人品、教義的整合性和布教的方法。當獲得高卓戒壇的認可，就可以獲得許可證。比方說，像是沒有統一組織的方術，只要有高卓戒壇的許可證，就可以證明自己不是怪力亂神的邪教。」

「喔——」李齋恍然大悟。民間咒術經常被問有沒有許可證，民間通常認為如果有許可證，就值得信任。

「原來那是高卓戒壇的許可證。」

「對。」梳道點了點頭，「有許多宗教人士來這裡就是為了獲得高卓戒壇的許可證。為了獲得許可證，必須接受高卓戒壇的審查，如果有不足之處，就必須接受指導，有時候還必須進行最低限度的修行。」

高卓戒壇由各主要道觀寺院的人員組織而成，想要申請許可證的宗教人士必須在這裡接受嚴格的審查，如果教義有漏洞或是矛盾之處，就會遭到徹底質問，但絕對不會因為和既有的宗派教義不一致而加以否定。高卓戒壇向來不做這種事，也因此確保了這個組織的權威。

「原來是這樣……」李齋嘀咕著。

「——飛燕？」

李齋聽到叫聲，轉頭看向聲音的方向，拉起為了防寒而拉得很低的風帽，發現有幾個男人在人群中停下腳步看著她。其中一人拿下了原本拉到眼睛的圍巾，愕然地抬頭看著李齋。李齋認識他。

「……癸魯？」

「李齋將軍！」

男人叫了一聲，跑向李齋——沒錯，他是霜元麾下的旅帥癸魯。

「真的是李齋將軍嗎？妳平安無事嗎？」

「癸魯，你也是啊，」李齋跳下飛燕，「你也平安嗎？」

「託妳的福，讓妳擔心了。太好了，妳平安無事。」

「看到你平安，在下也很高興。」

男人用袖子擦了擦有不少溫厚皺紋的眼角，立刻回頭小聲對身後的同伴說。

「是劉將軍。」三個男人點著頭，李齋認識其中一人，也是霜元的麾下，只是想不起他的名字。李齋和霜元都是瑞州師，包括部下之間也經常有往來。

「癸魯，你在這裡嗎？霜元——」

「他也在。」癸魯小聲回答：「目前逗留在這裡。」

「雖然你們也看到了高卓的實際規模，但在朝廷眼中，這裡只是邊境的縣城而已。」

癸魯說要帶他們去見霜元，於是李齋一行人跟著他走。

「所以不會引起朝廷的注意，而且基本上，戒壇的權力比府第大多了，但兩者之間的關係良好。」

「高卓戒壇嗎？」

「對。」癸魯點了點頭。高卓戒壇保護了霜元等人。

「該不會是你們從修行道來這裡？」

「怎麼可能？李齋將軍，你們是從那裡來的嗎？沒錯——不是啦，是崖刮大人從文州沿著修行道來這裡。」

崖刮也是霜元麾下的師帥。在霜元軍去支援承州征伐時，癸魯和霜元一起前往承州，崖刮帶領了兩師的人馬留在文州。

「崖刮在嘉橋解散了軍隊，和手下一起當場逃走，但被州師追捕，失去了逃路，在潛伏時遭到討伐。他受傷後逃進山裡，誤闖修行道，完全沒想到那麼艱難，走完時真的幾乎快沒命了。」
相同的時候，霜元在承州將軍隊解散後輾轉承州各地，最後躲進檀法寺。崖刮受到高卓戒壇的保護，經由高卓的末寺和本山聯絡後，終於和霜元、癸魯等人重逢。在驍宗失蹤的一年後，霜元等人認為高卓有地利優勢，所以來到這裡。
「檀法寺……」
承州出身的李齋對這個宗派並不陌生。檀法寺和石林觀一樣，是以修行為中心的佛教寺院，但以封閉出名，就連參拜也必須申請許可，也很少和其他宗派交流，所屬的僧侶幾乎都是武打派，也是家喻戶曉的事。李齋也經常看到身強力壯的僧侶穿著僧衣，帶著武器走在路上。檀法寺系列的寺院有優秀的施術院，尤其擅長跌打損傷的治療，州師中也有很多人經常去接受治療。李齋在昇仙之前，每次受傷都會去那裡治療。
「是喔……原來他們藏匿了霜元，真是太好了。」
「這要歸功於泓宏大人。」
李齋聽到癸魯這麼說，忍不住抓住了他的手臂。
「……泓宏？」
「對。」癸魯眨了眨眼睛，「泓宏大人平安無事，而且也是因為他的關係，霜元將軍才會去檀法寺。」
李齋閉上眼睛，不由自主地鞠了一躬。泓宏是李齋麾下的師帥，從承州師時代就一直跟著她。

「他還活著……！」

「泓宏大人決定衝進檀法寺賭運氣，檀法寺藏匿了他，之後就一直支援王師的同袍。」

「……太感謝了。」

「泓宏大人應該在承州，我馬上派人去通知他。」

癸魯面帶微笑說著，突然抬起頭說：「到了。」

癸魯仰望著一棟很大的建築物。雖然大門深鎖，但房子本身很氣派，可以充分感受到霜元等人在高卓的處境。霜元他們在高卓得到了充分的保護和支援。

「……有多少？」李齋問。

癸魯微微偏著頭，但立刻理解了她的意思，用力點了點頭說：「並不是所有人都在這裡，目前掌握的光是霜元軍同袍就有六千多人。」

3

李齋一行人走進大門，在他們把騎獸牽進廄房時，傳令兵請他們進屋，然後就先跑了進去。李齋和癸魯一起經過門廳，穿越中院，來到最深處的主樓時，一名高大魁梧的男子從正堂的臥室跑了出來。

「——李齋！」

他正是闊別七年的霜元。

霜元跑過來後，在李齋面前停下腳步，一臉拚命克制內心感情的表情注視著李齋。然後把手放在李齋肩上，深深垂下了頭。

「……妳平安無事，真是太好了。」

「你也是，見到你太高興了。」

霜元點了點頭，請她在正堂的椅子上坐下。李齋脫下外套，又脫下褞袍後坐下來，霜元愕然地凝視著她。

「李齋——妳的傷是？」

李齋一時沒有領會他在說什麼，但隨即想到他在說自己的右手。

「喔——是妖魔。」

「這樣啊。」霜元露出忍著悲痛的表情。李齋對他露出微笑，表示沒什麼大不了。沒錯——沒什麼大不了，而且她也很驚訝，自己竟然完全忘了這件事。這就是所謂的「習慣了」嗎？最近已經不再覺得少了一條胳膊有什麼不方便，所以漸漸忘了這件事。

「妳竟然知道我在這裡。」

「在下來此地並不是知道你在這裡，我們沿著修行道一路過來，最後來到高卓。

剛好在路上遇到癸魯，真是太幸運了。」

「在這個季節走修行道？」

霜元驚訝地問，李齋向他介紹了靜之、去思和梳道。

「我們有騎獸，而且有梳道大人帶路。託梳道大人的福，遇見你真的很高興，但其實我們在尋找驍宗主上的下落，猜想驍宗主上也許曾經走過那條路。」

「原來是這樣。」霜元露出沉痛的表情。

「……因為看到有人走過的痕跡，原本還抱著一線希望。」

「應該是崖刮他們走過時留下的痕跡，之後我們去文州中央部時，往返也曾經走那條路。」

「嗯……」

雖然有點沮喪，但李齋並沒有絕望。崖刮和霜元他們修整了修行道，在崖刮走過之後，那條路應該好走多了。

「我們也在找驍宗主上的下落……」霜元說到這裡，壓低聲音說：「該不會……雖然應該不至於……」

「沒有。」李齋斷言道：「驍宗主上並沒有駕崩。」

霜元微微站了起來。

「……此話當真？」

「不會錯。」

「但是，不久之前，阿選——」

「最好不要相信這件事。」

李齋把沐雨說的話告訴了霜元，然後就聊開了。霜元這七年的生活、李齋走過的這七年，即使在梳道中途回臥室之後，他們仍然聊得興致勃勃。一些舊識似乎聽到了消息，也一起加入了他們，大家聚在一起有聊不完的話題。戴國的事、部下的事、百姓的事。深夜時，終於聊到了泰麒。

「公告上說，台輔挑選了阿選。」

「在下也聽說了，」李齋點了點頭，然後用眼神示意霜元讓其他人離席。霜元立刻心領神會，除了崖刮和浩歌兩人以外，讓其他人離開了正堂。癸魯也很識相地走了出去，然後守在門口，不讓任何人靠近。

「……是這麼祕密的事嗎？」

李齋點了點頭。

「台輔平安無事。他被蝕帶去了蓬萊，但已經順利回到這裡，只不過不知道他目前的下落。」

李齋把泰麒突然離開的事告訴了霜元。

「項梁陪在台輔身旁，應該不至於有什麼閃失，但台輔離開後，就沒有任何消息。」

雖然泰麒說，會透過道觀或是神農通知近況，但至今為止，都沒有收到任何消息。

「聽沐雨大人說，台輔目前在王宮，只是不知這個消息的真偽。」

「有沒有被阿選抓住，然後加以利用的可能性呢？」

「不能說沒有。」

霜元深深地嘆了一口氣。

「所以目前不知道台輔的下落，也不知道主上的下落嗎？」

「但也有好消息。牙門觀有五千人，和這裡的勢力加起來有一萬一千人，相當於一軍的人數。」

如果相信敦厚的判斷，只要有一軍的兵力，就可以攻下文州城。

「這的確是好消息，只不過這個判斷有幾分值得信任？朝廷和州府都有很多人生病了。」

「聽了敦厚的說明，就覺得這並非天真的預估。反阿選的人並沒有徹底遭到排除，文州侯雖然生病了，但在下對是否能夠把生病的人計算在阿選陣營內產生疑問。雖然那些人會聽阿選的指揮，但他們並沒有忠誠心。」

「這麼一想，就覺得的確有可能。」

李齋點了點頭。

「接下來只要找到主上。」

一旦攻下文州城，如果能夠找到驍宗，就可以推翻阿選。

「一旦找到主上，的確可以聚集人手，但需要相當的時間，而且這段期間內是否能夠避免遭到阿選的誅殺也是一個問題。牙門觀的存在的確讓人信心大增，而且也可以期待獲得高卓戒壇等道觀寺院的支援，但是，想要挑戰阿選，無論在人員和物資上都壓倒性不足。」

「只要驍宗主上在，這些不足可以解決。」

霜元露出驚訝的表情，李齋點了點頭。

「讓驍宗主上離開戴國，前往雁國就好。只要向延王請求拯救戴國，就可以獲得諸王的支援。」

「怎麼可能？」霜王愕然地瞪大了眼睛，「諸王的——」

「延王會促成這件事，而且已經保證，一旦有需要，除了雁國以外，奏國、範國、恭國、慶國、漣國都會鼎力相助。」

「雁國和奏國——」霜元嘀咕著站了起來，「此話當真？」

「千真萬確。」李齋小聲說道，她可以察覺霜元臉色大變。奏國是比雁國更大的南方大王朝，只要能夠獲得雁國和奏國的支援，就等於得到了整個世界的支援。

「接下來只剩下找到主上而已——霜元，請你協助我們從高卓往東搜索。」

李齋說，霜元立刻露出了驚訝的表情。

「從高卓往東？」

李齋點了點頭後向他說明。在函養山周圍並沒有發現驍宗，從函養山無法往北，也無法逃往南方，目前也已經排除了逃往西方的可能性。所以只剩下從那條修行道逃往東方的可能性。

除了霜元，他的麾下也在聽李齋說明後，面色越來越凝重。李齋感到奇怪，忍不住問霜元。

「……有什麼問題嗎？」

「——李齋，我們也一直在尋找主上的下落。」

李齋聽了，突然驚覺這是理所當然的事。

「我們花了三年時間，和妳一樣找遍了琳宇周圍，又花了三年時間，和妳一樣排除了主上從琳宇往西、往南逃離的可能性，因為主上無論如何都不可能去那裡。」

「所以……」

霜元點了點頭。

「我們也得出了相同的結論，唯一的可能就是走那條修行道，但在高卓落腳之後，我們在琳宇周邊尋找的同時，也在高卓周邊和前面搜索。雖然近年才確信主上應該來到這一帶，但之前也一直積極尋找王師的部下。」

結果——該不會？李齋說不出話。那條修行道是她最後的一線希望。

「李齋，對不起，主上也不在這裡，主上從那條修行道來這裡的可能性幾乎是零。」

「你說絕對——」

李齋忍不住激動起來，霜元靜靜地搖了搖頭。

「我們以高卓為據點，說起來，這裡就像是我們的根據地，自然很熟悉這一帶的地形。雖然無法公開露臉，但也有不少人脈。我們找了這麼多年，但沒有發現任何足跡。既沒有聽到曾經有人看到受傷武將的傳聞，也沒有聽說誰庇護了受傷的人。」霜元說到這裡停頓了一下，「不——曾經有一些傳聞，但只要有一點線索，我們就會窮追不捨，所以現在這裡有這麼多人。」

李齋回想起剛才在這裡見到的人。除了和霜元一起逃來這裡的人以外，有些是在霜元和其他人徹底搜索後找到、留在霜元身邊的人。霜元不放過絲毫的線索，發揮毅力，持續搜索，聚集在這裡的這些人就是最好的證明。

「我們雖然找到了不少人，但並不是主上，只能說，主上並沒有走這條路，即使踏上了那條路，最後也沒有走出來。」

李齋茫然說不出話，霜元露出哀傷的眼神看著她。

「如果問我是不是絕對，我只能說，這個世界上沒有絕對，但主上並沒有從修行道離開，這就是我們的結論。」

「如果是這樣……就意味著驍宗主上失蹤了……」

李齋終於擠出這句話。

「請等一下。」去思開了口，「各位知道文州有一個名叫老安的里，隱匿了一名地位很高的受傷武將嗎？」

霜元皺了皺眉頭問：「老安？」

「那個里並不大，我猜想各位並不知道，至少從來沒有人去老安搜索過。」

霜元和其他人顯得有點不知所措，相互看了一眼，喃喃說著什麼。

「老安的人當然極其小心翼翼，隱瞞了那名武將的存在，所以各位才沒有發現。」

霜元露出了嚴肅的表情。

「你的意思是說，我們有疏漏嗎？」

「我只是認為百密也可能會有一疏，你們不僅人手有限，而且還是在必須隱藏身分的情況下搜索。更何況不光是文州，全國的百姓都對阿選有警戒心。琳宇的某個團體窩藏了一個女人，到目前為止，也沒有人發現她的存在。」

霜元陷入了沉默。

「所以我認為斷言主上沒有來這裡言之過早。既然沒有找到，並不是代表不在，而是必須認為搜索還不夠充分。至少我認為應該有這樣的態度。」

去思說到這裡，環視了在場的所有人。

「很抱歉，現在說這些話，但我一直很在意這件事。我也非常瞭解這個建言有多殘酷，因為我充分瞭解李齋將軍至今為止的辛苦，霜元將軍，你們努力的歲月更長，我相信應該更辛苦。正因為這樣，才希望逐一得出這裡沒有可能，那裡也沒有可能的結果，我非常瞭解你們的心情。但是，想要得到結果的這種心情，反而會讓我們遠離結果──這是修行者的心得。」

「心得。」霜元喃喃說著，去思點了點頭。

「我的老師曾經多次告訴我，修行不可以追求成果，否則會毀了修行。」

「……原來如此……」霜元露出了淡淡的苦笑，「言之有理，既然沒有找到，就代表我們找得不夠徹底。」

「等一下。」

前一刻被痛苦擊垮，抱著頭苦思的李齋開了口。

「李齋將軍，我理解妳的心情……」

「——不是，等一下。」

李齋抵著額頭，抓著瀏海的手豎起了手指。

「驍宗主上應該身受重傷，否則一定很快就設法主動和軍隊接觸。如果身受重傷，自行逃脫的話，英章等人在搜索時不可能沒有發現逃走的痕跡。在下相信主上跑不了多遠，而且也無法徹底掩飾自己留下的痕跡。」

李齋又舉起手指，似乎想要制止試圖插嘴的人。

「如果在當時想要突破琳宇周邊的包圍網離開，必定需要有人協助。如果有好幾個人，就容易被人發現，同時行動也會受到限制。更何況如果協助的人是普通百姓，很難順利逃走，卻沒有留下任何足跡。」

「但是，李齋……」

「等一下——主上不可能從函養山往北，因為那裡是一片險峻的山區，連路都沒有。函養山周圍沒有驍宗主上的足跡。白幟也多年尋找、確認了這件事。如果從函養山往南逃，一定會落入英章他們的包圍網，而且白幟並沒有發現任何穿越包圍網的足跡。西方也沒有，葆葉他們多年來同樣尋找主上的足跡，但並沒有發現，然後東方也沒有，你們用士兵的眼光持續找了這麼多年，不可能連足跡都沒有發現。」

李齋說到這裡抬起了頭。

「既然這樣，結論只有一個──那就是驍宗主上並沒有離開函養山。」

所有人都驚訝地倒吸了一口氣，在去思說出「但是，李齋將軍……」的同時，靜之發出驚愕的聲音。

「……礦坑崩塌。」

李齋露出充滿活力的眼神點了點頭。

「朽棧和附近的人都再三提到，函養山經常發生礦坑崩塌的狀況。」

這是因為開採缺乏計畫造成的結果。坑氏獨占玉泉，為了避免培育的玉石遭竊，地點和路線通常都不對外公開。由於開採者都自顧自開採，所以坑道變得極其複雜，完全沒有顧及安全的問題，由於過去一直如此，所以坑道中有許多地方都變得很脆弱。

函養山有許多沒有人知道的坑道和縱坑，這些地方崩塌頻傳，像篁蔭這種被稱為至寶的玉石沉睡其中。一旦找到，整個里就可以一輩子不愁吃穿，卻始終沒辦法找到，更何況根本無法上山去找。

「在驍宗主上失蹤的那一天，函養山的確發生了大規模的崩塌。我們原本以為因為崩塌的關係，襲擊者沒有給予驍宗主上致命的一擊，讓他得以逃脫，但可能驍宗主上根本沒有逃離函養山——而是因為坑道崩塌，導致他被關閉在函養山內。」

李齋說到這裡，用力點頭。

「在下起初就感到納悶，假設因為坑道崩塌，導致襲擊者無法給予驍宗主上致命的一擊，認為他被捲入崩塌中駕崩，於是就離開了現場，但阿選看到白雉未落，照理說知道驍宗主上並未駕崩。然而並沒有發現阿選大規模搜索函養山的跡象。雖然起初以為阿選是祕密進行搜索，抓到驍宗主上之後把他關了起來。但是，如果驍宗主上在阿選手上，他不可能留下活口。既然主上沒有駕崩，就代表驍宗主上並不在阿選手上。」

「對……沒錯。」

靜之微微探出身體點了點頭。

「但是，仔細思考之後，發現阿選未必要取驍宗主上的性命。只要驍宗主上不在公開場合出現，不再問政，就不會動搖阿選的權勢。不，這樣反而更好，如果驍宗主上駕崩，台輔就會選下一任王，阿選的王朝就完蛋了。」

「啊！」靜之叫了一聲，李齋點了點頭。

「——所以阿選一開始就不打算殺驍宗。因為驍宗主上沒有駕崩，又不在王宮內，所以戴國才會飽嘗痛苦，因為天理無法糾正這種錯誤的狀況。」

「這就是阿選的目的？」
「應該是，所以必須在函養山，必須在文州，他一開始就打算襲擊驍宗主上，把他囚禁在函養山深處。」
李齋又接著說了下去。
「沒錯——但阿選王朝並不穩固，台輔是最大的威脅。台輔可以憑王氣知道驍宗主上在函養山，只要知道下落，就可以營救主上，所以阿選攻擊了台輔，但目的也不是為了殺台輔。」
霜元低聲地說：「是為了砍掉他的角。」
李齋點了點頭，這時，靜之突然叫了起來。
「李齋將軍，我知道了！就是那個木箱！」
「木箱？」
「驍宗主上失蹤之前搬進函養山的兩個大木箱，那個不幸的女人說，木箱中好像有動物，還說在場的所有人都聽到了可怕的聲音，聽起來就像是野獸臨終的慘叫聲。」
「的確說過，那是什麼？」
「是貍力——是一種妖魔。」
靜之跟著驍宗去昇山之旅時，得知了這種妖魔。這種妖魔的咆哮聲可以震碎岩石，臨死時發出的聲音甚至可以改變山的形狀。如果阿選用某種方式抓到貍力，然後加以利用……

李齋盯著靜之的臉。

「……然後攻擊驍宗主上，讓他受了傷，再把受了傷的主上搬去函養山深處，靠貍力臨死的慘叫聲把坑道堵住……」

驍宗是王，即使傷勢再重，也不會輕易失去生命。只要把他關在函養山深處，再封印泰麒，阿選就不必擔心上天的裁決，可以獨攬國政。雖然有正當的王，但王位落入阿選手中，並可以持續維持這種狀態──

4

──原本為了讓驍宗苟延殘喘，必須定期供養。

阿選這麼想著，看著露臺腳下那片雲海的北方。沒有月亮的夜晚，驍宗應該在這片風平浪靜的黑色雲海遠方。

──不知道他目前是怎樣的狀態，又在想什麼？

白雉未落，代表他還活著，但阿選並不瞭解除此以外的情況。阿選自始至終就沒打算弒君。一旦殺了驍宗，天命就會改變。天命一變，就會有正當的王出現。為了避免這種情況，創造永遠的凍結狀態，所以不能殺驍宗，而是把他囚禁起來。

襲擊驍宗，讓坑道發生崩塌，把他深埋在深山的地底。這就是原本的計畫，而且也成功了。把他丟入縱坑的深穴中，再引發坑道崩塌，函養山成為活埋驍宗的墳墓。唯一的失算，就是崩塌的規模超乎想像。

——不，並不光是如此。

阿選聽到報告時感到後悔莫及。沒想到驍宗比想像中更加頑強，襲擊者在他身上留下的傷超乎原本的想像。襲擊者看到同伴遭到殺害，自己也受了傷，一怒之下，把驍宗丟進附近的縱坑。結果坑道連續發生了大規模的崩塌，徹底埋葬了驍宗。

當初挑選了烏衡帶領襲擊者。烏衡是風評很差的餓狼，阿選也對烏衡的人品感到嫌惡，但覺得如果要在利用之後一腳踢開，還是挑選這種對象比較好。但是，烏衡這個人傲慢自大，缺乏忠誠心，無法期待他的舉止能夠像麾下一樣。

原本的計畫是襲擊驍宗，讓他身負無法動彈的傷，然後把他丟進縱坑後方的舊玉泉，再讓通往舊玉泉的坑道崩塌。那個舊玉泉有通往地面的氣孔，可以從氣孔把水和糧食丟下去。在不為人知地供養驍宗期間，自己的地位就漸漸堅若磐石，然後伺機把崩塌的坑道挖出來，開出一條通道，再把驍宗抓回來關起來就好。沒想到——

——他可能死了。

烏衡回來後，竟然這麼向阿選報告。烏衡露出冷笑說：「因為一時失手。」他說，驍宗受的傷比原本預計的更加嚴重，而且他的同伴因為遭到抵抗而惱羞成怒，就把驍宗丟進旁邊的縱坑。

——廢物。

阿選心裡這麼想，但並沒有說出口。這傢伙根本不懂得分寸，甚至沒有能力分辨本領的高低。烏衡原本沒有能力和驍宗抗衡，甚至低於阿選麾下的平均能力。他的體格並沒有特別好，也沒有磨練功夫的毅力，但因為他殘酷卑劣，所以還能在平均以下有一席之地。他手下不留情，不擇手段。烏衡帶領的赭甲——人數並不多——都是差不多的貨色。阿選就是因為他們的這種秉性，所以拔擢他們成為襲擊者，同時配以賓滿補足他們能力的不足。那些赭甲借了妖魔之能，不費吹灰之力就變得武功高強，當然開始驕傲自滿。他們一定很想凌遲驍宗至死，因為阿選命令他們要留下活口，所以才沒有給予致命一擊，但如果驍宗最後還是死了，也和他們沒有關係——這應該就是烏衡那些人的真心想法。他以為自己和赭甲一定可以把驍宗凌遲至死，但有一半人手因為驍宗的抵抗非死即傷。阿選當然早就料到會有這種情況，只不過烏衡無法預測。烏衡等人的驕傲受到打擊，怒不可遏地把驍宗丟進附近的縱坑，把阿選當初要求「留下活口」、「丟去舊玉泉」的命令完全拋在腦後。

如果是阿選的麾下，就會瞭解阿選計謀的意圖，即使發生了不測的意外，也不會做違反阿選意圖的事。烏衡那票人終究只是戴上徽章的匪賊，他們無法評價自己的行為，對已經發生的事一笑置之，認為這也無可奈何，然後就按照原本的計畫，在坑道內引發了崩塌。

「雖然愚蠢，但我也沒資格說別人……」

阿選忍不住自嘲。他知道這件事原本就應該交由自己麾下去做，但是，阿選沒有自信能夠說服麾下。弒君是大罪，麾下絕對會抵抗，而且會反過來說服阿選。阿選不希望麾下說服自己，他也不覺得自己有辦法說服麾下。雖然不由分說地下達命令，麾下也就不敢說不，但他不想淪為殘暴無情的主公，所以當初決定交由烏衡完成最後一個步驟。這個選擇顯然成為錯誤的開始。烏衡等人膽大妄為讓事態的發展走向混沌，妖魔的力量導致了荒唐的結果。

貍力是宛如巨大的豬般的妖魔，幾乎有一頭大象那麼大，滿身厚皮，上面長了青苔，又髒又醜。發出的叫聲像狗吠，緊急狀況時發出像悲鳴般的尖叫聲，這種叫聲會讓岩石變得脆弱，當牠用像石柱般的粗腿踹踢，就會把岩石踢碎。但是，光是這樣無法引起大規模的崩塌，貍力臨死時發出的驚聲尖叫具有讓整座山崩塌的威力。

當初把裝在籠子裡的貍力搬進了坑道，在籠子下方挖了溝，埋了木炭之後點了火。籠子放在空氣流通的豎洞附近，火不會馬上燒到籠子下方的木炭，所以有時間可以逃出坑道。當時搬了兩頭貍力進入坑道，貍力不是會主動攻擊人類的妖魔，周圍有同伴時，性情會變得很溫和。只是當同伴開始掙扎，就會很快傳染給其他同伴，巨大的身軀和驚人的力氣讓牠們成為高危險妖魔。

當初偷偷從黃海把貍力送來，因為有琅燦的建議，才能夠長時期飼養在籠子內。黃海有一種名叫視肉的妖魔，分不清到底是獸類還是植物，這種生物可以用來飼養妖魔。琅燦說，原本人類無法飼養妖魔，因為雙方生活在不同的倫理中，但視肉可以讓

這種倫理失效。只要把視肉放進籠子，在視肉吃完之前，妖魔可以持續生活在人類的倫理中。當初聽了琅燦的建議，做了萬全的準備。可是……

事到如今才終於瞭解到，根本不可能在事先完全看透妖魔的行動，也無法控制妖魔的行為。然而，當初以為只要做好充分的準備就可以做到。所謂「充分的準備」，應該是在函養山實際使用狸力，就可以瞭解狸力在臨死時發出慘叫聲比想像中更強大，也知道函養山比想像中更加脆弱，但是，這根本不可能做到。在沒有驗證的情況下，「充分的準備」根本只是說說而已。狸力大規模破壞了函養山，驍宗消失在厚實的沙土下生死不明。

對阿選來說，驍宗已經成為遙不可及的存在，驍宗的生死已經完全遠離了阿選之手。這完全是阿選的失策。驍宗不能死，但如果要將驍宗的生死掌握在自己手上，就必須把他從沙土下挖出來。在文州之亂後，無法這麼做，因為這會讓驍宗的麾下知道驍宗的下落，同時等於承認自己是主導襲擊的幕後黑手。

他以為自己的失策造成了驍宗的死。驍宗不可能在地底深處活下來。驍宗一旦死亡，自己也會完蛋，結果變成兩敗俱傷。早知如此，不如一開始就兩敗俱傷。

「沒想到他竟然還活著……」

白雉至今未落。也就是說，驍宗仍然在那個墓穴的某個地方活著。

——但是，他怎麼活下來的？

即使是加入神籍的王，不吃不喝這麼多年，不可能還活著。更何況他被埋葬在山中的時候已經身受重傷，又被丟進很深的縱坑中，傷勢應該更加嚴重，更何況無法保證他沒有被捲入坑道崩塌中。到底要多大的奇蹟才在那種狀態下還能夠繼續活下來？

阿選並不瞭解驍宗目前的狀態，也許已經像風中殘燭，生命即將走到盡頭。即使如此，阿選也無法得知，更無法預防。驍宗的生命一旦結束，自己也會跟著完蛋，處於膠著狀態的天理會讓阿選贖罪。也許是一年之後，也許就是今天。

——也許就是今天。

他被這種緊張煎熬了六年多。

「也許這正是你的復仇……」

阿選自言自語，他的視線看著的方向——

雲海遙遠的北方，在海面上像島嶼般只露出山頂的瑤山——在那座山的山麓，巨大山巒的西南方，溪流畔一塊巴掌大的平坦土地上有一個小廬，周圍都是險峻的高山。溪流對岸，仰頭可以看到山崖上方的西崔外城牆，如今那裡已經被土匪占領，百姓無法進入。在進入極寒期的這個時節，附近的廬都不見人影。在被大雪封閉的黑暗廬內，只有一棟小屋亮著微弱的燈光。

一名少女牽著爸爸的手走出家門。少女的另一隻手緊緊抱著籃子。父親手上的燭火是唯一的亮光，冬天烏雲密布的天空中沒有星星，也沒有在雲中發出光芒的月亮。新月的夜晚一片黑暗。

「快下雪了……」

少女小聲地說，父親轉過頭，露出溫和的眼神看著她。
「在我們回來之前還不會下。」
少女點了點頭，但不由得感到難過，沒想到爸爸果然還是要去。深夜的寒空下，連月光也沒有，踏著積雪出門很痛苦，而且籃子裡裝著家裡僅有的一點糧食。那是用竹葉包起家裡所有的雜穀蒸的三個餅。
「……妳會餓嗎？」
爸爸似乎察覺了她的心思，用悲傷的聲音問。
「……不會。」
少女搖了搖頭，但為了做這三個餅，一家人今晚都沒有吃飯。
「明天可以拿到麥子，今晚就忍一忍。」
既然這樣，那就今天晚上一家人吃這三個餅，明天再去漂籃子。少女雖然這麼想，但並沒有說出口。上一次的新月夜晚，爸爸並沒有去漂籃子。爸爸雖然準備了籃子，正想把樹果放進去時，臨時改變了主意，然後用顫抖的手把樹果分給了少女和她的哥哥，接著放聲大哭起來——少女猜想爸爸應該想起了餓死的姊姊，所以原本以為爸爸從此之後，再也不會去漂籃子了。沒想到隔了一個月，爸爸又準備好籃子，猶豫了好幾次，最後還是把餅放了進去，蓋上蓋子。
少女對此感到惋惜，也很痛苦，但又同時鬆了一口氣。因為她覺得爸爸終於慢慢打起了精神，只是她覺得可以等到明天再去漂籃子。今天大家分著吃，明天再去漂就好。

少女雖然沒有說出口，但可能不用說，爸爸也知道她在想什麼。

「因為規定要在新月的晚上，爸爸害怕一旦打破規定，就永遠不會再遵守了。」

「爸爸，你害怕？」

爸爸點了點頭。他踩在凍結的雪上，為少女踩出一條路。

「爸爸也知道，你們都吃不飽。令人難過的是，姊姊死了之後，連發的糧食也減少了，但你們正在發育，那點糧食完全吃不飽，爸爸真的覺得很對不起你們，所以很擔心一度打破規定，就會輸給內心的歉意。」

「不能輸嗎？」少女問。

爸爸閉了嘴，默默地走在路上，只有吐出的白色氣息飄散在寂靜寒冷的夜晚。爸爸生氣了嗎？少女感到不安時，爸爸才終於開了口。

「……也許輸了也沒關係，我真是太傻了，竟然讓女兒也死了。早知道應該別做這種傻事，要努力讓你們吃飽。但是，爸爸不想輸……」

「為什麼？」

少女問這句話時，她和爸爸已經走到深潭旁。深潭的表面結了冰，上面積了一層薄薄的雪，只有水流經過的地方露出了黑色的水面。

爸爸小心翼翼地走向水流旁的岩石區，然後在那裡跪了下來。他從少女手上接過籃子，打開蓋子，檢查了籃子裡的東西。籃子裡幾乎是空的，只有剪成衣服形狀的紙、幾塊不錯的炭，以及三個用竹葉包起的餅。

「姊姊會死，你們吃不飽，都是因為不對的人坐在王位上，沒有得到上天許可的壞蛋把這個國家搞成這樣，爸爸不想原諒這種事。」

「如果我們把餅吃了，就會變成原諒這種事嗎？」

「爸爸這麼覺得……如果大家分著吃掉，今天晚上就不必忍受飢餓了。」

「死去的人更重要嗎？」

「和重要可能有點不一樣……嗯，爸爸也搞不太清楚。死去的人已經不在這個世上，所以也沒辦法幫助我們，這些東西——」爸爸稍微搖了搖籃子，籃子裡僅有的一點東西搖晃了一下，發出了窸窸窣窣的聲音，「我想這些東西也只是浪費，還不如大家一起吃這些食物，用炭燒開水暖和一下身體。但是他是恩人，如果沒有他，可能就不會有爸爸，可能也不會有你們。每每看到你們挨餓，爸爸便會感到難受，正是因為爸爸很疼愛你們。而如此惹人憐愛的你們如今能夠在我身邊，全都是託那位恩人的福。」

少女微微偏著頭。

「很久以前——爺爺的爸爸真的差一點沒命。因為反抗朝廷，差一點被視為罪人遭到殺害，但是，恩人救了爺爺一命。」

「所以爺爺的爸爸是壞人嗎？」

少女驚訝地問。

「不是壞人，但原本會被當成壞人殺了。那時候，那位恩人挺身而出，說他們並不是壞人，而是朝廷的錯，反抗朝廷並沒有錯，所以不能讓他們死……爸爸真希望現在也可以像那時候一樣。」

少女點了點頭。

「恩人救了我們，所以爸爸現在才能夠和你們在一起。壞蛋殺了恩人，忘記恩人，就等於忘記了壞蛋的殘忍，等於認同這個錯誤的世道。」

爸爸說到這裡，又小聲地說：「無論變成怎樣的世道，轍圍的百姓絕對不會忘恩。」

爸爸小聲說完後，露出了苦笑，回頭看著少女。

「對不起，因為爸爸的一廂情願，讓你們吃了這麼多苦。」

少女不由自主地點了點頭。雖然她聽不太懂爸爸說的話，但覺得稍微能夠瞭解爸爸的想法。這時，她情不自禁把手放進懷裡。懷裡有三個姊姊為她做的沙包，沙包裡裝的是野草的果實，上面縫了鈴鐺，只要一丟，就會發出悅耳的聲音。那是少女唯一的玩具，但她把沙包放進了籃子。

「妳……」

「不知道恩人會不會玩這種遊戲？」

少女微微偏著頭，爸爸開心地笑了。

「爸爸相信恩人一定會很高興，一定會很感謝不知道哪個可愛的女生割愛了自己心愛的玩具。」

少女點了點頭，爸爸小心翼翼地蓋上籃子的蓋子，確認腳下之後，放在水面上。

少女牽著爸爸的手離開之後，漂浮在黑暗深潭的籃子被吸入深深的洞穴內。少女雖然不知道，但這個洞穴不斷吞噬民眾放在水面的供物。經常有供物從山谷溪流的上游一路漂浮過來，然後在這裡被吸入地下，大部分都在函養山的黑暗中沉入潭底，但偶爾也會出現沒有沉入潭底，持續漂流的供物。

那天晚上，那對父女放在水上的籃子就是如此。爸爸放漂的籃子流入了地下，經過好幾處高低落差，穿越了水流淤積的深潭，奇蹟似地經過了好幾處分流點，來到了山中的地底深處。在函養山遙遠的下方，地底深處的那片空洞形成了一小片岸邊。籃子流到那裡，卡到淺灘的石頭旁停了下來。

雖然位在地底深處，但那裡有微微的亮光，是一小堆篝火發出的亮光。篝火的亮光映照著籃子，籃子微微搖晃。

籃子隨著水流搖晃了片刻，不知道水流發生怎樣的變化，突然改變了方向。籃子停留在小石子之間的平衡遭到破壞，再度即將流向地下深處。就在這時，有一隻手把籃子拿了起來。

他把即將隨著水流而去的籃子從水裡拿了起來。

他對竟然有東西流到這裡的岸邊感到不可思議。

這個漆黑的坑在巨大的山巒不知道多深的地底下，為什麼會有東西漂流到這個和地面、和世界完全隔絕的墓穴岸邊？

至今為止，不止一次、兩次而已。每當他幾乎快忘記時，就會有一樣、兩樣東西漂過來，裡面放的都像是給死人的供物，所以是在憑弔某個人嗎？

他當場打開籃蓋。昏暗的光線中，看到已經被水弄溼的剪紙和幾塊炭，還有用竹葉包起的餅，以及用布做的三個小袋子。他拿起小袋子打量著，發現是小孩子玩的沙包，所以這是用來憑弔少女的供物嗎？還是勇敢的少女把沙包當作供物憑弔別人？也許是後者。沙包已經玩得稍微有點磨破了。

他忍不住對自己攔截了別人的供物苦笑起來。他——驍宗把籃子微微舉到頭上後行了一禮，然後拿著籃子離開了。

他就是靠這些供物一直活到了今天。

供物送到正確的人手上。這些為數不多的物品載著民眾深厚的感情，支持著王。

——然而，無論放漂的人，還是收到的人都不知道這件事。

第十八章

1

這一天，高卓的某個區域籠罩在異樣的興奮之中。

「真的知道了主上在哪裡嗎？」

霜元點頭回答了麾下的問題。

「目前還無法斷言已經知道了——但可以說，可能性相當高。」

想要得到結果的心情，反而會遠離結果——他牢記了去思說的話，在這個基礎上認為必須搜索函養山。之前一直都沒有找到驍宗的下落，這意味著搜索不夠充分。既然要重新搜索，第一步當然要徹底搜索函養山。

「但是，函養山未免太大了。」

「的確如此，」李齋點了點頭，「就連目前掌管函養山的朽棧，也說無法瞭解函養山的全貌。」

「要找遍函養山，恐怕需要龐大的人力。」

「人力沒有問題，雖然無法說很充分。」

光是霜元手下的士兵數量就很可觀，而且還有牙門觀和白幟的人手。

「這麼多人聚集在函養山，不會引起懷疑嗎？」

名叫清玄的道士問。這裡是位在高卓的高卓戒壇，藏匿霜元和他的手下多年。霜元為李齋引見了高卓戒壇的主座道範，檀法寺的僧侶空正和現雲觀系列的道士清玄也跟著道範一起出現。

李齋聽了之後，向清玄說明：「只要分成少數人移動，應該可以避免沿途引起注意。因為災民團體也經常在街道上移動，而且從白琅經過轍圍往西崔的路上沒什麼人，行人越來越少，越來越冷清，最後幾乎看不到人，所以只要小心不要引起別人注意，危險性應該很小。只要沿著這條路到西崔，那裡有可以潛伏的地方。」

函養山周圍有許多廢坑，光是潞溝就可以住數千人，而且只要朽棧同意，西崔到安福一帶也可以藏很多人，牙門觀有充足的物資可以供應這些人的生活。

「石林觀也會提供協助。」梳道說：「可以聲稱要復興西崔的道觀，以前在西崔再往西的龍溪，有一個石林觀的大道觀，西崔也有相當規模的道觀。遭到討伐至今已經過了好幾年，即使現在提出要復興，也不會不自然，如此一來，有人員和物資的流動就很理所當然。」

「太好了。」

「在這件事上，我們也能幫忙。」

高卓戒壇的主座道範說。這個仙風道骨的老人一看就是僧侶，渾身散發出脫俗的氣質，但眼神很銳利。

「因為有很多方術者都來戒壇申請許可證，高卓已經飽和，成為一個遲遲無法解決的問題。」

方術者沒有統一的宗派組織，幾乎都只有師父和少數徒弟組成，所以這些方術者都想要有許可證。

「如果沒有許可證，就無法順利展開宗教活動，所以他們來到高卓，但人數實在太多了。客棧內擠滿了人，就連空地上也擠滿了人。但這個位在山谷底的鄉城無法擴大，縣正也為此感到傷透腦筋，因為這個緣故，很久之前就在討論，至少可以將申請方術許可證的相關事務移至他處——雖然無法把戒壇設置在土匪的領域，但從歷史的角度來說，設置在龍溪也沒有任何不自然。」

龍溪以前也是以道觀為中心形成的宗教都市，因為遭到討伐之後，幾乎無人居住，但近年漸漸有人開始回到龍溪。

「龍溪會不會太偏僻了？」

李齋認為白琅和琳宇之類的都市更適合。

「大都市反而不適合，高卓的縣正是個奇特的人，才能夠得到他的理解，但通常府第並不喜歡有其他權威並立，所以原本道觀寺院的權威就比較強的這種偏僻地方更理想。」

「龍溪的確很理想，但是，」看起來很嚴肅的僧侶開了口，他是檀法寺的空正。「長期下來，恐怕會有曝光的危險，造成無法全面搜索函養山。」

「朽棧掌控了所有可以進入的地方，但都沒有發現主上的痕跡，既然這樣，很可能被壓在因為坑道崩塌而被封閉的地方底下。」

「嗯。」所有人都低吟表示同意。

「既然這樣，就需要朽棧的協助。」

李齋說完，不等霜元等人準備，就急忙沿著修行道往回趕路。回到西崔時，建中、酆都和喜溢已經將新的落腳處準備妥當，在那裡等李齋。新的落腳處位在西崔東端，往東進入函養山時行動很方便。朽棧提供了這個地方，李齋立刻去找朽棧，順便向他道謝。朽棧為了李齋等人的方便，目前暫住在西崔。

李齋沿著冷清的馬路前往朽棧投宿的客棧。積雪的路上沒有人走動，到處都是風吹來的雪片堆積形成的雪堆。

「——在函養山搜索？」

李齋說明情況後，朽棧露出驚訝的表情。

「那座山太大了。」

「在下知道，所以必須搜索。」

「這樣啊。」朽棧抱著手臂。

「首先——你們使用西崔完全沒問題。雖然你們不可以引人注目，但既然石林觀和高卓戒壇都為你們準備了藉口，那我就沒意見了。只要有人住，可以避免這個地方荒廢，否則房子很容易壞。」

「根據從牙門觀那裡打聽到的消息，如果只是人口聚集，並不會引起府第的注意，更何況西崔對府第來說，幾乎等於是一個不存在的地方。」
「這我知道，你們的物資充足嗎？」
「應該也能夠獲得支援，雖然會增加你們的困擾，但萬一發生意外狀況時，我們會協助你們優先讓女人和孩子撤離。」
「不必擔心這些問題，其他人也都很信任妳——問題在於函養山，我當然會協助你們，只是那座山實在太大了。」
「既然你們從來沒有發現過任何痕跡，應該就在崩塌坑道的底下。因為要挖掘崩塌的坑道，如果你們願意幫忙，就會支付為數不多的薪水。」
「既然這樣，我就沒有理由拒絕了。」
朽棧點了點頭。如此一來，就完成了準備工作。李齋和其他人著手整備山上的廢坑，以備不時之需，同時，牙門觀的物資也開始送上門。高卓的人員也開始移動。有騎獸的人經由修行道，其他人則從往北繞行的街道而來。
——想當初離開碩杖時才三個人。
當時只有李齋、去思和酆都三個人，經過半年的時間，已經發展到相當一軍的規模。
「只要集中所有的兵力，就可以攻下文州城。」
靜之說，李齋點了點頭。
——終於走到了這步。

萬事俱備，只等找到驍宗。

2

——轍圍的里宰私下求援。

來到名為志邱的里時，有人小聲向驍宗報告。

轍圍是縣城，但縣城內有里，據說那個里的里宰在求助。里宰說縣城的狀況不太對勁，認識的人好像都變了樣。

據說縣府在追捕里宰，里宰好不容易帶了幾名自家人逃入了函養山，但目前被困在那裡，然後派了使者來，希望驍宗能夠前往救援。即使無法救援，至少希望能夠聽他訴說。

——這應該是陷阱。驍宗當時就這麼認為。

驍宗痛苦地吐著氣，靠在岩壁上。

如果里宰派了使者，照理說應該帶使者來見驍宗。雖然聲稱使者帶了糧食和其他物資回去找里宰，但如果物資被土匪搶走，豈不白忙一場？更何況既然要回去里宰那裡，當然應該和驍宗同行。

自己明知道是陷阱，為什麼還跟著一起去？

輕敵——應該是原因之一。小聲向驍宗報告的是阿選軍的卒長烏衡，在驍宗出征前往文州，由他擔任護衛之前，幾乎沒有和他說過話，但驍宗認得他，也知道他的名字。驕王時代，他在中軍是風評不佳的士兵，也從未聽說他有好本領。於是驍宗認為既然這樣，即使是陷阱，自己應該也可以對付。

而且當時也有點意氣用事。既然提到了轍圍的名字，自己當然不能退縮，不希望閒言閒語說自己棄里宰不顧。

——如今已經貴為一國之王，不可能為轍圍這種小地方的事冒險。

既然這是陷阱，日後一定會傳出這樣的風評——出現這樣的風評之後，對手還會再製造自己不得不出征的狀況。

更何況——驍宗心想。

在聽說轍圍有危險時，自己也有相同的想法。既然提到了轍圍，自己就必須採取行動。只有兩個選擇，派一軍禁軍左軍的人馬去救轍圍，或是親自前往轍圍。

禁軍是王的私有物，派左軍前往，而且派一軍的人馬，就可說是盡了情分，但仍然無法避免「貴為一國之王，不輕易冒險」的風評，所以驍宗決定親自前往文州出征，同時也知道顯然有人設局，讓自己進退兩難，不得不親自出征文州。

既然這樣，阿選應該猜想自己會率領巖趙軍出征，正因為這樣，他故意帶阿選軍出征。巖趙、臥信和李齋三軍留在鴻基，阿選軍只有三師的兵力，阿選就無法輕舉妄動。

前往文州的途中，驍宗忍不住認為自己最後的決定應該也在阿選的計算之中。阿選的目的並不是要自己前往文州，而是帶著他的麾下離開王宮。

他一度打算帶巖趙出征。即使自己帶巖趙軍離開，臥信和李齋仍然留在鴻基，王師有兩軍的兵力，阿選軍只有一軍。一旦有大逆之舉，各州的州師也會趕往鴻基，無法趁自己外出期間攻下宮城。

問題在於泰麒。

無論如何都不能帶泰麒去文州，也無法讓他去別處避難。沒有理由讓泰麒避難，如果這麼做，就等於昭告天下，自己已經對留在鴻基的人將弒逆產生了警戒。在阿選採取行動之前，不能讓他察覺自己在懷疑他。既然這樣，就只能把泰麒留在宮城內，阿選軍即使無法靠一軍的兵力攻下宮城，卻有能力弒泰麒。既然這樣，就只能帶阿選軍出征。雖然會因此讓阿選察覺自己產生了警戒，但兩害相權取其輕，只能採取這個妥協方法。

這是自己唯一的選擇。這件事讓驍宗懷疑是阿選的陰謀，是阿選設計自己採取這樣的行動。

——雖然早已知道。

驍宗露出了淡淡的苦笑。即使早已知道，仍然不得不採取如阿選所願的行動。情勢原本就對驍宗不利。阿選可以有兩種選擇，付諸行動或是打消念頭。阿選可以憑自己的意志自由選擇，但驍宗沒有選擇。如果阿選付諸行動，當然只能正面迎戰，但在阿選採取行動之前不能討伐他。

最好能夠事前掌握阿選謀反的證據，但阿選不至於無能到這種程度。在沒有證據的情況下無法攻打阿選，但以自己的個性，更不可能因為害怕阿選而用莫須有的罪名鏟除阿選。

……自己在不知不覺中確信阿選將造反。

驍宗也不知道在什麼時候、怎樣的契機下產生了這樣的確信。阿選在表面上對驍宗表達了最大的敬意，也和驍宗的麾下相處融洽，就連泰麒也喜歡他，完全沒有理由懷疑——即使現在，驍宗仍然這麼認為。

如果硬要說的話，只能說是氛圍。每次遇到阿選，就感受到冰冷的空氣，好像脖子上架了一把刀子。雖然阿選的言行中完全嗅不到這種感覺，但驍宗久而久之，知道阿選打算背叛。

驍宗不知道阿選背叛的理由。他這麼渴望王位嗎？無法原諒驍宗坐上王位嗎？不可思議的是，驍宗認為並不是這樣，並不是這種明確的原因。

「……你到底被什麼困住了？」

驍宗百思不得其解，只覺得應該是某種說不清的原因激怒了阿選。

驍宗沒有其他路可走，最後只能率領阿選的麾下前往文州，明知道是陷阱，仍然聽從了烏衡的誘導。他太輕敵，認為只有二十五名騎兵和他一起前往捷徑，即使遭到襲擊，自己應該也能夠打敗這些人。一旦騎兵襲擊自己，就可以成為阿選謀反的明確證據。正因為這個原因，他向霜元借調了幾名部下，命令他們偷偷跟在後面，不知道他們怎麼了——驍宗無從得知，但他猜想應該已經不在這個世上。原本以為烏衡那些人根本不是對手，沒想到烏衡的實力遠遠超過了驍宗瞭解的力量。

現在回想起來，背脊仍然發涼。不光是烏衡，烏衡帶領的所有人都具有讓人望而生畏的高超本領。他之前完全不知道烏衡這麼厲害，也做夢都沒有想到，阿選軍內有這麼多厲害的高手。雖然他成為一國之王加入了神籍，能夠撿回一命簡直是奇蹟。如果只有一、兩個人也就罷了，自己絕對打不贏這麼多人——這是他有生以來第一次產生絕對贏不了的絕望。

「應該說，我太驕傲自大了……」

他希望是自己太驕傲自大。因為輕敵，所以看到那些人的本領超乎想像，受到很大的衝擊。意想不到的事態讓自己失去了冷靜，因為驕傲被擊垮，所以讓對方看起來比實際更強大，否則就必須承認阿選軍中有那麼多具備神乎其技高手的事實。驍宗在另一種意義上不願接受這個事實。因為這代表阿選使用了妖魔。

總之，驍宗在函養山上遭到襲擊。他做好了死亡的心理準備，失去了意識，當他醒來時，發現自己在漆黑的黑暗中無法動彈。雖然幾乎沒有疼痛的感覺，但四肢也完全沒有感覺。他在伸手不見五指的漆黑中，甚至不知道自己的手腳是否還在身上。

不知道過了多久，手腳才終於恢復知覺。在漫長的時間之後，感覺慢慢回來了，同時感受到疼痛。經歷了漫長的痛苦之後，終於可以活動身體，卻不知道自己身處何方，處於怎樣的狀態。除了黑暗以外什麼都看不到，起初他以為自己失去了視力。他活動痛得發麻的手腳，慢慢摸索周圍，摸到了堅硬的石頭和細碎的砂礫，還有水。他知道自己躺在大大小小岩石之間堆積的砂礫上，周圍有好幾處水窪。

他很慶幸附近有水，也很慶幸因為在行軍途中，所以身上帶了最低限度的藥和糧食，手腕上的手鐲也在。那個銀手鐲是戴國的寶物，手鐲讓他撿回一命。每個國家都有一件這樣的寶物，戴國的寶物是可以隨時戴在身上的飾品，從不離身，所以才救了驍宗。

兩條腿似乎斷了，手臂卻平安無事。有幾根手指斷了，身上也有無數的傷，但至少可以活動。幸好在他能夠爬行的範圍內有許多乾木板，他費力撐起身體，把木板綁在受了傷的腿上，也生了火。在微弱的火光下他終於知道，自己在很深的豎洞底部。

篝火的火光無法讓他瞭解到底有多深，地面呈不規則的碗公狀，岩石和砂礫堆積在底部。周圍有許多坑道崩塌掉下來的大大小小岩石，以及像是原本支撐坑道支柱的木頭散亂一地，有一些看起來比較新，可能是驍宗掉下來時坍塌的。天花板崩塌痕跡以下的岩壁幾乎呈垂直線，顯然曾經有人挖鑿，到處都可以看到帶狀的閃亮礫層。

——原來是縱坑。

他知道自己位在函養山的縱坑深處。烏衡應該以為他已經死了，所以把屍體丟進縱坑後離去。如果是這樣，這個縱坑絕對相當深，而且不僅很深，通往這個縱坑的坑道應該也因為崩塌堵住了。否則阿選從白雉未落，就知道驍宗未死。一旦知道他還沒死，照理說會再度前來刺殺。只不過在如今的狀態下，即使知道驍宗未死，也無法輕易靠近，所以在他躺在這裡無法動彈期間，都沒有刺客來這裡。

但是，早晚會出現。

雖然腿部的骨折處錯位，但他硬是用雙手把骨頭接了起來。尤其左腿的骨頭已經穿破了皮膚，他自行切開皮膚後，再把腿骨接起來，幸好沒有人聽到他痛苦的叫聲。在包紮好傷口，雙腿勉強可以移動後，他四處爬行，檢查洞底的狀況，發現旁邊有橫洞。那應該是和縱坑相連的坑道，總共有六個坑道，其中兩個在較低的位置，裡面有很多水窪。地上的水位上升時，這裡的水可能也會增加——也許驍宗掉下來時，這裡也曾經有水。

他在這些橫洞中挑選了感覺空氣最清新的地方，於是就來到這個溪水流入的空洞。這裡以前應該也曾經發生過崩塌，地上堆積了大大小小的岩石，形成了複雜的起伏，在靠近水流的位置有一片像廳堂般大小的平坦區域，地面基本上光滑，顯然曾經有人把地鑿平。這裡沒有落石，很高的洞頂維持了天然的形狀，他猜想有人把這個天然形成的空洞地面鑿平，而且應該是水的力量沖刷出這個空洞。如果是這樣，崩塌的危險性應該很小，剛好離水又近，溪流旁的空氣也很流通，於是他決定住在這裡。

——沒想到竟然一住就是這麼多年。

不知道過了多少漫長的時間，他才終於能夠自由行走。當他能夠走路後，他走遍了好像迷宮般的坑道，記住了坑道的形狀。他把岩石打進堅硬的岩體上做成踏腳處，讓自己能夠上下移動，又用岩石做成長槍，然後徒手推倒、挖起崩塌時淹沒坑道的砂土。

不可思議的是，他從來沒有想要放棄。照理說，烏衡可以拿走驍宗身上的所有東西，但烏衡沒有這麼做，所以他的手鐲還在身上。雖然從後方遭到攻擊時腰帶被砍斷了，但幸好劍不是掛在腰帶上，而是掛在錦繩上，所以劍鞘、小刀和砥石都在身上。把武器掛在錦繩上是傳統的方法，通常都會掛在腰帶金屬環下，但驍宗戴的那條腰帶是氾王的饋贈品，上面沒有金屬環，於是驍宗採用了傳統的錦繩，沒想到這個習慣救了他。錦繩是用蠶絲編織而成，拆開後可以用來點火。不久之後，他又找到了自己的劍——寒玉。因為遭到砍殺時，他手上剛好握著劍，原本以為劍掉落了，但那些傢伙似乎把劍一起丟了進來。寒玉是驕王賜給驍宗的稀世名劍，所以旁人一眼就能夠分辨，即使把劍帶走，也無法使用或是變賣，而且留在手上反而可能成為襲擊驍宗的證據，所以那些傢伙才會一起丟進來——這也是一大幸運。

因為是在行軍途中遭到襲擊，所以驍宗身上帶著最低限度的隨身物品。掉落的地方剛好有水，雖然兩腿斷了，但雙手沒有受傷。如果要掐指計算，真的有數不完的幸運。

他總覺得有一股力量在命令自己活下去。

那些漂流到岸邊的籃子也一樣。籃子裡放著紙錢、用紙做的衣服，或是真正的衣服和糧食，每次撿起偶爾漂流到這裡的這些供品，就覺得有一股力量在支持自己活下去。

——努力生存，忍辱負重，為該所為。

身為一國之王，該做的只有一件事。

首先，無論如何都要活下去。國家一旦失去了王，天地之理將衰微。他以入睡至醒來粗略地計算為一天，在岩壁上刻下日曆，也持續在估算時間，用漂流到這裡的籃子裡的東西做為供物，進行各種節日的祭祀。雖然很簡樸，但上天應該會接受。

同時，他開始尋找活路。雖然走遍了所有可以通行的坑道，但並沒有找到出口。他也順著淺灘而上，但被一大段深水區擋住了去路。在這片漆黑中，不可能逆著水流潛過那段深水區尋找出口。唯一的方法，就只能把崩塌的地方挖通。他挖開鬆軟的部分，用石頭堆出可以爬行的通道。他挖了三條這樣的通道，但都沒有發現出口。在挖第四條通道時，因為質地太脆軟，即使堆起石頭也難以支撐，最後只能放棄。

當他在挖第五條通道時，發現通道盡頭通往一個巨大的豎洞。那應該是天然的豎洞，岩壁像溪谷一樣陡峭，在高不可測的漆黑中，有一個像針刺出來的白點——宛如一顆星星。

在驍宗可以走動的範圍，幾乎沒有可以繼續往下走的地方，所以他猜想自己應該身處函養山的最深處，距離地面的距離應該很遠，但確實和外界相通。最好的證明，就是當地上下雨時，會有相當量的雨水滴落，可見那個透光的洞相當大。

他在岩壁上刻鑿了可以踩踏的地方，再用蒐集的石頭和木材做了可以歇腳的棚架。由於他每天必須從住的地方往來施工，所以作業的速度很慢，遲遲沒有進展。日復一日，不知道已經持續了多久，但可以攀登的距離還不到他身高的十倍。

不知道要多久才能夠爬到頂端。上天會認可這麼漫長的歲月王位上無王嗎？驍宗克服內心的不安，每天前往峽谷後，終於遇見了最後的奇蹟。

地點就位在通往峽谷途中為數不多向下的龜裂旁，驍宗第一次聽到自己以外的動物發出的聲音。

那是低吼的聲音。

——地底出現了妖魔。

起初他以為自己的命數終於走到了盡頭。雖然他手上有劍，但能不能戰勝妖魔，則必須視對方是什麼妖魔而定。而且妖魔的出現意味著天地之理已經衰微，他以為上天終於放棄了自己。即使上天放棄自己也無話可說，畢竟他放棄了上天交給他的王位已經這麼多年。

然而他很快就知道，事情並非他想的那樣。

他在手上的燭火照耀下看到了黑色的騶虞。

——上天帶來了最後的奇蹟。

驍宗知道如何捕獲騶虞。

3

寒流反撲，天空飄雪的這一天，一個面無表情的下官來找友尚。下官恭敬地鞠了一躬說，主上召見。友尚感到驚愕不已，稍微整理了儀容就直奔內殿。他在一臉空洞表情的下官帶領下走入殿堂，看到一個身穿黑衣的人影坐在龍椅上。那是睽違已久——相隔三年未見的主公。

「友尚，我想派你去迎接驍宗。」

正在磕頭的友尚抬起了頭——他之前就聽說泰麒主張要求驍宗禪讓王位一事，所以阿選終於下定決心，要讓驍宗禪讓了。

「微臣欣然受命。」

阿選聽了友尚的回答後點了點頭說：「但不需要一軍的兵力，你率領一師的人馬前往文州。」

「去文州嗎？」

「去函養山。」

友尚感到驚訝，阿選似乎察覺了他的驚訝。

「驍宗在函養山深處，被壓在崩塌的坑道下方。」

「崩塌的坑道？」

既然被壓在崩塌的坑道下方，不是應該駕崩了嗎？所以是要去挖掘他的屍骸嗎？友尚陷入了混亂，阿選向他招了招手，示意他走過去。

「驍宗掉進函養山深處。」

「是在縱坑內嗎？」

「對，通往那個縱坑的坑道因為崩塌而堵住了。」

友尚越聽越糊塗。因為他認為不可能有任何人為的方式可以引起坑道崩塌。如果有可以讓岩體崩塌這種極其方便的方法，軍隊比任何人更想知道。姑且不論是否能夠用於戰爭，至少可以為軍隊平時進行土木建設帶來極大的便利。

「這是只有我會用的祕計。」阿選似乎察覺了友尚的困惑，但不知道為什麼，他說完之後，自嘲地笑了笑，「正因為這個原因，我不希望外人知道這個祕計的內幕。由你帶一師的兵力前往函養山，但必須嚴格挑選人選，烏衡會帶路。」

友尚立刻感到反感。

「我不需要人帶路。」

「不要小看函養山。」阿選語氣嚴厲地說：「那裡是天然的迷宮。」

阿選稍微放鬆了臉上嚴厲的表情接著說：「——不對，那裡是人工挖掘的坑道，所以無法稱為天然，但函養山內部極其複雜，只有烏衡才能帶路。」

「那是因為……烏衡把驍宗封閉在函養山嗎？」

阿選聽了友尚的問題後點了點頭，友尚見狀，忍不住感到有點失望。阿選說，只有他掌握了可以讓坑道崩塌的祕計，既然這樣，就代表他向烏衡傳授了這個祕計，由烏衡執行——而不是友尚。

「要先把因為崩塌而垮掉的坑道挖出來，才能把驍宗帶出來。聽說當初在引發崩塌封閉坑道時，其他鬆脆的地方也一起崩塌了，所以會是一項高難度的任務，既需要人手，也會耗費不少時間。文州師和土匪會幫忙，你先去那裡瞭解坑內的狀況，然後擔任挖掘工作的總指揮。」

「遵旨。」友尚回答，阿選探出身體，拉近了和他之間的距離。

「重要的地方讓土匪挖掘，讓土匪召集坑夫。烏衡知道哪裡是重要的地方——也知道挖掘完成後該如何處理。」

友尚倒吸了一口氣，難道這意味著要殺了那些參與挖掘工作的坑夫嗎？

友尚盯著三年未見的主公的臉。

他從來沒有想過，主公竟然會向自己下達這樣的命令——不，其實友尚早就知道了，在討伐叛民時，阿選完全不在意把無辜的民眾捲入其中。

「怎麼了？」阿選瞇起了眼睛。「我並沒有要你下手，一切交給烏衡處理就好，我反而希望你不要插手，沒必要弄髒你的手。」

這是阿選的體貼嗎？還是……

友尚微微顫抖地問：「姑且不論土匪——坑夫不是無辜的百姓嗎？」

「不會把無辜的百姓捲入，可以找土匪的家人。」

土匪的家人就沒問題了嗎？友尚把這個問題吞了下去。在土匪之亂時，土匪是敵人，王師討伐了土匪，以及與土匪勾結的百姓。

——但是。友尚在離開內殿時想。

討伐敵對的土匪，和找土匪幫忙後殺了他們完全不一樣。利用土匪之後，為了封住他們的嘴，就翻臉不認人，把他們全都殺光——這是自己跟隨多年的主公的計謀嗎？

阿選變成這樣的人了嗎？還是說，他原本就是如此？

「祕計」是如此不可告人的方法嗎？而且到底是什麼方法能夠人為造成坑道崩塌？

無論如何，友尚必須前往琳宇。從挑選部下編成一師到抵達琳宇恐怕需要半個月的時間。然後進入函養山四處尋找，不知道要耗費多少時間，才能打通到驍宗所在地點的通道。因為不知道坑道崩塌的規模，現階段無法預測，但想到要這麼長時間都和烏衡朝夕相處，就覺得心情沉重。

烏衡到底有多得阿選寵愛？烏衡什麼時候開始受到阿選如此重用？契機是什麼？

友尚一路想著這些回到兵營，遇見了最不想見到的人。對方知道阿選找了友尚，而且下達了命令，所以在這裡等他。

那個男人穿著紅黑色的盔甲靠在門殿的柱子上，一看到友尚，立刻笑了笑說：

「是不是琳宇？」

「——對。」

友尚只是簡短地應了這句話。

「別擔心，我會帶路。」

烏衡說完，露出得意的表情看著友尚。

友尚默然不語地走開了，內心忍不住嘀咕，為什麼是烏衡？之前弒殺驍宗時，阿選也派了烏衡執行任務。

為什麼不是派追隨自己多年的麾下，而是烏衡這種人執行大逆這麼重要的任務？友尚感到不解。如果阿選下令自己暗殺驍宗，自己應該會很猶豫。因為友尚本身對驍宗這個新王並沒有任何不滿，而且也有同為軍人的同袍意識，也對這位他軍的將軍產生敬意。雖然沒有私人交情，但也沒有任何討厭驍宗的理由，反而覺得驍宗是能耐僅次於阿選的人。阿選當然第一——但驍宗也不差。

如果要殺驍宗，心裡會很不舒服。雖然如果阿選下達命令，自己應該不會拒絕，但在完成任務之後，不會有絲毫的成就感。相反地，驍宗是王，他肩負著戴國這個國家和戴國百姓的生命，比起殺害驍宗，殺害戴國好不容易得到的「王」這件事應該更會讓自己痛苦不已。

而且，大逆是大罪。在法律上也是最高等級的罪，更是對國家和百姓的不義。如果可以，友尚希望阿選不要走這條路，所以會對成為幫凶產生強烈的抵抗——但是，正因為這樣，他希望阿選指派自己執行這項任務。雖然聽起來很矛盾，但友尚應該希望阿選可以說服自己必須弒君。如果無法訴之於理，至少訴諸感情說服自己。

——也許自己只是想聽阿選說，這件事只能拜託你。

但是，阿選指派烏衡執行這項任務。

友尚原本就蔑視烏衡，先王的時代，有一個驕傲無能的將軍死了，烏衡就是那個將軍留下的士兵之一。阿選無法拒絕先王的要求和情分，所以接收了烏衡，讓他成為品堅的部下，但他在同袍中的風評很差。雖然有人說他是勇猛的士兵，但武藝並不高強，應該只是粗暴殘忍而已，而且烏衡品行貪婪卑劣。他雖自知，卻不以為恥，反以為榮，所以令人討厭。眾人對他的評價至今並無改變，阿選以前也討厭烏衡，但還是重用了他。受到重用的烏衡為此得意不已，越來越目中無人。他原本是品堅的下屬，如今調至津梁軍，但他覺得來自凱州的津梁只是形式上的指揮官，毫不掩飾對津梁的輕蔑。

友尚離開一臉嘻皮笑臉的烏衡，前往自己的府第，發現夏官長叔容在府第等他。

「我來下達派你前往文州的命令，所以來此造訪——聽說主上召見你？」

友尚點了點頭。叔容如今擔任夏官長，是重臣之一，但以前是阿選軍的軍吏——而且是管理軍吏的軍司，也是惠棟的上司，當然和友尚也是軍中老友。

「聽說是為了禪讓一事去迎接驍宗？」

「似乎是這樣，但有人帶路。由烏衡負責帶路。」

「烏衡嗎？」叔容皺起眉頭，「主上為什麼會重用那種匪賊？」

「正因為他是匪賊吧。」

「我難以接受。」

叔容咬牙切齒地說。叔容無法原諒烏衡之流出現在阿選周圍。

阿選軍重視軍紀，向來被認為是品行端正——而且是攻無不克的軍隊，友尚他們也對此引以為傲，而且自認在品行方面向來比驍宗軍更出色。這是因為驍宗有時候會反抗權威，但阿選軍向來不會有這種不遜的行為，充分瞭解身為軍人的立場，絕對不會踰越分際而受到高度評價，正因為如此，更無法原諒陣營內有烏衡這種卑鄙下流的士兵。

叔容雖然只是軍吏，但身為軍隊的一分子，隨時參與戰鬥，而且也會一起上前線。雖然不會親手拿劍上戰場，但他認為自己也是士兵，所以覺得烏衡之流讓自己臉上無光，有失體面。

友尚聽了叔容的話，苦笑著說：「篡位者的體面嗎？」

叔容忍不住繃緊了全身說：「現在已經不是篡位者了，阿選將軍即將踐祚，是上天也認可的王。」

「那我換一種說法？是只要得知有叛民，會連無辜的百姓也趕盡殺絕的權力者。」

「——友尚！」

叔容應該產生了反感，他無法對友尚的話充耳不聞。

「我似乎說中了要害。」友尚笑著說：「不過，你不必感到愧疚，因為是阿選將軍和張運決定要這麼做，但髒的是我們的手。」

叔容聽了友尚的話，忍不住感到不安。因為友尚率領的軍隊將執行叔容下達的無情命令。

「我並不是貶低自己來責備你，因為這就是軍人的職責，只要接到命令，就不惜弄髒自己的手，不去思考命令的對錯——既然這樣，就沒有資格責備烏衡。在百姓的眼中，我和烏衡沒什麼兩樣。」

4

「台輔，我來向您辭行。」

惠棟在飄舞的雪中走進正館，來不及撥掉身上的雪，就對泰麒說道。

「惠棟？」

泰麒驚訝地看著惠棟問：「這是——什麼意思？」

「就是字面的意思，我打算離開白圭宮。」

「請你告訴我原因。」

「我不想說。」

泰麒傷腦筋地偏著頭。

「既然你說要走，我沒有方法硬把你留下來，但是，我需要你。你想要離開的理由是什麼？是因為我的關係嗎？如果是這樣，難道沒有各退一步的餘地嗎？」

「怎麼可能是台輔——絕對不是。」

「那是我沒有辦法解決的問題嗎？有沒有什麼可以挽留你的方法？」

惠棟沉默不語。身為臣子，聽到泰麒這麼說當然很高興。尤其惠棟原本就不認為泰麒是敵人，所以當然更加高興。

「很遺憾，這不是台輔有能力解決的問題。」

泰麒露出為難的眼神看著惠棟，惠棟低下了頭。

「我……無法接受主上——阿選即位。」

對泰麒說這些話也無濟於事，是上天讓阿選坐上王位，並不是泰麒。

「我知道是天意，但我無法接受。」

「惠棟，你是阿選的麾下，對嗎？」

「以前是。」惠棟用了過去式。「沒錯——他是我以前追隨的主公，阿選將軍多年來都是我尊崇的對象，也是我的驕傲。」

惠棟覺得麾下是奇怪的動物，和主公之間既不像父子，也不像兄弟，起初只是奉命跟隨陌生人。身為下屬跟隨長官，唯命是從，然後在某個時間點，認定對方就是自己的主公。

惠棟回首往事，想不起自己在什麼時候做出了這樣的決定。有些人起初會對軍中長官產生反感，聽說驍宗軍的英章起初就經常對驍宗反彈。

惠棟在某個時間點認定阿選就是自己的主公，也為自己成為阿選的麾下感到高興。雖然旁人經常將阿選和驍宗進行比較，但惠棟從來不覺得阿選不如驍宗，在他的心目中，阿選才是最出色的主公。不僅比驍宗出色，也比其他任何將軍——甚至比驕王更優秀。

「但這應該只是我的誤解，我的主公應該不可能攻擊上天認可的王。」

究竟是阿選欺騙了惠棟，還是惠棟對阿選看走了眼？也可能只是惠棟把「理想的主公」的幻想套用在阿選身上。

「縱然是因為不得已的苦衷攻擊了王，也不可能放棄用這種方式得到的王位，不可能不把國家和百姓放在眼裡。」

惠棟是阿選的麾下，只要阿選說一句「情非得已」，即使不說明動機，惠棟也能夠接受。如果在篡位之後，仍然能夠維持像以前一樣的主從關係，惠棟應該也會接受。然而，阿選斷絕了和臣子之間的關係，即使如此，惠棟仍然認為自己是阿選的臣下，也認為阿選是自己的主公，猜想阿選是因為不得已的因素篡奪了王位，也努力告訴自己，阿選在之後極其殘暴的討伐也是情非得已。在阿選遠離朝廷，自己一直無官無職期間，他也一直告訴自己，必定事出有因，一定是自己有什麼疏失，這種情況一定會改正。

「我曾經是阿選的麾下，以前覺得只要相信他，追隨他就好，也一直認為這是正確的行為。」

——但是……

「阿選派友尚前往文州去迎接驍宗主上，他一直知道驍宗主上在哪裡，這就意味著他囚禁了驍宗主上。他把王趕下王位，而且囚禁了王，讓王無法回來，竊取了王位。從頭到尾都是阿選計畫、執行，讓戴國處於目前的狀況。」

阿選的麾下完全不知道這個計畫。

「我——我不希望自己的主公犯下弒君的殘忍行為，如果有不得已的原因，希望他首先可以說服麾下。如果我事先知道這個計畫，當然會加以阻止。因為我不希望主公成為罪人，但我希望主公能夠說服我們，即使如此，他仍然不得不這麼做。如果主公言已至此，那也無可奈何。我希望可以在這個基礎上和主公背負相同的罪，至少可以對國家和百姓有所貢獻，彌補自己的罪過。但是，阿選踐踏了一切——所有的一切。」

惠棟的身體在顫抖，聲音也在顫抖。

「麾下都是愚蠢的動物，只要主公下令，就不會說不。但是，這種傻勁必須建立在主公和臣下的關係之上，阿選獨自深居在六寢拒絕臣下，斷絕了這種關係。我不知道其中的原因，現在已經不想知道了。主公和臣下的關係一旦斷絕，阿選就只是竊賊，竊取王位的篡奪者。儘管如此，他仍然棄王位不顧，讓國家沉淪，百姓受難。」

惠棟無法再說服自己，也無法再欺騙自己。

「我無法原諒有人從天意指定的王手上竊取王位的行為，也無法容許有人放棄得到的權力，對完全不照顧國家和百姓，反而虐待百姓的殘忍行為更是深惡痛絕。」

惠棟一直這麼認為，但因為自己是「阿選麾下」這件事，硬是克制了這些想法。

「我無法接受上天的選擇，不可能接受阿選是王這種事，阿選不該坐上王位，不該有阿選的王朝。」

這是惠棟蛻脫「麾下」這個外殼後的真實想法。

「既然驍宗主上還活著，他才是這個國家的王，只有驍宗主上才能稱為主上，我無論如何都無法逢迎阿選。」

淚水在不知不覺中流了下來。如果可以，他很想倒在地上大聲哭喊。

「惠棟……如果驍宗主上在王位上，你願意為他做事嗎？」

「我欣然接受。」

「即使因此和阿選敵對也沒關係嗎？」

惠棟忍不住推倒了一旁的書桌。

「看看這個國家！今年冬天——到底死了多少百姓？如果阿選不犯下篡位的大罪，這些百姓或許可以過一個溫暖的冬天，但他沒有拯救這些百姓，眼睜睜讓他們凍死！」

就連鴻基也有人凍死，鴻基內外到處都可以看到精疲力盡、眼神空洞的災民。

「只要聽到街上有反叛者，甚至不顧到底有沒有這個人，就不知道殺了多少百姓，就連小孩子——甚至還不懂事的嬰兒都慘遭阿選的毒手。我不承認阿選是王，他絕對不該坐上王位——我無法原諒。」

惠棟咬牙切齒地說完，泰麒靜靜地對他說：「驍宗主上是王。」

我知道。惠棟正準備這麼說，突然大吃一驚。他轉頭看向泰麒，發現泰麒一雙宛如平靜水面的寧靜雙眼看著他。

「阿選並不是王。」

「台輔……你是說？」

惠棟臉色發白，差一點跪在地上。

「所以，我需要你。」

惠棟雙腿一軟，當場坐在地上。

「台輔……你竟然？」

「必須拯救正當的王，必須拯救這個國家，請你助我一臂之力。」

5

張運慌了神。

——為什麼會這樣？

阿選頻頻在朝議時現身，雖然仍然像以前一樣拒人千里，但他會出現在外殿，所以會向官吏下達指示。以前張運主宰朝廷，但如今阿選正慢慢收回主權。一旦阿選真有此打算，張運就會很傷腦筋。因為這代表自己的權力會縮小，權力的美好滋味也會減少，但又不能對阿選說「千萬不可有此打算」，只能一再重申「『新王阿選說』是泰麒在欺騙」。

然而，沒有人聽他的意見，越來越多人向泰麒靠攏。除了驍宗以前的麾下，有聲望的官吏都紛紛在州府任職，許多人都是以前被張運趕出朝廷的人，這些人當然和朝廷保持距離。

雖然原本就不在冢宰的權力範圍之內，但州府的人完全不聽從阿選的指示，完全不理會張運的地位和心情。

州官不把張運放在眼裡，國官跳過張運，直接對阿選逢迎拍馬，不，就連國官中也有人想要迎合泰麒。

阿選派兵前往文州帶回驍宗——這件事造成了意想不到的影響。那些既不是驍宗的麾下，也不是張運爪牙的官吏之前都相信了驍宗已經駕崩的公告，認為既然這樣，篡位者阿選坐上王位也情有可原。

然而，驍宗並沒有駕崩，既然阿選派人去迎接，就證明阿選之前囚禁了正當的王。那些人在阿選準備即位的現在，對阿選產生了反感。張運持續主張是泰麒欺騙的意見，也以扭曲的方式助長了這個動向。也就是說，越來越多人認為，「新王阿選說」

是泰麒的欺騙，驍宗才是王。

即使「新王阿選說」是泰麒為了陷害阿選的欺騙行為，那不就代表陷害阿選是上天的意志嗎？

六官都拚命巴結阿選，顯然試圖巴結打算坐上王位的阿選，擴大自己的權力，把之前在朝廷稱霸的張運趕下臺。這些人大聲稱讚阿選即位這件事。

張運發現自己陷入了困境，王宮內的權力版圖開始發生巨大的變化。

案作冷眼旁觀驚慌失措的張運。

——無論怎麼想，局勢都對張運不利。

張運之前明顯和泰麒敵對，讓他目前處境艱難。他是自作自受。

沒想到張運事到如今，竟然改變了自己的態度。

「我怎麼可能對台輔有敵意，更不可能敵對——怎麼可能有這種事？」

「但是，台輔可能不這麼認為。」

案作努力用同情的語氣回答。

「為什麼？我做了什麼？」

案作在內心感到很無奈，但只是低頭不語。他很清楚主公的個性。如今張運的內心，應該按照對自己有利的方式改變了各種記憶。

「雖然是職責所在，但冢宰直到最後都懷疑台輔的身分……」

案作試著提醒，但張運露出了驚訝的表情。

「我並沒有懷疑台輔，只是考慮到萬一的情況，所以謹慎行事。」

案作鞠了一躬當作回答。

「有自稱是台輔的人出現，怎麼可能完全不懷疑他？雖然心情上想要相信，想要歡迎，但我是冢宰，必須優先為主上的安全和國家的安寧著想，當然必須考慮到萬一有人冒充台輔的可能性。無論多麼於心不忍，但我的身分不允許我全然相信。」

果然是這樣。案作在內心笑了起來。據案作所知，這並不是張運在「找藉口」，而是張運發自內心這麼認為。他並沒有說謊，只是立刻想要掩飾對自己不利的事實，只是稍微改變意思，微妙地扭曲事實。幾次之後，就可以把事實引導向對自己有利的方向。

——經過兩、三個月之後，他就會忘記自己曾經懷疑台輔，認為是自己以外的某個人懷疑，自己表達了反對的立場。

因為對張運來說，這就是「事實」，所以他能夠毫不羞恥地大聲主張。不知道當時狀況的人，看到張運的這種態度，就會相信他。一旦相信之後，即使之後得知了事實真相，也會覺得那只是旁人想貶低張運的惡意。

張運雖然無能，但一直以來都用這種方式讓自己看起來很能幹。在張運的主觀意識中，對自己能幹這件事毫無疑問，所有的事實都會根據這一點持續改變。張運完全不認為有任何破綻，案作認為很多官吏都是這種人。

「更何況當初不是哥錫說，在不知道是不是台輔的情況下，怎麼可以帶去主上身旁？」

案作再度在內心竊笑起來。當初明明是張運先說，哥錫只是附和而已，但就像其他附和的人一樣，哥錫比張運費了更多口舌說這件事。這也是無能者想要偽裝成能幹者的典型行為，也因為這個原因，在不久之後，張運就會把一切責任推到哥錫身上。

——他也是自作自受。

「既然台輔產生了誤會，就必須澄清誤會。案作，你有沒有認識誰可以斡旋這件事？」

「我來找看看。」案作回答。

案作如約開始在泰麒周圍尋找能夠居中牽線的人。雖然張運的下場不重要，但案作希望能夠和泰麒之間建立溝通的管道。然而，泰麒周圍的人都有敵視張運的強烈傾向，雖然他還努力尋找和雙方陣營都有關係的第三者，希望能夠為雙方牽線，但發現越是這種人，越是對泰麒陣營表現出強烈的親和性。有正常思考能力的人會對服從阿選感到遲疑，不想和張運扯上關係，都會支持泰麒。因為只有麒麟是正義這件事是絕對的保證。

以張運為中心的朝廷漸漸失勢，泰麒領導的瑞州府顯然越來越有權威。人手聚集，敏捷地採取行動。瑞州打開了各地的義倉，雖然極寒時期已經過去，但百姓接下來的生活才陷入困苦。因為儲存的糧食在極寒時期都已經吃光，日後的生活無以為繼。於是瑞州州府將災民分配到人口減少的里，讓他們安定下來，同時為聚集在都市的災民設置了簡易的食堂和住宿所，然後又安排差配協助受到戰災和災害地區的復興工作。瑞州以外的災民得知可以領到微薄的薪水，都紛紛湧向瑞州。

戴國終於亮起了燈光。雖然還很微小——卻是明確的光。

第三卷完

十二國記

奇炫館

十二國記　白銀之墟　玄之月㈢

（原名：白銀の墟 玄の月㈢ 十二国記）

著　　者／小野不由美
譯　　者／王蘊潔
封面及內頁插畫／山田章博
執 行 長／陳君平
美術總監／沙雲佩
企劃宣傳／陳品萱
榮譽發行人／黃鎮隆
美術編輯／方品舒
國際版權／黃令歡、梁名儀
協　　理／洪琇菁
執行編輯／洪琇菁
文字校對／施亞蒨
總 編 輯／呂尚燁
內文排版／謝青秀

出　　版／城邦文化事業股份有限公司　尖端出版
台北市中山區民生東路二段一四一號十樓
電話：（〇二）二五〇〇－七六〇〇
傳真：（〇二）二五〇〇－二六八三
E-mail：7novels@mail2.spp.com.tw

發　　行／英屬蓋曼群島商家庭傳媒股份有限公司城邦分公司　尖端出版
台北市中山區民生東路二段一四一號十樓
電話：（〇二）二五〇〇－七六〇〇（代表號）
傳真：（〇二）二五〇〇－一九七九

中彰投以北經銷／楨彥有限公司（含宜花東）
電話：（〇二）八九一九－三三六九
傳真：（〇二）八九一四－五五二四

雲嘉以南／智豐圖書有限公司
（嘉義公司）電話：（〇五）二三三－三八五二
傳真：（〇五）二三三－三八六三
（高雄公司）電話：（〇七）三七三－〇〇七九
傳真：（〇七）三七三－〇〇八七

香港經銷／城邦（香港）出版集團有限公司
香港灣仔駱克道一九三號東超商業中心一樓
電話：（八五二）二五〇八－六二三一
傳真：（八五二）二五七八－九三三七
E-mail：hkcite@biznetvigator.com

新馬經銷／城邦（馬新）出版集團 Cite（M）Sdn. Bhd.
E-mail：cite@cite.com.my

法律顧問／王子文律師　元禾法律事務所
台北市羅斯福路三段三十七號十五樓

二〇二〇年八月一版一刷
二〇二三年七月一版四刷

■中文版■

郵購注意事項：
1.填妥劃撥單資料：帳號：50003021戶名：英屬蓋曼群島商家庭傳媒(股)公司城邦分公司。2.通信欄內註明訂購書名與冊數。3.劃撥金額低於500元，請加附掛號郵資50元。如劃撥日起 10～14日，仍未收到書時，請洽劃撥組。劃撥專線TEL：(03)312-4212 ・ FAX：(03)322-4621。E-mail：marketing@spp.com.tw

國家圖書館出版品預行編目（CIP）資料

十二國記．14：白銀之墟玄之月．三 / 小野不由
美作；王蘊潔譯．-- 初版．-- 臺北市：尖
端，2020.08
面；　公分

譯自：白銀の墟 玄の月㈢ 十二国記

ISBN 978-957-10-9004-7（第 3 冊：平裝）

861.57　　　　　　　　　　109007503

十二國記